모산만필 牟山漫筆

모산만필 牟山漫筆

초판발행일 | 2015년 12월 24일

지은이 | 이월춘
펴낸곳 | 도서출판 황금알
펴낸이 | 金永馥

주간 | 김영탁
편집실장 | 조경숙
인쇄제작 | 칼라박스
주소 | 03088 서울시 종로구 이화장2길 29-3, 104호(동숭동, 청기와빌라2차)
물류센타(직송 · 반품) | 100-272 서울시 중구 필동2가 124-6 1F
전 화 | 02) 2275-9171
팩 스 | 02) 2275-9172
이메일 | tibet21@hanmail.net
홈페이지 | http://goldegg21.com
출판등록 | 2003년 03월 26일 (제300-2003-230호)

값은 뒤표지에 있습니다.

ISBN 979-11-86547-20-5-93810

시인 이월춘의 문학에세이

모산만필
牟山漫筆

— 소통과 상생을 위하여

황금알

나이 예순 줄에 거창 가북면의 첩첩 골짜기에 오미자 농사하겠다고 들어앉은 친구의 집에서 이 글을 마무리하고 있다. 인터넷도, 텔레비전도 없이 세상의 일을 저만치 밀쳐두고 있으니 삼복염천이지만 이런 행복이 없다.

그동안 여기저기 발표한 글들을 모아야 되겠다 싶어 무리를 한다. 부끄럽기 그지없지만 이것도 내 삶이니 어쩌겠나 싶어 용기를 낸다. 어쭙잖은 시를 쓴다고 가족들을 괴롭힌 죄, 실로 크지만 문학에 대한 끝없는 흠모를 부디 용서하시기 바란다. 문학이 밥을 주진 않았지만, 때론 힘을 얻고, 때론 세상에 맞서는 용기를 던져주었으니 고맙다. 아직도 세상에 빚이 많음을 잘 알고 있다.

문학에세이는 『牟山漫筆(모산만필)』上에 해당하고, 下는 다음에 산문집으로 낼 생각이다.

출판을 맡아주신 『문학청춘』의 김영탁 시인께 감사드린다.

우리나라 사천삼백사십팔 년

진해바다와 함께

차 례

두 편의 연애시를 읽고

— 이성선의 「북두칠성」, 강연호의 「월식(月蝕)」

시적 성품이란 무엇일까? 간단하게 말하면 '꿈꾸기'가 아닐까 생각해 본다. 세상이 다 망해도 천지가 개벽을 해도 마지막까지 꿈을 꾸는 사람이 시인이니까. 그래서 '사람은 누구나 시인'이라는 말이 성립한다. 누구나 한때는 꿈을 꾸었거나 꾸고 있으니까. 그 꿈을 키우고 살찌게 하는 것은 각자의 취향과 재능이다. 기성세대나 교육은 그들의 그 취향과 재능을 마음껏 펼칠 수 있도록 멍석을 깔아주는 역할을 해야 한다. 그런데 사람이 갖고 있는 선천적 자발성을 오히려 가로막는 생활환경과 교육환경은 지금 이 시대 꼭 우리만의 경우일까.

삶에서 글쓰기는 매우 중요한 구실을 한다. 표현은 존재의 생성이며 창조라는 말을 들먹이지 않더라도 글을 쓰기 위해서는 이미 씌어진 남의 글을 읽어야 하는 이점이 있기 때문이다. 글쓰기란 나와 나 아닌 것들의 일에 대해 좀더 세심하게 주의를 기울이고 느끼는 일이다. 무릇 세상의 모든 참됨과 가까이하는 행복을 느끼게 하는 것(존재의 회복)이다. 글쓰기는 정신 위생을 위해서도, 자기교육을 위해서도 중요한 방편이다. 아무튼 글쓰기는 여러 가지 긍정적인 효과를 주는 것이다.

현대사회의 다양하고 복잡한 문제들을 풀어나가기 위해서 인문적 소양
이 절대적으로 필요한 이 때 글을 쓰는 것, 나아가 시를 쓰는 것은 그래서
더더욱 필요하다.

아이들에게 우리에게 시가 왜 필요한가를 이야기하다가 결국 글쓰기에
서 시 쓰기로 나아가고 말았다. 그래도 나는 시를 읽고 싶다. 왜냐하면 좋
은 시가 있고, 좋은 시인이 있으니까.

좋은 시를 만난다는 것은 분명 기쁜 일이다. 패러디나 키치를 비롯한 실
험적인 시들과 형식 파괴의 많은 시를 접하다 보니 사실 좀 식상하기도 했
고, 그만큼 간결하면서도 이미지나 비유가 참신하여 분위기나 의미가 상
큼하게 다가오는 시가 그립기도 했다는 말이다.

누군가 말했듯이 어제의 시는 어제 내 손을 떠났으나 영원히 남을 수
있다는 말을 깊이 새겨야 할 것 같다.

오늘은 연애시에 대해 이야기를 할까 한다.

누가 저 높은 나무 끝에 열쇠를 걸어 놓았나.
저녁 풀잎 사이 샛길로 몰래 가서
저 열쇠를 내려
사랑하는 사람의 방문을 열려는 것인가.
밤하늘에 그려진 저 손을 가져다가
차가운 그녀의 가슴을 열려는 것인가.

— 이성선, 「북두칠성」 전문

이성선 시인을 만난 적이 있다. 몇 해 전 진해에서 열린 김달진문학제
행사 때였다. 아, 어쩌면 사람이 저렇게 맑을 수가 있을까 싶어 숨이 멎는
듯하였다. 나는 그때 행사 운영위원이었는데 전국에서 오신 많은 시인들
과 함께 진해역 건너편의 복개천 포장마차에서 술을 마시는 자리였다. 그

는 1941년생이었으니 이순(耳順)을 바라보는 나이였음에도 잔잔한 표정과 함께 연륜을 드러내는 얼굴의 잔주름까지 그렇게 깨끗하고 맑아 보일 수가 없었다.

말씀도 천천히 하시고 좌중의 누구에게도 확연히 드러나게 언행을 하지도 않으면서 모든 사람들이 당신을 쳐다보게 만드는 무언의 힘을 가지신 것 같았다.(이런 점에서는 몇 년 전 작고하신 백청 황선하 선생님과는 동류의 시인이면서도 또다른 면이 있었다) 세상의 어떤 먼지도 범접하지 못할 것 같은 모습, 누구라도 그를 쳐다보면 마음을 씻을 것 같은 느낌을 주는 수수한 신사(紳士)였다.─그 날 노래도 잘 하신 것 같다─평소 그의 시를 보면서 느꼈던 감정을 그의 모습을 보면서도 그대로 느낄 수 있어 무엇보다 좋았다. 보면 볼수록 경외감(敬畏感)을 갖게 되는 분이었다. 그랬던 시인도 이제 하늘로 가시고 없다. 삼가 명복을 빈다.

우연히 서점에 들렀다가 그의 신작시집을 만나 읽게 된 시가 '북두칠성'이었다. '열쇠'가 이 시의 중심이다. '손'도 '열쇠'와 같은 이 시의 키워드이다. 북두칠성의 모양을 비유한 것이지만, 그것이 좀처럼 자신에게 곁을 주지 않는 사랑하는 한 여인에게 다가가려는 자신의 마음과 연결되면 화자의 속내를 담아내는 말로 변한다. 외로운 마을을 안고 걷는 밤길. 아직도 내게 마음의 문을 열지 않는 그녀를 생각하며 걷는 밤길. 그 발걸음에 얹혀 흐르는 쌀쌀한 바람기를 느끼며 문득 하늘을 보니 거기 열쇠가 있었다. 손이 있었다. 이때의 '열쇠'나 '손'은 화자가 강렬히 바라는 그 어떤 것임이 틀림없다. 그냥 쉽게 접근하자. '열쇠'는 닫아건 그녀의 방문을 열고 싶은 화자의 마음을 담아냈고, '손'은 닫힌 그녀의 가슴을 풀어헤치는 화자의 열망을 나타낸다.

누구를 절절하게 사랑해 본 사람은 안다. 언제나 그립지만 스스로의 그림자에 덮혀 그의 진정한 마음엔 가 닿지 못하는 안타까움과 그것을 어쩌지 못해 가슴을 까맣게 색칠하는 아름다운 절망감을.

간결하면서도 쉽게 정감이 가는 시다. 읽고 나니 참 기분이 좋다.

> 오랜 세월 헤매 다녔지요
> 세상 어디에도 보이지 않는 그대 찾아
> 부르튼 생애가 그믐인 듯 저물었지요
> 누가 그대 가려 놓았는지 야속해서
> 허구한 널 두정만 늘었답니다
> 상처는 늘 혼자 처매어야 했기에
> 끊임없이 따라다니는 흐느낌
> 내가 우는 울음인 줄 알았구요
>
> 어찌 짐작이나 했겠어요
> 그대 가린 건 바로 내 그림자였다니요
> 그대 언제나 내 뒤에서 울고 있었다니요

― 강연호, 「월식(月蝕)」 전문

아름다운 연애시다. 고백투의 시가 갖는 일방적 하소연의 함정에 빠지지 않고 사랑의 고백을 '월식(月蝕)'이라는 자연현상 위에 올려놓아 감동을 이끌어낸다. 나는 바로 너라는 적막한 깨달음과 함께. 나는 강연호 시인을 잘 모른다. 그러나 시는 몇 편 보았다. 그래도 이런 연애시는 처음인 것 같다.

두 시인의 시는 넓게 보면 한 범주에 넣을 수 있겠지만, 그 분위기나 풍기는 의미가 엄연히 다르다. 앞의 시가 그만큼 절절하다면 뒤의 시는 가벼운 제재를 가볍지 않게 다루는 깊이가 놀랍다. 흔히 하는 말이지만 강연호의 시는 우리의 전통적 정서인 기다림의 정서에 닿아 있다. 그렇게 아프고 슬프고 한스러운 사랑을 우리는 왜 아름답다고 느끼는지. 아하, 이것도 다 타고난 우리의 아름다운(?) 업보일 터. 나는 며칠을 울더라도 연애하고 싶다.

연애시는 일반적으로 비유나 상황묘사의 깊이가 너무 얕은 단점이 있다. 그래서 본격비평에서는 연애시를 잘 다루지 않는다고 한다. 그러나 따지고 보면 모든 감정의 시작(始作) 치고 연애 감정 아닌 것이 있으랴. 늦었지만 나도 이런 연애시라면 하나쯤 쓰고 싶다.

은은한 감정을 담고 있는 아름다운 연애시에는 여백과 떨림 속에 소통을 위한 가녀린 몸짓이 있고, 감춤과 드러냄의 미학 속에는 한 인간의 존재가 있다. 속내를 감추듯 드러내는 언어의 주름을 자연스럽게 조율할 수 있다면 연애시 만큼 뛰어난 서정시는 없지 싶다. 아, 오늘 연애하고 싶다.

함께살이의 부드러운 사랑

— 고증식의 「저물녘」

밀양을 아시는지. 영남의 고도(古都) 밀양을 아시는지. 진해에서 창원을 거쳐 진영, 수산을 지나 밀양까지는 한 시간 남짓 달리면 만날 수 있는 곳 이다. 논고동이 유명한 무안을 거쳐 부곡과 창녕으로 갈 수도 있고, 소싸 움과 복숭아가 유명한 청도로 갈 수도 있으며, 가지산을 넘어 언양 석남사 를 거닐다가 돌아올 수 있는 곳.

나는 시간이 날 때마다 밀양 인근을 자주 찾는 편이다. 영남루와 얼음골 을 비롯한 관광지는 그렇다 해도, 여름이면 표충사 들어가는 계곡의 시원 함도 좋고, 가을이면 가지산 단풍도 그럴 듯해서다. 물론 고향 가는 길에 가는 경우도 많지만.

그런데 근자에는 밀양 가는 구실이 하나 더 늘었다. 밀양 하면 떠오르는 여러 가지 좋은 뜻을 돌아가신 이재금 시인이 계셨을 땐 몰랐는데, 고증식 시인과 이응인 시인이 밀양에 터를 잡고 살기 시작한 뒤로 알게 되었다. 두 시인 다 밀양 토박이는 아니다. 고증식 시인은 강원도가 고향이고, 이 응인 시인은 거창이 고향인데, 두 사람 다 밀양의 학교에 근무하다 보니 자연스레 밀양 사람이 되고 말았다(고 해야 하나).

이응인은 세종중학교에 근무하는데 밀양 시내 아파트에 살다가 몇 해 전부터는 퇴로못 근처 농가를 개조한 집으로 이사해서 자연과 더불어 사는 참맛을 시로 전해 주고 있다. 고증식은 역시 중학교에 근무하며 밀양에 사는데 사람살이의 진미를 하나씩 살갑게 풀어내는 시를 써내고 있다. 내가 이들을 좋아하는 가장 큰 이유는 사람이 그럴 수 없이 순하다는 것이다. 경상도 말로 '순딩이'다. '순딩이' 중에서도 이런 '순딩이'들은 일찍이 없었다. 말없이 은근히 사람을 끌어들이는 어떤 힘을 가지고 있다. 아마 사람을 대할 때 진심으로 대하고 진지하게 간절하게 대하기 때문일 것이다. 진지함과 간절함은 진실을 바탕으로 했을 때 더욱 가치가 커진다. 밀양의 두 시인은 그렇다고 나는 단정하고 싶다.

　사람이 매양 간절할 수는 없을 것이다. 언제나 진지할 수는 없을 것이다. 그러나 시는 언제나 진지하고 간절해야 한다. 이응인은 얼마 전에 『어린 꽃다지를 위하여』란 시집을 냈다. 퇴로못 근처의 풀 한 포기, 새 한 마리, 벌레 한 마리에게도 잔뜩 애정을 갖고 대하는 그의 섬세하고도 다정다감함을 읽을 수 있었다.

　고증식은 작년에 『단절』이라는 시집을 냈는데 출판기념회에 아내와 함께 다녀왔다. 진해에서 밀양은 멀지는 않지만 그렇다고 가까운 길도 아니라 아내와 동행했는데 사실은 술 한 잔 할 욕심이 먼저였을 것이다. 그날 경남작가회의 오인태 회장을 비롯한 회원들과 늦게까지 술을 제법 마시고 돌아왔다. 그날도 사람 좋은 고증식은 반술쯤 취해서 연신 고맙고 감사하다며 한 사람 한 사람 다 챙겼다. 많은 밀양 사람들이 그에게 갖는 애정도 보통이 아니었다. 그의 사람살이를 엿볼 수 있는 좋은 자리였다. 며칠 전에 정규화 시인 출판기념모임에 갔다가 두 사람을 만나 간단히 술 한 잔 나누었지만 좀 시간을 갖고 두 시인과 다시 따뜻한 술 한 잔 나누고 싶다.

바위처럼 엎드린
누런 소 곁에

흰 깃발로 꽂혀 있는
눈부신 백로 한 쌍

잦아드는 햇살 아래
무심한 눈길 나누는
저 평화로운 공존

– 고증식, 「저물녘」 전문, 『단절』(실천문학사)

나는 시인들의 시를 읽을 때 첫 느낌을 대단히 중요시하는 버릇을 가지고 있다. 예를 들면 최영철 형의 시는 수더분한 이야기시나 상황적 비유가 뛰어난 시 같다든지, 정일근의 시는 이미지와 분위기가 단아하다고 생각한다든지, 이달균의 시는(시조에서는 좀 다르지만) 사설조의 분위기를 갖지만 비유와 상황에 대한 알레고리의 의미가 갖는 힘이 크게 느껴진다는 점 같은 경우다.

이런 관점에서 고증식 시인의 시도 시집을 받아드는 순간부터 불과 삼십여 분 정도 됐을까 할 때 예의 그 느낌이 왔다. '부드럽다, 맑다, 싸움보다는 사랑, 이해, 용서, 화해, 공존' 등등의 단어가 내 머리를 채워버렸다.

위의 시는 3연으로 된 짧은 것이지만 그 울림은 의외로 크다. 먼저 상황을 재구성해 보자. 해가 서산으로 넘어갈 무렵이다. 세상의 모든 움직임들이 분주함을 접고 휴식과 충전의 공간으로 들어갈 준비를 하는 시간, 동네 어귀의 나즈막한 야산 언저리쯤일 것이다. 소 한 마리 누워 있다. 평화롭거나 한가롭다는 한정(閑情)의 분위기가 조용히 다가오지 않는가. 그런데 시적 대상인 소는 '바위' 같다. '바위 같다'는 말은 '움직임이 없다', 또는 '듬직하다'는 의미를 담고 있다고 본다면 울음소리도 없이 조용히 되새김질을 하면서 여유와 휴식이라는 풍경화의 한 요소가 되어 있다고 할 수 있다.

1연의 소와 마주하는 곳에 2연의 '백로'가 있다. '흰 깃발로 꽂혀 있는' 이 백로는 '눈부시'지만 소와 함께 한가로운 풍경의 중심축이다. 소는 지상을 대표하는 이미지라면 백로는 하늘을 대표하는 이미지가 아닐까. 하늘과 땅의 모든 존재를 뭉뚱그려 담아내는 상황을 두 연에서 그려내고 있다. 결코 대립적이거나 투쟁적이지 않은 존재로 그려내고 있다. 그런데 이 두 존재는 3연에서 '무심하게' 서로 눈길을 나눈다. 시적 화자는 그것을 '공존'이라 말하고. 그렇구나. 고증식의 시적 심정은 '더불어 삶'이다 '함께살이'다.

필자도 「해질녘」이라는 시를 발표한 적이 있다. 경상남도교육위원회에서 발간하는 『교육경남』에 발표했던 것인데 이번 시집에 실었다.

> 늙수구레한 고깃배 한 척 들어옵니다.
> 키를 잡은 이녁의 등에
> 건강한 노동이 한껏 붉은데
> 임자는 물칸 옆에 다소곳이 앉았습니다.
> 갈매기들 낮게 날고
> 해 뜨는 아침의 그물과 땀을 위하여
> 가끔 두 사람 마주 봅니다.
> 바다는 넓고 깊습니다.
>
> — 이월춘, 「해질녘」 전문, 『그늘의 힘』

고증식 시인의 「저물녘」이나 위의 시나 제목뿐만 아니라 풍기는 뉘앙스가 그리 달라 보이지 않는다.

사랑하라, 목숨 바쳐
— 이달균 시집 『장롱의 말』

이 세상 모든 사물 가운데 귀천과 빈부를 기준으로 높고 낮음을 정하지 않
는 것은 오직 문장뿐이다. 훌륭한 문장은 마치 해와 달이 하늘에서 빛나는 것
과 같아서, 구름이 허공에서 흩어지거나 모이는 것을 눈이 있는 사람이라면
보지 못할 리 없으므로 감출 수 없다. 그리하여 가난한 선비라도 무지개같이
아름다운 빛을 후세에 드리울 수 있으며, 아무리 부귀하고 세력 있는 자라도
문장에서는 모멸당할 수 있다.

– 이인로

시인 이달균(호가 눌재다. 워낙 말을 잘하는 사람이라 주변의 선배님들께서
호를 이렇게 붙여줬다고 전해진다. 지금부터 눌재라 부르겠다)이라. 이 사람을
이야기하려면, 이 사람의 시를 이야기하려면 아무래도 필자와의 관계에
대해 좀 끄적거려야 말이 될 듯싶다.

1970년대 말에서 1980년대 초, 얼마나 기가 찬 시절이었는지 다 잘 아
실 것이다. 유신독재 반대다, 민주화다, 반정부 투쟁이다 하면서 사흘거
리로 데모했던 시절. 그러니 걸핏하면 학교는 휴교이고, 마산 시내에 탱크

가 돌아다니고, 캠퍼스에 공수부대원들이 천막 치고 살았던 때였으니. 학교 내 작은 동아리라도 맡은 학우들은 다 신원조회 대상이었고, 계엄 치하에선 다 수배자로 끌려가던 시대. 나도 그때 수배 받던 중이었는데 다행히 경찰 정보과의 아는 분이 귀띔을 해주는 바람에 거제로 야반도주를 해서 무사했던 기억도 있다.

그런 와중에도 우리는 학교에서 시화전이며 시낭송회를 열었고, 거기서 나는 눌재를 만났던 것이다. 그때는 정말 무엇 하나 보이는 것이라고는 없었고, 무작정 막막하기만 하던 시절이었으니 친구들은 만나면 막걸리에 오징어무침을 놓고 악을 써대며 노래나 부르던, 무엇을 어찌해야겠다는 생각조차 사치스럽던 시절이었다.

학교는 휴교이니 그는 고향 함안에 가 있었고 나는 진해에 있었으니 요즘처럼 인터넷도 없던 시절이라 편지를 자주 주고받았다. 그러다가 우리는 마산 오동동에 있는 찻집 「거목다방」에서 만났는데 그는 말없이 눈물을 흘렸다. 당황스러웠지만 나도 좀 울고 말았다. 나는 사실 잘 울지 않는 사람이지만 어쩔 수 없었다.(혼자서는 가끔 울지만) 왜 우리가 울었겠는가. 새삼 이야기할 필요도 없으리라. 그만큼 답답했으니까. 가슴을 떨리게 하고, 주먹을 부르쥐게 하는 상황과 마음을 어쩌지 못해 울었던 것이다. 그렇게 지내온 시간이 어느덧 30여 년이나 되었다. 조문규 형님이랑 정일근, 성선경, 성창경 등과 의기투합해서 「살어리」 문학동인을 한 것이라든지, 정완희, 김형욱, 조성래 시인들과 삼일오 시동인회를 결성하고 마산에서 시화전을 하던 일 등등 어찌 다 나열할 수 있을까.

또 있다. 눌재는 병석에 계셨던 부친을 위해 좀 이른 결혼을 했는데 그 결혼식 사회와, 1987년 첫시집 『남해행』을 냈을 때 출판기념회 사회도 내가 보았는데, 내 결혼식과 나의 첫시집 『칠판지우개를 들고』 출판기념회의 사회를 눌재가 보았으니 이런 인연과 관계도 흔치는 않을 것이다. 좋은 벗이란 어떻게 정의를 내려야 하는지 이 나이가 되도록 잘 모르지만 눌새와 나만큼 서로를 잘 아는 사이도 드물 것이다. 그래서인지 만나면 별로 말을 나누지도 않는다. 몇 마디만 건네다 보면 서로가 무얼 원하는지 다 알기 때문이기도 하지만, 일일이 말을 해야 하는 일이 얼마나 부질없는 것인지 서로가 알기 때문이다. 그런 면에서 나는 행복하다. 좋은 글벗이 내 곁에 있으니, 평생을 함께 할 것이니. 스스로 고뇌하면서 우리가 어떻게 살아왔고, 어떻게 살아갈 것인가를 새삼 생각하게 만들고, 우리가 서 있는 자리를 좀더 깊이 들여다보게 만든다. 눌재와 나는 서로에게 결코 강요하지 않는다. 자신의 삶과 생각을 펼쳐서 보여줄 뿐, 그것이 부드럽든 딱딱하든, 차갑든 따스하든, 깊고 넓든 얕고 좁든 아무 상관이 없다. 눌재와 나는 같은 점보다 다른 점이 훨씬 많다. 그래서 더 가까운지도 모른다. 나는 그가 늘 고맙다. 내 인생에, 글을 쓰면서 내 곁에 그가 있다는 것이 한없이 고맙다.

하고 싶은 말이야 어찌 이것뿐이겠는가. 다음 기회가 있을 것이라 보고 각설하자. 시 이야기로 돌아가야지.

오늘도 한 사람을 등지고 왔습니다
슬픔을 나눠지라던 소명을 거역하고
냉정히 등만 보인 채 돌아온 내가 미워집니다

— 이달균, 「등(背)」 전문, 『장롱의 말』

등을 뜻하는 한자 背는 긍정적 의미보다는 부정적 의미에 가깝다. 배신자(背信者)나 배은망덕(背恩忘德)이나 배반(背叛) 같은 어휘들만 봐도 알 수 있다. 손바닥에 못을 박고 하늘과 땅 사이에 몸을 누이신 예수님도 유다라는 배신자가 있었다. 사람살이에서 배신하거나 배신당하는 일은 다반사일 것이다. 그것은 삶의 곡절이 만들어낸 문화의 한 단면일 수도 있겠고, 팍팍한 세상의 뒷골목을 이야기하는 것일 수도 있겠다. 그래서 우리는 의인

(義人)이니 비겁자(卑怯者)니 하는 말들을 쓴다.

하루에도 수없이 만나는 사람과 사람의 관계는 그야말로 복잡하기 그지없다. 좋은 사람과 나쁜 사람이 있고, 기분 좋은 사람과 그렇지 못한 사람도 있으며, 오랫동안 같이 있고 싶은 사람이 있는 반면에 아예 만나기도 보기도 싫은 사람도 있다. 오늘도 화자는 어느 누구와 등지고 돌아왔다. 화가 나서 소리도 지르고 욕도 하고 싶었을 것이다. 그러나 그런 감정 표현까지도 마음대로 할 수 없었을 것이다. 그런데 집에 돌아와 그를 이해하고 용서하지 못한 자신을 꾸짖는다. 누구나 공감하는 상황이요 누구나 이런 일을 겪어보았을 것이다. 스스로를 미워하는 화자의 마음이 저절로 읽혀진다. 나뿐만 아니라 그 사람의 슬픔까지 나눠지라던 소명을 다하지 못하고 돌아온 시적화자의 잔잔한 반성은 마치 윤동주의 시를 읽는 것 같다.

네가 내 등에 비수를 꽂아도 나는 너를 용서해야 한다. 이해해야 한다. 넓은 가슴이 없더라도 나는 너를 껴안아야 한다. 그리하여 너와 내가 함께 살아갈 수 있다고 석가도 예수도 공자도 말씀하셨다. 그러나 그게 어디 쉬운가. 필부의 삶과 생각이라는 게 어디 그렇겠는가. 좁은 땅덩어리 위에서 수억의 인간들이 지지고 볶으며 살고 있는데, 각종의 이해관계에 얽혀 오래 쌓아온 신의를 쉽게 던져버리는 세태에 익숙해진 우리가 어찌 그런 삶을 살 수 있겠는가. 그러나 그러나 우리는 그렇게 살아야 한다. 그렇게 살기 위해 애써야 한다. 그래야 희망이 있다. 시인의 마음을 그저 읽는 것 같다.

눌재의 세 번째 시집 『장롱의 말』(고요아침)을 읽으면서 느낀 첫 번째 마음이 여유와 눅진함이었다. 여기서 여유란 사전적 의미만을 이야기하는 것이 아니라 다양하게 변주된 여유를 말한다. 사물에 대한 시각과, 사람에 대한 나아가 인생에 대한 여유와 사랑의 시선을 의미한다.

나이든 바람들은 옹기를 넘나든다

네모난 소금들이 절어 눈물이 되는
곰삭는 일의 참맛을 알기 때문이지

체념에 길들기란 쉬운 일이 아냐
햇살에 씻겨져 빛나던 감들이
곰팡이 뒤집어쓰고 곶감 되는 모양을 보아

장맛 된장맛이 뉘 집 아낙 손맛이라지만
뒷각담을 들며나는 바람이며 세월이며
시름도 삭여야하는 곡절맛이 아니더냐

때깔 고운 푸른 잎만이 다 제 맛은 아냐
어찌 젊은 놈이 묵은 장맛을 알까부냐고
껄껄껄 눙치고 웃는 여유가 바로 발효인 게야

　　　　　　　　　- 이달균, 「발효-고초산방」 전문, 『장롱의 말』

　이 시의 부제에 있는 '고초산방'이란 필자도 알고 있는 고초 우화명 선생
님의 경남 고성군 마암면 댁을 일컫는다. 눌재는 고초 선생과 오랜 친분을
쌓아왔고 그분의 철학과 삶을 동경해왔다. 고초 선생은 진해 출신으로 오
래전부터 고성의 자연 속에서 심신을 닦으며 지내고 있다. 최근엔 진해의
위곡 이강대 형이 고초 선생의 소개로 고성에 자리를 잡는 중이다. 고진
김상석 형과 수일 내에 고성 그 푸근한 자연 속으로 가자고 약속했는데 가
급적이면 빨리 그 날이 왔으면 좋겠다.
　이 시를 읽고 나는 화자가(시인이라도 틀린 게 아니다) 고초 선생의 삶에
서 평소 느껴온 바를 '장맛'이라는 발효미로 풀어낸 것이라 단정했다. '나
이 든 바람'이니, '곰삭는 참맛'들이 '껄껄껄 눙치고 웃는 여유'를 만나고,
'체념에 길들기'를 거쳐 '바람과 세월과 시름도 삭여야 하는 곡절맛'에 이

르면 비로소 '묵은 장맛' 바로 발효의 미학을 만나게 되는 것이다.

　　시인은 말을 누르고 다독이며 달래는 자이다. 그러면서 동시에 안 잊어버리
　려고 종이에 깨알같이 적어두고 꿈에서도 깨어나 항아리에 담아두었다가 결
　국 익혀 말의 술을 빚는 자이다.(최정례)

　눌재의 시가 힘을 갖는 이 자연스러운 맛은 인스턴트의 시대에 사는 오
늘의 우리를 다시 한번 돌아보게 한다. 순간의 맛, 속도의 맛, 그저 가볍
고 드라이한 맛에 길들여진 우리를 젖혀 두고, 두고두고 깊은 맛이 우러나
는 참맛에 대한 그리움을 눌재는 노래하고 있는 것이다. 사실 눌재의 나이
지천명이다. 그렇다고 복고의 의미를 붙이진 마시라. 자극적이고 순간적
인 삶의 맛을 버리고 눅진하면서도 곡진한 사람살이의 참맛을 그리워하는
것이니까. 그것이 시인의 숙명이니까. 결국 눌재는 시적 대상과 대상 사이
의 관계를 애정의 시선으로 살피고 나아가 사람살이의 모든 의미를 사랑
으로 엮어내고 있다는 생각이다.

최승호의 「북어(北魚)」 읽기

— 최승호의 「북어(北魚)」

밤의 식료품 가게
케케묵은 먼지 속에
죽어서 하루 더 손때 묻고
터무니없이 하루를 더 기다리는
북어들,
북어들의 일개 분대가
나란히 꼬챙이에 꿰어져 있었다.
나는 죽음이 꿰뚫은 대가리를 말한 셈이다.
한 쾌의 혀가
자갈처럼 죄다 딱딱했다.
나는 말의 변비증을 앓는 사람들과
무덤 속의 벙어리를 말한 셈이다.
말라붙고 짜부라진 눈,
북어들의 빳빳한 지느러미.
막대기 같은 생각
빛나지 않는 막대기 같은 사람들이

가슴에 싱싱한 지느러미를 달고

헤엄쳐 갈 데 없는 사람들이

불쌍하다고 생각하는 순간,

느닷없이

북어들이 커다랗게 입을 벌리고

거봐, 너도 북어지 너도 북어지 너도 북어지

귀가 먹먹하도록 부르짖고 있었다.

- 최승호, 「북어(北魚)」 전문

사람들은 말합니다. 시가 너무 어렵다고. 특히 요즘 시는 왜 그렇게 어려우냐고. 예전에 김소월의 시는 얼마나 쉽고 좋았느냐고. 그렇습니다 그렇고요.(!) 하지만 사람들은 시대가 바뀌었고 세월이 흘렀으며, 생각이나 정서도 변한 걸 왜 인정하시지 않는지, 요즘 시들은 감히 질문하지 못합니다. 어려운 건 사실이니까요. 새로운 형식의 실험시가 너무 많고 자주 바뀌며, 아무렇게나 지껄이면 다 시가 되는 것이라 생각하는 사람들도 많은 게 사실이니까요.

그러나 지금부터 제가 다루려는 시들은 그런 논란이 무의미할 겁니다. 그렇게 어렵지도 않고 또한 오늘날의 수많은 시들 중에서 어느 정도 수준에 오른 작품들만 그 대상으로 할 거니까요. 시, 너무 어렵게 생각하지 맙시다. 시인도 사람이라는 단순명제만 생각하고 그냥 다가가 봅시다. 시를 읽다가 정말 이 시는 모르겠다 싶으면 그냥 넘어가세요. 이 복잡하고 어지러운 정보 홍수 시대, 디지털 시대에 일일이 다 따지고 대처하다간 볼 일도 제대로 못 볼 테니까요.

또 한 가지, 이 글들은 학생들에게 시를 좀더 쉽게 만날 수 있도록 하겠다는 선생다운 저의 생각과, 나아가 일반 독자들께서도 이를 계기로 자주 시를 읽을 수 있다면 하는 바람이 모처럼 손을 잡았다고 보면 될 겁니다.

각설하고 최승호(崔勝鎬)는 1954년 강원도 춘천 출생, 1975년 춘천교육대학 졸업. 1977년 『현대시학』에 「비발디」 등이 추천되어 등단. 1982년 제6회 오늘의작가상 수상. 1985년 제5회 김수영문학상 수상. 1990년 제2회 이산문학상 수상하고, 시집으로 『대설주의보』(1983), 『고슴도치의 마을』(1985), 『진흙소를 타고』(1987), 『세속도시의 즐거움』(1990), 『고해 문서』(1991), 『회저의 밤』(1993), 『달맞이꽃에 대한 명상』(1995), 『반딧불 보호구역』(1995) 등이 있는 그야말로 우리 시단의 중진시인입니다.

시의 제목이 '북어'지요. '북어'란 마른 명태, 건명태지요. 명태의 이름은 여러 가지입니다. 명태는 대구과의 바닷물고기로 한류성 어종이며 맛이 담백하고, 우리나라 동해안에서 많이 잡히던 주요 수산자원 가운데 하나였지만, 지금은 거의 잡히지 않아 어민들이 어려움을 겪고 있지요. 또 그만큼 값도 비싸서 예전처럼 사 먹기가 어렵답니다. 겨울에 잡아 얼린 명태는 동명태(凍明太), 줄여서 동태라고 하지요. 생태란 말리거나 얼리지 않은 잡은 그대로의 명태를 가리키는 말이고, 황태(黃太)란 얼었다 녹기를 반복해 얼부풀어서 더덕처럼 마른 북어로 살이 부드럽고 연해 포나 채를 만들어 많이 먹는답니다. 대관령 황태 덕장이 유명하지요. 일명 더덕북어라고도 한답니다. 북어를 꼬챙이에 꿸 때는 한 쾌씩 꿰는데, 이 때 '한쾌'란 명태 스무 마리를 한 단위로 세는 말이랍니다. 이 '쾌'는 지난날 엽전 열 꾸러미 곧 열 냥을 한 단위로 세던 말, 즉 관貫의 뜻으로 쓰였던 것이 지금의 뜻으로 쓰인답니다. 다시 시 속으로 돌아갑시다.

우리가 길을 가다가 어떤 사람 혹은 사물을 만나면 상황에 따라 반갑고 기쁘거나 기분이 나쁘거나 하는 여러 감정을 느낍니다. 아니면 우리 자신이 꼭 그와 같아서 쓸쓸해지거나 '저것은 왜 저럴까' 또는 '그런 나는 왜 이렇게 사는 걸까' 같은 생각을 하게 되지요. 보통 사람들은 그런 생각을 자주 하지는 못하지만 시인은 그런 '눈'을 갖고 있답니다. 남들이 보지 못하는 사물과 그걸 바라보는 시인의 의식을 엮어내는 그런 능력 말입니다. 이 시의 시인도 마찬가집니다.

이 시의 화자는 밤의 식료품 가게 앞을 지나가고 있습니다. 그 가게는 도시의 크고 화려한 슈퍼마켓이나 편의점이 아닙니다. 지방의 도시거나 아니면 읍 정도 되거나 그도 아니면 시골의 장날 아닌 장터 건어물전이거나 하겠지요. 화자는 지나가다가 가게 안의 북어를 봅니다. 꼬챙이에 꿰어 있는, 먼지 덮어쓴 북어, 참 볼품없지요. 우리는 흔히 초점이 없거나, 딴 생각하며 먼 산을 보는 사람들의 눈을 썩은 동태 눈깔이라고 욕하지요. 그 야말로 무지막지한 욕입니다. 정말 별 볼일 없는 존재라는 이야기니까요.

화자도 그렇게 생각합니다. 정말 볼품없구나, 참 안됐구나, 불쌍하구나, 이렇게 말입니다. 그럼 화자가 본 북어의 모습을 한번 살펴볼까요. 꼬챙이에 일렬로 꿰어 있는 북어는 혀가 자갈처럼 딱딱하게 굳어 있고, 눈은 말라붙어 짜부러졌고, 지느러미는 뻣뻣하게 굳어 있군요. 여기서 이 시가 끝난다면 이 글은 시가 안 됩니다. 이렇게 북어를 보다가 화자는 문득 생각합니다. 그것이 이 시의 주제요 중심생각입니다. 시에서 진정으로 시인이, 혹은 화자가 하고자 하는 이야기나 분위기를 파악하는 것은 작위적이어서는 안 된답니다. 자연스럽게 아는 것이지요.

북어를 바라보던 화자가 저 북어들과 사람들이(자신을 포함한) 참 비슷하다는 생각을 합니다. 왜 그렇느냐고요. 시 속을 봅시다. 말의 변비증을 앓는다는 것은 할 말을 속 시원히 하지 못하는 사람을(무슨 사연이 있겠지요.) 말하지요. 그리고 벙어리처럼 사는 사람들, 막대기 같이 뻣뻣하게 굳은 생각을 가진 사람들, 생명의 지느러미를 잃고 헤매는 사람들이 저 북어와 무엇이 다를 게 있습니까?

그러다가 '너도 북어지' 하고 부르짖는 북어의 외침을 듣는 화자──물론 이것은 사실이 아니지요. 화자가 그렇게 느낀 것일 뿐이지요.──는 아, 나도 북어와 같은 모양으로 사는 존재구나 하고 생각합니다. '너도 북어지'를 세 번이나 반복하는 이유는 시인이 이 시에서 진짜로 하고 싶은 이야기이기 때문이지요. 강조의 기법이지요.

자 정리해 봅시다. "길을 가다가 가게 안의 북어를 보았다 북어가 참 볼품없다─북어 같은 모습으로 살아가는 사람들이 참 불쌍하다─어! 가만 있어봐! 나도 북어잖아. 젠장!" 이런 의미 연결 구조를 갖고 있지요.

이 시의 '나'는 평범한 샐러리맨이거나 노동자나 힘 없는 소시민일 겁니다. 다른 사람 앞에서 큰소리 한번 치지 못하고, 처자식이 있으니 '말의 변비증'이나 앓으며 힘겹게 살아가는 그런 우리 같은, 우리 주변의 저 수많은 사람 같은 사람 말입니다.

북어가 살아난다면 무얼 원하게 될까요?

인간주의와 진실성

— 고은의 「머슴 대길이」

새터 관전이네 머슴 대길이는
상머슴으로 누룩도야지 한 마리 번쩍 들어
도야지 우리에 넣었지요.
그야말로 도야지 멱따는 소리까지 후딱 넘겼지요
밥때 늦어도 투덜댈 줄 통 모르고
이른 아침 동네 길 이슬도 털고 잘도 치워 훤히 가리마 났지요.
그러나 낮보다 어둠에 빛나는 먹눈이었지요.
머슴 방 등잔불 아래
나는 대길이 아저씨한테 가갸거겨 배웠지요
그리하여 장화홍련전을 주룩주룩 비 오듯 읽었지요
어린아이 세상에 눈 떴지요.
일제 36년 지나간 뒤 가갸거겨 아는 놈은 나밖에 없었지요.

대길이 아저씨더러는
주인도 동네 어른도 함부로 대하지 않았지요.
살구꽃 핀 마을 뒷산에 올라가서

홑적삼 큰아기 따위에는 눈요기도 안하고
지게 작대기 뉘어 놓고 먼데 바다를 바라보았지요.
나도 따라 바라보았지요.
우르르르 달려가는 바다 울음소리 들었지요.

찬 겨울 눈 더미 가운데서도
덜렁 겨드랑이에 바람 잘도 드나들었지요.
그가 말했지요.
사람이 너무 호강하면 저밖에 모른단다.
남하고 사는 세상인데

대길이 아저씨
그는 나에게 불빛이었지요.
자다 깨어도 그대로 켜져서 밤새우는 불빛이었지요.

　　　　　　　　　　　　　－ 고은 「머슴 대길이」 전문, 『만인보』

　이 시는 1986년부터 시작돼 얼마 전 삼십 권의 대장정을 끝낸 고은 시인의 『만인보(萬人譜)』 시리즈에 실려 있습니다. 그 중에서도 제 1권에 실려 있지요. '만인보'란 만인의 족보, 계보라 풀이됩니다. 그렇다면 민중, 이 땅의 힘 없고 가난한 다수의 사람을 말하는 거라고 보면 됩니다.

　제가 고은 시인을 본격적으로 만난 것은 민중의 힘이 하나로 표출되던 시기, 즉 1980년대 후반이었습니다. 정확하게 이야기하면 1987년 겨울 시인의 전작시인 두 권짜리 『백두산』을 읽으면서였습니다. 그 책의 머리말에서 시인은 이 시를 감옥에서 구상하고 '실천문학'에 연재하다가 전작으로 바꾸었다고 하였습니다. 그러니까 이 시는 분단의 현실을 극복하고 통일을 지향하는 작품이라고 보면 됩니다.

　'시인 고은' 하면 다 아시다시피 민주화 투쟁으로 고난의 길을 걸어온 사

람이니 가히 시와 몸이 일치를 이룬다 하겠습니다. 그의 시 중에서 제가
개인적으로 좋아하는 시는 '문의 마을에 가서'라는 작품인데, 그의 시의 저
류에는 인간 사랑의 정신이 언제나 흐르고 있습니다.

겨울 문의(文義)에 가서 보았다.
거기까지 닿은 길이
몇 갈래의 길과
가까스로 만나는 것을.
죽음은 죽음만큼 길이 적막하기를 바란다.
마른 소리로 한 번씩 귀를 닫고
길들은 저마다 추운 쪽으로 뻗는구나.
그러나 삶은 길에서 돌아가
잠든 마을에 재를 날리고
문득 팔짱 끼어서
먼 산이 너무 가깝구나.
눈이여, 죽음을 덮고 또 무엇을 덮겠느냐.

겨울 문의(文義)에 가서 보았다.
죽음이 삶을 껴안은 채
한 죽음을 받는 것을.
끝까지 사절하다가
죽음은 인기척을 듣고
저만큼 가서 뒤를 돌아다본다
모든 것은 낮아서
이 세상에 눈이 내리고
아무리 돌을 던져도 죽음에 맞지 않는다
겨울 문의(文義)여, 눈이 죽음을 덮고 또 무엇을 덮겠느냐.
－ 고은, 「문의 마을에 가서」 전문

이 시는 1969년 5월 『현대시학』에 발표되었고, 1974년에 민음사에서 출간된 고은의 네 번째 시집 『문의 마을에 가서』에 수록되어 있는 시입니다. 2연 22행으로 구성되어 있는데, 1연과 2연은 각각 12행과 10행으로 구성되어 있지만 전반적인 내용의 전개는 문의의 인상을 제시하고 그 의미를 발견하는 방식을 취하는 유사한 구조를 갖추고 있지요. 여기에서 '눈'과 '죽음'은 작품의 시적 분위기를 이끌어가는 한 쌍의 핵심적인 이미지입니다. 문의(文義)는 충북의 어느 마을 이름이지만, 시 속에서는 삶의 여러 양태가 죽음과 만나는 지점으로 상정하고 있어, 구체적인 지역으로서의 의미보다 초월적이고 관념적인 공간을 상징하고 있습니다. 마지막 부분에 허무의식이 드러나 있지요.

다시 「머슴 대길이」로 가 볼까요. '만인보 1, 2, 3권에 나타난 사람들을 크게 분류하면 세 가지로 볼 수 있습니다. 그 첫째가 시인이 개인적으로 만난 실존적 인물들, 둘째가 사회 현실 속으로 뛰어들어 만난 사회적, 역사적 인물들, 셋째가 불교적 체험에서 만난 초월적 인물들입니다.(이것은 저도 그렇게 보고 있지만 일반적으로도 잘 알려져 있는 사실입니다.)

소박하고 친근한 어조로 이야기를 이끌어가는 이 시는 그 첫 번째의 인물들 이야기지요. 민중적이고 토속적인 냄새가 강한 시입니다. 시인은 '만인보'를 쓰면서 말했습니다. "만인보는 이 세상에 와서 알게 된 사람들에 대한 노래의 집결이며, 사람에 대한 끝없는 시적 탐구이자 이름 없는 역사 행위"라고요. 그런 만큼 실명을 등장시켜 사람 사는 이야기를 하고 있다는 말이지요.

그리고 이 시는 시인에게 삶의 올바른 지향을 감동적으로 일깨워 준 사람의 이야기로 일종의 성장시라 할 수 있습니다. 고은 시인의 시 중에서 아버지와 외삼촌이 등장하는 시가 몇 편 있는데 아버지와 외삼촌은 꿈과 모험의 이미지로 그려진다고 알려져 있습니다. 이 시의 머슴 대길이는 세상에 대한 개안(開眼)을 가능케 한 인물이지요.

시 속으로 가 봅시다. 4개의 연으로 되어 있는데 처음 1연에서는 대길이를 어떻게 이야기하고 있습니까? 힘이 세고 부지런하며 나에게 한글을 가르쳐 준 인물로 그려집니다. 쉽지요. 둘째 연에서는 인격적이고 생각이 깊은 사람으로 묘사되고 있습니다. 우리가 흔히 머슴 하면 떠올리는 이미지와는 많이 다르지요. 막말로 머슴하기는 아까운 사람이지요. 대길이는 시대적으로나 사상적으로 무슨 사연이 있어 머슴살이를 한다고 생각됩니다. 기득권층에게 소외되고 박해 받는 인물이라고 봐야겠지요. 세 번째 연에서 나타난 대길이는 가난하지만 남과 더불어 사는 인물입니다. 정말 머슴하기 아까운 사람입니다. 그런 대길이를 4연에서는 불빛으로 묘사합니다. 첫째 연에서도 '어둠에 빛나는 먹눈'이라 하여 넌지시 드러내고 있습니다만 마지막 연에서 '자다 깨어도 그대로 켜져서 밤새우는 불빛'으로 형상화하여 밝게 깨어서 남의 어둠을 비추어주는 존재가 대길이입니다. 그것은 대길이가 나의 영원한 스승이라는 이유가 됩니다. 진솔한 민중의 삶이 내 인생의 눈을 틔워 주었다는 말인데, 이 시에서 시인이 하고 싶은 이야기는 이 마지막 연에 있다고 생각됩니다. 함께 사는 삶의 진정한 아름다움에 대해 말하고 있지요.

그렇습니다. 대길이는 어느 한 개인이 아니라, 천대받는 머슴살이를 하면서도 꿋꿋하게 일하며 남을 위해 넉넉한 마음으로 사람을 사랑하는 인간상을 지닌 이 땅의 수많은 민중이 아닐까요. 대길이의 모든 것은 바로 수난과 핍박의 역사를 끈질기게 이어온 우리 민족의 원동력이 아니겠는지요. 함께 사는 삶이란 바로 인간주의의 실현이요, 시인 고은의 시인 정신의 저류라 하겠습니다. 고달픈 삶을 살아가지만 삶을 긍정하고 이겨 나가는 민중적 삶의 원초적 모습의 전형성을 지닌다고 하겠습니다.

결국 시인은 이 시를 통해서, 가지고 누리면서 오만을 떨고 감사할 줄 모르며, 함께 살 줄 모르는 인간들에게 친근한 이야기투로 말하고 있는 것입니다. '사람이 너무 호강하면 저 밖에 모른단다'라는 대길이의 말 속에 인간주의 정신을 담고 그 진실성을 강화하고 있지요.

　무엇이 우리를 이기주의로 흐르게 하나요. 민족이니 역사니 거창한 어휘를 쓰지 맙시다. 사람살이에서 가장 중요한 것은 사랑이고 함께하기라는 것을 쉽게 이야기한 것이 이 시라고 생각합시다. 시가 무엇인데요. 그냥 사람 사는 거랍니다.

삶에 대한 차가운 긍정
— 진서윤의 시

1. 들머리

입춘과 경칩을 지난 이즈음이 시인들에겐 고통의 시간이다. 새로움이나 희망 같은 단어들이 난무하고, 고루함과 진부함이 넘쳐나는 때이기 때문이다. 언제나 시는 그것을 뛰어넘는 자리에 있는 것이기에. 그래서인지 나는 요즈음 글쓰기가 무척 힘들다. 친한 시벗들은 그걸 두고 시적으로 봄을 타는 것이라고 놀리기도 하지만, 아직 내가 삶에 있어서나 시에 있어 공부가 덜 되었다는 증거일 터이다.

유일하게 남아 농사를 짓는 친구를 만나고 왔다. 몇 년 전에는 부인이 뇌졸중으로 쓰러져 고생을 하더니, 이제는 자신이 쓰러져 위를 거의 다 잘라내는 수술을 받았다. 그럭저럭 회복은 돼 가는가 싶어 주말을 맞아 찾아갔더니, 수박하우스에 쪼그리고 앉아 멀대 같이 쑥쑥 자란 수박 순을 치고 있었다. 수박이란 놈이 하루라도 순지르기를 해주지 않으면 웃자라 못쓰게 되니 어쩔 수가 없어서 나온다고 했다. 부인도 일을 못하니 성치 않은 몸이지만 저라도 움직이지 않을 수 없었으리라. 그렇게라도 일을 하고 있으니 많이 좋아졌다고 여겨져 마음이 편했으나, 한편으로는 짠해지는 것을 또 어쩌지 못하였다.

몸이 아파도 수박하우스에 나가 일을 하는 친구의 모습이 참삶이고 그것이 또한 시가 아닐까. 또한 순지르기를 해야 좋은 수박을 얻을 수 있는 수박농사가 바로 시라는 생각을 해본다.

이 시대의 시인들은 어떤 모습일까? 세상을 등지고 고독하게 자신의 언어를 매만지고 있거나, 혹은 번잡한 거리의 한가운데서 문득 시적인 것의 영감을 발견해내는 사람들이라고 여겨질지도 모른다. 그러나 속도와 변화의 현대를 살아가는 시인들은 더 이상 그런 자기도피적인 상황에서 번뜩이는 시적 성취를 이루기는 어렵다. 아마 그들은 더 이상 화려한 무대의 주인공은 아닐 것이다. '시의 영광'은 희미한 옛사랑의 그림자와 같은 것이고, 아직도 시를 쓰는 사람들은 현실 속의 패배를 운명이자 어떤 긍지의 원천으로 받아들이고 있을 것이다. 시의 위기 같은 세기말의 비관적 전망이 아직도 횡횡하는 이유가 여기에 있을 것이다. 그런 어둡고 쓸쓸하고 절망적인 오늘날의 상황 아래서도 고급 언어를 통한 고급 정신의 문화를 시가 살려 내야 한다. 그래서 우리는 시의 옷자락을 붙들고 끝까지 가야 한다.

시인이란 어떤 존재일까?
나는 시를 쓰면서 조금씩 깨우치게 되었습니다.
땀 흘려 일하고 정직하게 살면서
사람을 사랑하고 싶어서 밤잠을 설치는 사람이라는 것을,
그리고 생각했습니다.
시인이란 하찮은 들꽃 한 송이를 보고도
'아, 저렇게 아름다울 수가 있을까?'
느낄 수 있는 사람이라는 것을,

나는 시를 쓰면서

'사람의 길'이 무엇인지 고민하게 되었고,

그 길로 가기 위해

오늘도 일터에 갑니다.

― 노동자 시인 정은호

　좋은 시란, 여러 가지 관점에서 다양하게 정의될 수 있겠으나, 무엇보다 삶에 근거하지 않은 시어의 나열에 불과한 시나, 가벼운 상상력을 바탕으로 해 그 울림이 적은 시는 동의하기 어렵다. 너무 쉽게 읽히는 시도 그렇지만 무슨 소린지 도무지 갈피를 잡기 어려운 시도 분명 좋은 시는 아닌 것이다.

　봄이 쉽게 오지 않듯이 시도 가볍게 몸을 허락하지 않는다. 죽음의 겨울을 겪고 나야 봄이 오듯 삼백예순 가지의 고뇌와 성찰의 다리를 건너야 시는 비로소 대면의 방석을 허락하는 것이다. 이 지난한 길을 묵묵히 걸어가는 자만이 시인이 될 수 있다.

　차가운 이성보다는 소박한 감성과 감정이 원숙한 시적 형상화의 솜씨 덕분에 정서적 풍요의 기쁨을 낳는 시라면 밤을 꼬박 바쳐서라도 읽고 싶다.

2. 긍정의 힘은 아름답다

　진영애(얼마 전에 진서윤으로 개명했다) 시인은 시력(詩歷)이 상당하다. 그를 처음 만난 게 80년대 초반이니 20여년이 훨씬 넘는다. 당시 마산에서 이달균, 정일근, 성선경, 배한봉 등과 '살어리' 문학동인 모임을 하면서였으니 꽤 오래 된 셈이다. 직장(세관에서 근무하는 공무원이다) 일에다 아이들을 키운다고 신산한 삶을 엮어왔을 법한데도 시에 대한 오지랖은 상당히 넓어 보였다. 그렇다. 시는 이렇게 사람을 붙들고 놓아주지 않는다. 문학이란 바다에 한번 발을 들여 놓으면 쉽게 빠져 나오지 못하는가 보다. 오랜 시간이 흐르고 난 뒤에 만났음에도 서먹서먹함을 느끼지 못할 만큼 우리의 문학적 친분은 깊었던 모양이다. 그의 시를 읽는다.

오월 초닷새 사천 장날
아들이 오는 줄 알면서도
어머니,
국밥집 문 앞 한 켠 비켜 앉아
나물 팔고 계시네
가늘게 곧추선 부추를
물기 머금은 어린 상추 잎 옆에 정갈히 뉘고
파머 머리 새댁과 눈 마주치려 애쓰시네
알볕이 소릿기 없이 찾아들던 간극
주춤거리던 나물이 시장바구니에 담기자
소녀처럼 웃으시네

몰래 훔쳐보던 남편
샘이 났는지
슬그머니 어머니 곁에 앉아
나물 고르네

— 「모자(母子)」 전문

아마 어머니는 저자를 가셨나 보다. 텃밭에서 수확한 부추며 상추 같은 푸성귀를 함지박에 담아 머리에 이고, 뜨거운 알볕을 온몸에 받으며, 타박타박 자갈길을 걸어 저자에 가셨을 것이다. 국밥집 주인에게 사정을 얻어 담벼락에 쪼그리고 앉아 지나가는 사람들과 눈을 맞추려 애쓰시는 어머니. 오늘 아침 전화로 아들 내외가 다니러 온다는 전갈을 받으셨지만 그 전갈이 어머니의 일상을 어쩌지는 못한다. 어머니는 돈을 사러 저자에 가셨겠지만 꼭 돈만은 아닐 것이다. 예전에는 식구들이 많아 저자에 내다 팔고도 가족들과 이웃들이 솔찮게 나눠 먹기도 했겠지만, 지금은 식솔이 줄어 예전보다 훨씬 덜 심어 수확이 적은데도 불구하고 남는 그 생물들을 그냥 둘 수도 없어 시장에 들고 나가는 것이다. 그것이 어머니의 삶이고 희망이며 사랑이다. 생명에 대한 기본적 예의를 다하는 어머니의 모습은 예나 지금이나 다름이 없다.

그런데 이 시에서 우리는 그런 정황을 읽고 그냥 지나가서는 안 되는 것이 있다. 푸성귀들이 새 주인을 찾아가자 소녀처럼 웃으시는 어머니를 바라보던 아들이 어머니 곁으로 가는 행위를 '시샘'으로 보는 시적 화자의 긍정적 시각이다. 이것이 우리를 미소 짓게 한다. 가족 간 유대와 사랑의 시는 겉으로 드러난 표면적 의미망을 살펴보는 것이 그다지 중요하지 않다. 안으로 감춰서 은근슬쩍 드러나는 소이불언(笑而不言)의 동화(同化)를 말없이 느껴야 더 좋다.

진서윤의 시는 고단한 일상과 세상을 응시하고 있다. 견고한 일상의 질서에서 출구를 찾는 일이 시의 출발점이라 한다면 진서윤의 시는 대상의 부조화를 저만치 밀쳐 두고 관계와 관계 사이의 유기적 조화를 통해 인간사의 따스함을 담아낸다. 그것은 삶의 신산함을 체험한 사람의 따뜻하고 긍정적인 정서가 배어 있다는 말과 같다.

알카다야자 화분에 슬쩍 끼어든 괭이밥
지천이다
그의 땅에 편승되면
신분상승도 되는 줄 알았을까

살아남는다는 것은
채우는 일이었는지
속속들이 내지른 뿌리
필생으로 출렁댄다

궂은 자리 디뎌 보지 않고는 알 수 없는
존엄한
생이 부활 중이다

-「경건한 정열」 전문

이 시는 삶의 긍정적인 힘이 느껴진다. 이때의 긍정이란 선과 악으로, 좋은 것과 나쁜 것으로 구분하는 윤리적 도덕적 의미로만 한정해서 받아들이지 말고 삶으로부터 나쁜 기운을 덜어주는 시, 삶으로부터 죄의식을 걷어내는 시, 삶에서 비탄의 음울한 구름을 걷어내는 시, 삶을 사랑하는 시적 의미로 읽어야 한다. 철학사전에서는 부정이 삶을 비난하는 노예의 것인 동시에 역사를 하나의 체계로 포섭하려는 변증법의 것이라면, 긍정은 디오니소스의 정신이며, 그리스 예술의 정수며, 예수가 전하는 복음의 본질이기도 하다고 설명한다. 생성과 소멸이 반복되는 세계에 대해 긍정의지와 부정의지는 함께 존재하지만, 부정의지와 달리 긍정의지는 생성과 소멸의 반복을 새로움과 다양성을 만들어내는 고귀한 운동으로 느껴 영원회귀로 이어진다. 미움, 절망, 방종, 간음 등과 같이 인간이 혐오하거나 인간에게 해로운 현상과 관련된 어휘가 부정적 가치를 지닌다면 사랑, 희망, 인내, 봉사 등과 같이 인간의 이상적 덕목과 관련된 어휘는 긍정적 가치를 지닌다.

생명의 존재 확인은 아무리 가벼운 이름이라 하더라도 가치를 지닌다는 것을 말해 준다. 한 생명의 터전에 슬쩍 끼어들어 자신의 영역을 넓혀가는 괭이밥의 존재 또한 '존엄'하며, '생의 부활'로 읽히는 것이다.

이 때 알카다야자는 괭이밥에게 어떤 해코지도 하지 않는다. 세상의 모든 생명 가진 것들은 이렇게 더불어 살기를 받아들인다. 사람도 그래야 옳은데 실상은 그렇지 못하다는데 인간 세상의 어려움이 있다. 만약 괭이밥에게 무슨 일이 일어난다면 그것은 분명 사람에 의해서일 것이다. 알카다야자 화분에는 괭이밥이 함께 살아서는 안 된다는 편견 말이다. 무릇 생명에게는 편견이 없는 법이다. 다 사람이 만든 것일 뿐. 괭이밥은 알카다야자 화분에 뿌리를 내리기 전에 다른 곳에도 무수히 씨를 뿌렸을 것이다. '필생'의 마음으로 존재의 이름을 뿌렸으나 모든 곳에서 온전히 뿌리를 내리지는 못한다. 그래서 괭이밥은 '궂은 자리'를 디뎌 본 존재로 그려진다. 그것은 시적 화자의 삶의 경험과 함께 세상을 바라보는 마음으로 읽혀지기도 한다.

3. 숙명을 받아들이는 몸짓과 더불어 삶의 미더움

시인에게도 통과제의 같은 것이 있을까. 무릇 사람의 길에는 무슨 일이든 통과제의를 거치지 않으면 이룰 수 있는 것이 없는 법이다. 시도 마찬가지일 것이고 보면 시인들은 시 한 편 쓸 때마다 시몸살을 앓아야 할 것 같다. 시몸살을 앓고 쓴 시는 시인의 속마음이 은근슬쩍 배어 있다. 눈치 빠른 독자는 그런 행간을 읽어내게 되고 거기서 가슴 깊이 울려 퍼지는 감동의 즐거움을 누릴 수 있다.

　　닳아서 심이 허룩해진 연필을 깎는다
　　받쳐 든 검지와
　　엄지가 미는 칼끝의 무게가 팽팽하다

싸고 있던 견고한 육각 모서리가
속절없이 밀려나간다
오래 가두었던 긴장이 벗겨지는 순간이다
그처럼 빼곡히 아프고 난 뒤라야
제 살 울리던 화음을 풀어낼 수 있나 보다

향나무 서체가
수란한 생으로 들어온다
조율되지 못한 말들이 뒤척인다
내 몸은 여전히 몸살 중이다
모질다

–「근황」 전문

첫 연에서는 연필 깎는 행위가 나타나 있다. 흑연심을 둘러싸고 있는 나뭇결을 벗겨내는 작업을 '긴장을 벗는 순간'으로 읽어내고, 그 과정을 하나의 고통으로 풀어내고 있다. 그런 과정을 겪고 난 후라야 비로소 연필심을 보게 된다. 그걸 화자는 '화음'이라 한다. 연필 깎는 행위 하나에도 긴장감을 부여하는 시인의 눈이 부럽다.

둘째 연에서는 그 행위를 화자의 삶으로 연결시키고 있다. 진영애 시의 한 형식적 특징에 속하는 두 연 나누기는, 대상을 바라보는 시선과 거기서 얻어진 영감이나 이미지를 화자의 의식 속으로 끌어들이는 방식인데, 간결함과 산뜻함을 잘 드러내는 시적 형식의 하나다.(작품 중「경건한 정열」「모자」「입동 무렵」등) 한시(漢詩)의 오언(五言) 형식도 주로 선경후정(先景後情)을 노래해 간결한 정서를 표현하는데 이 방식을 진서윤 시인도 즐겨 사용하는 것 같다.

온갖 현실적 근심과 걱정으로 마음이 뒤숭숭한데 향기로운 나무 모양의 글씨체(시라고 읽어도 무방하다)가 다가와도 그것은 조율되지 못한 말이 되어 안주하지 못하고 뒤척일 뿐이다. 그래서 화자는 여전히 몸살 중이고, 그렇게 오랜 시간 동안 붙들고 매달렸던 일이건만 쉽게 곁을 허락하지 않는 시에게 '모질다'는 헌사를 던지고 만다. 화자의 근황은 연필 깎기처럼 '화음'의 경지까지 이르지 못하는 시작(詩作)의 어려움에 몸부림치고 있는 것으로 파악된다.

광어회가 차려진 회식자리
소주 두어 잔에 얼얼해진 내게
서빙하는 횟집 여자가 잔을 건넨다
"이모도 한잔 하이소"
아까부터 손님의 권주를 마다않던 서포댁
푸르딩딩한 눈가가 홍시처럼 물들었다
여기서 더 마시면 나도 녹아들 것 같은데
슬그머니 비쳐지던 노곤한 눈빛 때문에
거절할 수가 없다
누군가가 전해준 그녀의 내력이
술잔에서 그렁거린다

붉은 잇몸이 드러나게 웃는 그녀

                                 - 「입동 무렵」 전문

사나흘 황사가 분다

열린 옥상 문틈에서
끊임없이 이불을 털어대는 여자
'내 쪽으로 날아오지 않게 하세요'

빈약한 언어들이
주위를 뱅뱅 돌다 흩어진다

아무도 다녀가지 않는 506호
그녀의 문은 언제나 단답형이다
안구건조증이 얼마나 불편한지
가끔은
문밖의 마른기침에 대해서도
묻고 싶었다

한바탕 비가 쏟아질 듯한 오후
머뭇거리던 손이
방치 중인 현관문을 두드린다
키 작은 여자의 휑한 늑골 사이로
헐거워진 생이 빠져나가고 있다

— 「이웃」 전문

흔히 듣는 이야기지만, 비를 맞고 있는 친구를 이해하고 돕는 방법을 한 번 생각해 보자. 우산을 갖다 주는 방법도 있을 것이고, 빨리 비를 피하라고 충고해줄 수도 있을 것이며, 다른 사람의 우산을 같이 쓰게 하는 방법도 있을 것이다. 그러나 진정 그 친구를 위하는 길은 그의 곁에 가서 같이 비를 맞아주는 게 아닐까.

시인의 눈에 비친 사물과 인간들. 언제나 한 뼘쯤 부족하거나 옆구리가 시린 듯한 사람들이 시인의 눈에 포착된다. 그러나 그들을 바라보는 시인의 눈은 결코 동정이나 연민에 머물지 않는다. 시적 대상에 대한 사랑의 표현 방법은 여러 정황으로 나타나지만 진서윤의 시는 같이 아파함으로써 그것을 실천한다.

앞의 시 「입동 무렵」은 횟집여자 서포댁에 대한 이야기다. 시적 화자인 나는 그녀의 현실적 내력을 듣고 그녀의 술잔을(마음을) 거절하지 못한다. '슬그머니 비쳐지던 노곤한 눈빛 때문에' 그녀와 술잔을 드는 것이다. 시적 대상과 화자 사이에 일정한 거리를 두지 않고 함께 하는 것으로 사랑을 실천하고 있다. 삶의 육화만큼 진실한 것은 없다는 말이 힘을 갖는 것도 바로 이 때문이다. 그런 면에서 뒤의 시 「이웃」도 같은 맥락에서 읽힌다. 이불을 터는 행위를 통해 그녀는 외로움을 나타낸다. 제삼자의 입장에서 객관적으로 시적 대상을 대하고 있는 것처럼 보인다. 그러나 외로움의 그 먼지가 내게로 오지 않으면 좋겠다고 피상적으로 느끼며 마음속으로 말하지만 화자는 결국 '방치 중인 현관문을 두드리고' 만다. 화자의 마음은 이미 사람살이에서 오는 눈물겨움에 가 있기 때문이다. 살아있는 것들의, 살아가는 것들의 안쓰러움에 대해 손잡아주고 배려하는 마음이 결국 시가 아니겠는가. 우리가 시를 쓰고 읽는 것은 '어떻게 사랑하며 살 것인가'의 이야기를 전하기 위해서다. 그래서 영국 시인 A.E.houseman은 "시를 쓰는 일은 상처 받은 진주 조개가 지독한 고통 속에서 분비 작용을 하여 진주를 만드는 일"이라고 말했다. 극심한 내적 고통을 겪은 후 영혼의 깊은 상처를 승화하여 주옥 같은 작품을 쓰는 것과 같은 경우이리라. 시는 사물의 안과 밖이 만나게 하는 것이라는 말(정진규)도 현실과 무관한 음풍농월을 경계하고, 사람과 사람, 사람과 사물의 관계를 시적 안목으로 통찰하여 그 넓고 깊은 의미들을 개성적 감회로 풀어내는 것이 시라는 얘기에 다름 아니다.

'속이 건조하다'는 내 말뜻을 못 알아듣는 K씨
어시장 '광포복어' 집으로
나를 데리고 간다
문밖에 세워 둔 자전거를 비켜서

드르륵 문을 열자

마늘을 까던 주인 할머니 얼굴에

자글자글한 파도가 인다

젊은 것들이 반듯이 앉아 차려주는 상을 받는다

'독은 독으로 푸는 것이여'

독을 독으로 손질해서

독이 오른 사람에게 끓여 먹이는데

아삭아삭 씹히는 콩나물을 비집고

독이 올라 부은 통로를 타고 내려와 널찍이 스며든다

말귀를 못 알아들은 건 나였다

- 「복어국을 먹다」 전문

　시적 화자는 전날 밤 과음했던 걸까. 숙취 때문에 '속이 건조하다'고 한
걸까. 아니면 정신이 메마르다는 뜻일까. 아무래도 상관없다. '독을 독으
로 손질해서', '독이 오른 사람에게 끓여 먹이는' 것이 복어국이니까. 무릇
삶이란 게 다 독인 법인데 그 독을 복어의 독으로 풀어낼 때의 시원함이
어찌 가슴속 뿐이랴.

　복어란 놈이 어떤 놈인가. 본초강목에서는 공기를 흡입해 배를 부풀
린다고 기포어(氣泡魚) 또는 폐어(肺魚)라고도 불렀으며, 단단한 이빨과 발
달된 턱의 근육, 눈꺼풀이 있어 물속에서도 눈을 감고 뜰 수 있으며, 육식
의 습성을 갖추고 청산가리보다 강한 테트로도톡신이라는 맹독을 가진 물
고기가 아닌가(두산대백과사전). 캐비어, 푸아그라, 트리플과 더불어 세계
4대 진미식품에 속하기도 하는 복어를 미식가로 소문난 중국의 시인 소동
파는 먹고 죽어도 좋을 맛이라 칭송했다고 한다. 가시 있는 장미가 아름답
고 독부(毒婦)가 절세미인이듯 맹독을 지닌 복어가 일미임은 분명 그럴 듯
하다.

아무튼 숙취제거와 당뇨, 고혈압 등에 효과가 있다고 하는 복어국을 먹으며 삶의 독을 복어의 독으로 푼다는 시적 언술은 그 의미가 쏠쏠하다. 정일근 시인은 시집 '착하게 낡은 것의 영혼'에 실린 「사는 맛」이란 시에서, 당신들이 먹는 복어는 독이 없기 때문에 사는 맛을 느낄 수 없다 하면서, 일본에서는 독이 조금 든 생선을 파는 곳이 있어 조금씩 조금씩 독의 맛을 들이다가 고수가 되면 치사량의 독을 맛으로 먹는데 이처럼 전부를 먹어야 비로소 맛이고 그것이 진짜 복어라며 그 복어의 독 맛을 기다림, 절망, 고독의 독 맛이라 하였다. 결국 복어의 독을 사람살이의 독으로 풀어내고 있는데 진서윤의 그것과 별반 다르지 않다.

진서윤의 시를 읽으면서 느낀 특이한 점은 고유어를 많이 찾아 쓴다는 것이다. 열 편 남짓한 작품을 읽으면서 단언을 내리기는 어려웠지만, 따글거리다(「파종기」), 허룩하다(「근황」), 사붓대다(「상왕봉 가는 길」) 등이 그렇고, 아뜩아뜩(「벚꽃 지는 날」), 자분자분, 몽글몽글, 푸들푸들(「손길」), 자글자글(「복어국을 먹다」), 우툴두툴(「파종기」) 등의 모양을 흉내낸 의태어를 많이 쓰는 것이 그렇다. 다분히 의도적인 시어 선택임이 틀림없다. 시에서 이렇게 의태어를 많이 쓴다는 것은 사물에 대한 애정과 예리한 관찰력이 전제된 것이라 할 수 있다. 작품 내적으로는 음악성을 얻어 경쾌함을 표현한다는 점에서 바람직한 모습이라 생각된다.

4. 마무리

지금까지 진서윤의 시를 성글게나마 짚어 보았다. 세상에 대한 따뜻한 긍정도 의미 있는 일이지만 긍정의 강 저쪽도 가치가 있는 법이다. 좀 더 다양하고 곰삭은 삶의 내음이 물씬 풍기는 작품들을 기대한다. 그의 성격으로 보나 시적 경륜으로 보나 그런 날이 곧 올 것이라 믿는다.

시인은 세상의 모든 사물과 현상 앞에서 언제나 감동할 준비가 되어 있는 사람이다. 시가 어렵다고 하는데 그에 대해 굳이 해명하라면 자기가 아는 틀에서 벗어나지 못할 때, 시는 더욱 어렵게 느껴지는 법이라고 말하고 싶다. 또 시에서 현실성과 현장성, 즉 리얼리티가 결핍되어 있다는 이야기에 대해 굳이 해명하라면 꿈꾸는 것도 우리 삶의 삼분의 일을 차지하는 어엿한 현실 중의 하나라는 사실이다. 이처럼 어엿한 현실을 현실 아닌 것으로 잘라버리려는 경향이 문제 아닐까. 나는 끝까지 인간의 이성에 대한 믿음을 가지고 싶다.

시인은 시적 영감(靈感)을 받아야 한다. 그러나 그 영감이 어디서, 언제 오는지는 아무도 모른다. 그렇지만 그 영감을 잘 받아내는 이가 바로 시인이다. 물론 이 영감 자체가 바로 시가 되는 것은 아니다. 충분히 발효가 되어야 하고 그 영감을 시인의 내면에서 밖으로 육화시킬 수 있는 동기를 만나야 비로소 시가 된다. 그 때는 언제일까. 좋은 제재를 만나거나 경험을 통해 그 영감과 교감하게 되는 순간일 것이다. 어느 순간 받게 될 영감을 위해 시인은 끊임없이 공부해야 한다. 그것은 바로 시적 상상력을 위한 공부다. 왜냐하면 이 시적 상상력이 없으면 영감을 받기 어렵기 때문이다. 다다익선(多多益善)이다. 그렇다면 이 시적 상상력을 위해서 시인이 할 일은 무엇일까. 시를 쓰는 것이다. 습관적으로 쓰는 것이다. 많이 쓰는 것이다. 무조건, 쉬지 않고 쓰는 것이다. 그러므로 시를 쓰지 않는 시인은 시인이 아니다. 시인은 자기 밖에 있는 세계와 자기 안의 변화들을 가만히 응시하는 일과, 자신이 가진 모든 감각과 상상력을 총동원하여 삶의 갈피마다 엎드려 있는 희로애락애오욕을 느끼고 읽으면서, 끊임없이 인생의 밑바닥에 숨어있는 신비로움과 꿈과 진실을 잡으려고 노력해야 한다. 자크 아탈리는 말했다. 시인은 세상의 광기를 자유롭게 관찰하는 사람이요, 세상이 잠든 밤에도 깨어있는 사람이라고.

문학의 위기설이 제기된 지 십여 년이 지났건만 여전히 시는 건재하다.

그렇지만 문학의 위기는 계속되고 있고 아예 상식이 되어 버렸다. 사이버 문학 문제는 위기라는 측면보다 하나의 새로운 문학 마당을 개척했다는 열린 생각으로 받아들인다 하더라도 빠르게 변화하는 세상의 가공할 속도와 영상 매체의 영역 확장으로 인한 문학의 고립화와 왜소화는 인정하지 않을 수 없다.

몇몇 인문학자들은 문학의 위기를 일시적인 것이 아니라 구조적인 것이라 인식한다. 배타적 엘리트주의를 통해 일반 독자를 무시하는 고립적 작가주의로는 문학의 위기를 타개하기 힘들다고도 한다.(최강민) 시인들이 시를 생산하고 읽으며 소비하는 이 엘리트주의와 고립적 태도는 시를 더욱 나락으로 떨어뜨릴 것이다. 거대한 상업주의의 물결 속에서 시가 지닌 성찰적 미학과 정서적 승화작용을 온전히 지키기 위해서라도 변화를 거부하지 말고 오히려 적극적으로 수용하여 시의 본질과 소통 방식에 대한 끊임없는 성찰과 고민을 계속해야 할 것이다.

자연의 존재 원리와 삶

— 배한봉의 시

꽃이 흔들리는 것은 바람 때문이 아니라
제 몸 속 암술 수술의 음표들이 가락
퉁기기 때문이리. 벌 나비 찾아드는 것 또한
그 가락 장단이 향기 뿜어내기 때문이리
그대여, 사랑은 눈부신 그 음표들이
열매 맺고 향기롭게 익는 일과 같을 것이니,
우리는 어떤 가락 장단으로 세상을 걷고
어떤 열매 키우며 서로 바라보는 것이냐
나 오늘, 만개한 복사꽃 보며
내 몸속에서는 어떤 음표들이 가락 퉁기는지
궁금하여 햇살 속에 마음 활짝 펼쳐 본다.

　　　　　 – 배한봉, 「꽃 속의 음표」 전문, 『악기점』(세계사)

　인생 백 년 삼만육천 날에는 그날마다 할 일이 있으므로 미루지 말고 그 날 할 일을 그날 하라 했던가. 당일 할 일을 하지 않으면 그 날은 공일(空 日)이 된다 했던가. 한가함에 휩쓸리지 않고 부지런히 제 할 일을 하는 것이 우주와 같은 길을 가는 것이라 했던가. 어제는 이미 지나갔고, 내일은 아직 오지 않았으므로 무언가를 해야 한다면 오로지 당일에 해야 한다(이용휴)고 했던가. 이런 생각들이 바로 나와 자연과 우주의 관계와 순리를 이야기하고 있는 것이라 여겨진다. 그러나 이런 생각만 하면 뭐하나. 늘 '여유'와 '천천히'를 입에 올리며 살아가고자 하지만 그놈의 현실이라는 놈이 나를 물고 놓지 않는 것을. 그래도 다 털어버려야지. 결국엔 무엇인가. 아무것도 아니지 않는가.

시인 배한봉이 누구던가. 찬찬한 십 대를 보내고 신산한 이십 대와 삼십 대를 거치면서 문학과 학문을 아울러 일궈내고 스스로를 담금질한 사람. 그리하여 시의 일가를 이룬 사람. 함안에서 과수원을 경영하다가 요즘엔 다시 창원으로 돌아와 시작에 몰두하고 있는 사람이다. 『시인시각』 편집주간을 맡고 있으며, 여러 권의 시집을 펴낸 바 있다. 필자와의 인연도 오래 이어지고 있으나 근래엔 자주 만나지 못해 아쉬운 마음이다.

일반적으로 배한봉 시의 특징으로 시적 대상에 대한 화자의 예리하면서도 따뜻한 시선을 꼽는다. 대상과 상황의 대표 이미지에서 비롯되는 파생적 의미를 개성적 시어로 표출해 읽는 이로 하여금 마음을 열게 한다.

이제 인용시를 보자. 꽃 즉 시적대상의 의인화는 대상과 화자의 내적 동일시에 해당한다. 그것은 집착과 소유에 대한 대립적 지점에서 이 시의 꽃, 즉 자연의 순응과 자연스런 흐름을 드러내 인간의 비자연적 의식의 가벼움과 부질없음을 꾸짖는다. 자연적 삶의 이치를 이끌어내고 있는 것이다. 꽃(자연 혹은 생명)과 나(시적 화자)를 마주보기로 놓고 시적 얼개를 짜고 있는 이 시는, 자연과 인간의 존재와 살아감의 방식을 동등한 위치에 놓고 풀어가고 있다. 꽃과 바람, 꽃과 벌, 나비의 공존을 가락과 향기의 상호소통으로 읽어내는 품이 예사롭지 않다.

그리하여 나와 그대의 사랑이 향기로운 결실을 맺는 데까지 의식의 지팡이가 나아가면 '어떤 가락과 장단'으로 '세상을 걸어야' 하는지 스스로

묻게 되는 자성(自省)의 단계까지 읽히게 된다. 꽃을 통해 스스로를 돌아보고 겸손해지는 자아의 태도는 시적 화자 또한 자연의 일부라는 깨달음을 넘어 자연과 사람의 공존이라야 비로소 '마음을 활짝' 열 수 있기 때문이리라.

꽃잎을 흔드는 꽃 속의 음표들과 복사꽃을 통해 화자의 몸속 음표들의 관계는 그 의미망이 그리 멀리 있는 것이 아니다. 화자를 포함한 지상 위의 존재들 또한 그 일부라는 인식, 자연이 아닌 우주의 모든 질서와 존재가 인간의 그것과 함께한다는 인식 그 이상도 이하도 아닌 것이다.

자연의 생명에서 우주의 생명현상을 읽어낸다는 좀 거대한 명제를 내세울 필요조차 없다. 자연의 존재 원리와 사람의 삶의 근원이 조금도 다르지 않다는 인식의 확인일 뿐이다.

그 많은 삶도, 그 많은 자연도, 존재도 거기엔 저마다 갈등과 고뇌와 열정이 들끓고 있나니, 그 어떤 사소함도 사소하지 않게, 그 어떤 진부함도 진부하지 않게 바라보는 눈이 지금 우리에게 필요하나니. 진부함에 생기를 불어넣고 낯익음을 찬란한 낯섦으로 승화시킬 줄 아는 시인의 비범함은 결국 세상에 대한, 자연에 대한 그윽한 사랑의 마음임을 내 어찌 이제서야 알았단 말인가. 사랑은 능동적인 것이고 자신이 책임지는 것인데, 그래서 경건하게 대해야 하는 것인데, 어찌하여 아직도 나는 좀 덜 경건해질 필요가 있다고 이렇게 우기고 있단 말인가.

나를 깨우는 책읽기의 즐거움

― 조정래의 『아리랑』

몇 년 전부터 문학계에 불고 있는 '문학위기설'의 바람이 심상찮다. 영상 문화의 대두와 동구권 공산주의의 몰락이 가져온 이념문학의 좌절에서 그 원인의 시작을 찾을 수 있겠다. 거대한 세계사적 흐름과 함께 디지털 매체의 발달로 인한 문학의 가벼움에 대한 우려의 이 바람은 우리에게 문학의 정체성에 대한 진지한 숙고를 요청하는 긍정적인 면을 가지고 있지만, 그로 인해 역사소설류의 범람이나 외국소설들의 번역 홍수 그리고 어쭙잖은 베스트셀러 시집들의 양산으로 이어지는 작금의 현실은 분명 문제가 있다고 여겨진다.

이데올로기의 담벽이 무너지기 시작하면서 한때 상당한 설득력을 가졌던 리얼리즘 문학도 '문학이란 무엇인가?'라는 근원적인 질문으로부터의 도전을 피하지는 못할 것 같다. 그러나 무엇보다도 인간은 아니 독자는, 이론에 의해 설득 당해 행동하는 것이 아니라 감동에 의해 움직이는 지극히 이성적인 존재라는 사실을 인식한다면 문학의 위기라는 비바람 또한 곧 잠잠해질 것이고, 더구나 『아리랑』을 앞에 두고 앉는다면, 진정한 베스트셀러는 '감동'에 의해 결정되는 것이라고 여기게 될 것이다. '감동'은 그 작품을 두고두고 읽게 할 것이며, 그때마다 색다른 감동의 맛을 우러나게 하는 '고전'들이 지닌 덕목이 아니던가.

경제적 가치가 지적 가치나 예술적 가치, 그리고 학문적 평가를 넘어서는 사회풍조가 된 현실에서 삶과 인생의 권위와 보람을 찾을 수 없다는 절망감에 사로잡혀 있다가 구원처럼『아리랑』을 만났다.

한 개인의 삶은 그 개인이 속해 있는 집단의 역사와 동일 선상을 흐르는 시간의 물결이라고 생각된다. 오랜만에 지난 시대의 삶을 접하며 현재의 나를 돌아볼 수 있는 계기를 갖게 되었다. 해마다 터져 나오고 있는 일본의 역사왜곡 망언을 듣고 실소를 넘어 몸을 떨곤 하던 나로서는, 독일에게 핍박을 받았던 서양의 여러 민족들이 "독일을 용서는 하지만 잊지는 않는다."고 했던 말의 의미를 다시 생각케 해 주었다. 독일의 수상을 비롯한 국민들이 진심으로 사죄했을 때, 그들은 독일을 용서하면서도 결코 그 압제의 나날들과 시련을 잊지 않겠다고 한 것은 바른 사람살이의 참모습이 어떤 것인가를 여실히 보여준다 하겠다.

그러나 일본은 아직까지 어떠한가. 사실을 왜곡하다 못해 장관을 비롯한 지도층 인사들이 끝까지 거짓말을 해가며 그들의 행위를 정당화하거나 변명하는데 급급한 실정이다. 개인이든 국가든 과거는 미래를 위해 검증되어야 할 당위를 갖고 있다. 급변하고 있는 국제화 시대에, 과거란 묻지도 말고 돌아보지도 말자는 식의 신세대식 사고와 행동이 판을 치고 있는 시대에, 조정래의『아리랑』은 그 과거를 통해 오늘을 점검하고 진정한 미래를 살아갈 토대를 마련해 주는 힘을 주었다.

처음에 소설『아리랑』을 대했을 때는 솔직히, 조정래의 또 다른 소설인『태백산맥』이나 황석영의『장길산』과 그 궤를 같이하는 소위 이데올로기 소설인 줄 알았다. 절친한 이로부터 소개를 받고 그날로 밤을 새워버린『태백산맥』의 그 엄청난 감동을 다시 한 번 맛볼 수 있다면, 그리고 분명히 조정래는 감동의 방법이나 표현을『태백산맥』과는 맛이 다르게 엮어냈을 것이라고 믿으면서 읽었는데 분명 그랬다.

　이러한 첫 만남의 감흥을 안고, 스산한 가을바람 소리를 들으며 다시 『아리랑』을 읽고 싶었다. 몇 년 전에 읽었던 그 감동을 기대한 건 아니었지만, 이번에는 좀 꼼꼼하게 읽기로 했다. 그때도 나는 『아리랑』을 자꾸자꾸 읽고 싶은 작품이었으면 하고 바랐기 때문이다.

　"많이 읽는 것은 중요하다. 그러나 두루 널리 읽는 것 못지않게 중요한 것은 동일한 책의 반복적인 독서이다. 백 번을 읽으면 문리가 절로 트인다는 것은 옛 선비들이 숭상하고 실천했던 독서법이다. 재독과 삼독을 통해서 첫 번째 간과했던 부분이 부각되며 그 의미가 새로워짐을 발견하게 되는 것은 낯선 경험이 아닐 터이다. 반복적 독서 때마다 새로운 국면을 제시할 수 있는 잠재 가능성을 풍요하게 내장하고 있는 책이야말로 진정한 의미에서의 고전일 것이다."

— 유종호, 『문학이란 무엇인가』(민음사)

　감성이 넘치던 청소년기부터 우리는 자신의 내면을 떨게 했던 고전 몇 권 정도는 누구나 가지고 있을 것이다. 그러면서 두고두고 그것을 꺼내 읽으면서 나이가 들어감에 따라 그 감동이 어떤 파장으로 우리의 의식세계에 퍼져 오는지, 어떤 인식적 울림과 떨림을 주는지 느껴 보았을 것이다. 적지 않은 나이에 접어들었지만 내 생의 마감 날까지 나는 『아리랑』의 감동이 어떤 파장으로 다가오는지 체감하고 싶었다. 『아리랑』 한 질을 내 서가에 꽂아두고 먼지가 쌓이기 전에 다시 뽑아 읽을 수 있는, 내가 아끼는 몇 권의 책으로 삼고 싶었다. 이제 '아리랑'을 부르며 『아리랑』 속으로 길을 내 보자.

　한마디로, 인간에게 어떤 고난이나 시련이 닥쳤을 때, 그것에 대항하여 물리쳐 내거나 다른 여러 가지 방법을 강구하지 않는다면 더 이상 인간으로 존재해야 할 가치가 없다는 것을 소설 『아리랑』은 가르친다. 대하소설이지만 방대한 자료의 양에 놀라고, 그 하나하나의 사건과 장면의 묘사능력은 '조정래라서 그렇다' 하고 넘어가자. 우리 민족의 그 다양하고 억척같은 삶과 인정을 어찌 그리 잘 드러내는지 읽어가는 대목마다 콧날이 시큰거려서 혼이 날 지경이었다. 특히 옥녀가 송가원과 함께 만주 벌판에서 송수익의 진혼곡을 부르는 장면은 그야말로 압권이었다. 우리 민족에 대한 떳떳한 자부심과, 과연 큰 민족이라는 흐뭇함 그리고 수천 년의 세월 동안 그 어려운 수전농사를 지어오면서, 자연 조건에 적응해 나가는 부지런함과, 자연 재해를 견디고 이겨내는 끈질김과, 자연 환경을 이용할 줄 아는 영리함에서 수전민족(水田民族)의 기질이 영원하리라는 자긍심도 갖게 되었다.

"조국은 영원히 민족의 것이지 무슨무슨 주의자들의 소유가 아니다. 그러므로 지난 날 식민지 역사 속에서 민족의 독립을 위해 피 흘린 모든 사람들의 공은 공정하게 평가되고 공평하게 대접되어 민족통일이 성취해낸 통일조국 앞에 겸손하게 비쳐지는 것으로 족하다. 나는 이런 결론을 앞에 두고 소설 『아리랑』을 쓰기 시작했다. 그건 감히 민족통일의 역사 위에서 식민지 시대의 수난과 투쟁을 직시하고자 하는 의도였다. 역사는 과거와의 대화만이 아니다. 미래의 설계가 또한 역사다."

조정래의 이 말도 또한 마음에 들었다. 작가가 결코 이야기 나부랭이로 엮어진 역사소설을 쓰려 했던 것이 아니라, 우리 민족의 역사를 바로 보고, 앞 세대들의 삶을 구체적으로 그려냄으로써 '수난과 투쟁을 직시'하고, 우리의 미래를 설계하고 다져나갈 준비를 하는 자세로 이 대하소설을 지었다는 것을 알게 되었기 때문이다.

일인들이 조선 땅에서 수확한 쌀을 일본 땅으로 실어내기 위해 수많은 포구를 그 잘난 핑계로 축대를 쌓아 새 항구를 만들었고, 그 대표적인 항구인 군산을 작품 시작의 배경으로 하여 1900년을 전후하여 본격적으로 감행된 침략 행위를 순수한 농사꾼인 감골댁과 그 다섯 자식들, 그리고 머슴인 지삼출, 양반이면서도 개화사상을 깨쳐 실용주의와 만민평등 사상을 실천하는 송수익, 아전 출신으로 일인들에 붙어 자신의 영달과 재물축적에 눈이 어두운 백종두 부자(父子), 상인으로 자신만 생각하는 철저한 이기주의자 장덕풍 부자(父子) 등을 통해, 역사 속의 한 시대가 아닌 우리 민족의 삶과 그 다양한 인간 군상들, 그리고 처절하고도 악착같았던 일본인들의 착취와 만행들, 그 속에서 이어가는 민중들의 파란만장한 삶을 눈에 잡힐 듯이 그려내고 있다.

그러한 가운데 독자의 가슴을 후련하게 하는 것은 인과응보의 진리를 보여주고 있다는 점이다. 장덕풍 일가와 백종두 일가의 종말을 비참하게 그려낸 작가의 진의가 바로 그것이다. 물론 양치성 같은 인물은 끝까지 일제의 앞잡이로 살아남게 하여 해방 후 친일 세력들이 대거 우리 사회의 각 분야에서 득세했던 것을 암시하고 있기도 하다.

그런데『아리랑』이 다른 역사 근거 소설들에 비해 특이한 것은 19세기 말부터 자행된 외세침략을 배척하려 애썼던 여러 가지 반항과 운동의 양상을 민족자존의 힘과 의식으로 보고 있다는 점이라고 하겠다. 그것은 갑오농민전쟁의 잔존세력인 지삼출과 여러 인물들을 다시 일본인들에 대항하는 세력의 중추로 설정하고 있는 점에서 쉽게 알 수 있다. 힘이나 의식이 약했던 조선 왕조는 일본인들의 술수에 걸려드는 줄 알면서도 그들의 힘을 빌어 동학세력을 잠재웠고, 그 사이를 비집고 일본인들은 한 분야씩 나라를 삼키기 시작했던 것이다. 그 일본인들에 대항하는 세력으로 다시 그들을 내세워 민족의 독립을 쟁취하겠다는 의도를 소설의 구도로 내세운 것은 역사적으로도 옳고 바른 인식이지만, 우리에게 선대의 역사에 대한 올바른 시각을 갖도록 해준 것이라 생각된다. 물론 민중 위주의 사건 전개와 그들 위주의 인식, 그리고 그에 반하는 모든 인간 군상이나 사상들에게는 비판적 안목을 갖고 있는 것도 사실이지만.

> "친일파가 아무리 많고 또 많이 생겨나더라도 친일파 아닌 사람이 훨씬 더 많은 법이다. 왜냐하면 근본적으로 저버릴 수 없는 민족적 양심이 살아있기 때문이다."

절망적이고 피폐하며 암담한 식민지 현실을 묘사하면서도 결코 낙담적인 표현만으로 일관하지 않고, 반드시 미래를 담고 있는 삶과 상황을 그려내어 끈질긴 백의민족의 의지와 살가운 사람살이의 정을 그려내고 있는 조정래의 대하소설 『아리랑』. 일인들의 철저하고도 악착같은 착취와 압제에도 불구하고 국내에서는 소작쟁의와 서당운영, 조합결성 등을 통한 저항, 만주와 간도 지방에서의 구체적인 독립 쟁취 운동, 하와이 등지에서의 나라찾기운동, 블라디보스톡을 위시한 연해주 지방의 독립운동을 통한 다양하고도 적극적인 여러 가지의 운동들을 그 뛰어난 묘사능력으로 그려내는 힘은, 우리에게 어떤 고난이 닥쳐도 그것을 뚫고 나아가려는 희망적 미래인식이 없이는 어떤 일도 이룰 수 없다는 우리 겨레의 힘을 바탕으로 하지 않고는 그려낼 수 없는 것들이다.

또한 적극적 의지 관철과 행동을 통한 의식 실천의 인물군과 그 정반대의 인물군을 대조시켜 무엇이 사람을 사람답게 하며, 어떻게 사는 것이 사람다운 삶인가를 간접적으로 제시하여 21세기를 준비하는 우리에게 새로운 각성을 요구하고 있는 점도 이 소설이 가진 미덕이며 단순한 흥미본위의 가벼운 소설이 아님을 말해 준다고 하겠다.

약 일주일에 걸쳐서 소설 『아리랑』과 다시 만났다. 문학이란 무엇일까? 좋은 소설이란? 자꾸 읽고 싶은 고전이란 어떤 소설일까? 이런 물음들에 더 이상 말이 필요치 않았다. 처음에 염려했던 이데올로기 문제나 『태백산맥』과 『장길산』 같은 감동의 질 어느 것 하나 시비할 수 없는 자리에 소설 『아리랑』은 앉아 있었다. 책의 마지막 장을 덮는 순간 다시 한 번 더 읽어야 쓰겠다는 생각이 나를 덮어왔다.

글쓰기에 대한 몇 가지 생각

글은 자기인식의 수단이다. 끝없는 자신에 대한 물음 즉 나는 누구냐에서 출발하여 너는 누구냐, 겨레는, 인류는, 모두는 누구냐에 가 닿는 물음의 다른 행위다. 시의 길은 떠나기 위한 길이 아니라 되돌아오기 위한 길이다. 시는 괴롭고 슬픈 자들, 쓰러지고 짓밟히는 것들의 동무가 되거나, 자기 삶과의 등가를 이룰 때 그 향기는 짙다.

그러나 시는 궁극적으로 자기 탐구의 행위다. 왜, 언제 울어야 하며, 땀을 흘려야 하는가를 알고, 진정으로 남을 위해 울 수 있는 마음 바탕을 갖고, 자신의 수련으로 가야 한다. 언제나 시의 가장 중요한 주제는 자신이기 때문이다. 시대적 양심에 예민한 시인들은 그 고통(현대사의 고통)을 비껴갈 수 없기 때문에 그 고통스런 역사와 양심의 증언을 하기 위해 서사적, 혁명주의적 경향으로 흐를 수밖에 없었다. 그러나 시의 본궤도는 역시 서정이므로 그들도(나도) 결국 이 길로 돌아올 수밖에 없었던 것이다.

요즘 시들은 현실을 떠나 자연, 고향 또는 유년의 회상으로 돌아가는 경향을 띤다. 그것은 서정으로의 회귀라는 측면에서 당위를 가진다 하더라도 자연회귀가 시의 도피처나 은신처가 되어서는 안 되며 현실과 유리된 고고한 곳이 되는 것을 경계해야 한다. 자연에도 인간세상이 담겨 있어야 진정한 서정이라 할 수 있기 때문이다.

시인이 절망한 사회에서는 더 이상 살아갈 희망이 없는 법이다. 어려운 때일수록 현실논리를 뛰어넘어 절망 속에서 희망을 읽어낼 수 있는 시인의 예지와 직관은 필수적이다. 눈에 보이는 현실에 대한 거부와 분노를 초극할 때 진정한 의미의 시가 탄생할 수 있다는 알랭 주프르와의 말은 기억해 둘 가치가 있다.

감정을 절제하고 내면으로부터 우러나오는 시적 발성, 진실을 담은 표현의도와 가슴 속 깊이 숨기는 시적 태도는 영원한 감동을 얻는 첫걸음이자 숙제라고 할 수 있는데, 사실 80년대의 현실주의 문학은 그러한 서정의 울림을 갖지 못했던 것이 사실이다. 그 당시의 문인들이 서정으로 가는 길을 찾는 요즘의 여러 정황들이 그 반증이 된다 하겠다. 인간을 기억하며 산다기보다 잊고 사는 폐쇄적 삶에 쉽게 익숙해지는 것이 오늘날의 삶이 아닐까? 상식 밖에서 살고 있는 사람이 많다는 말이다.

글을 쓴다는 것은 삶을 쓴다는 것이다. 삶을 배우는 것이다. 삶에는 진실과 아름다움이 있다. 시는 진실해야 한다. 시는 삶이다. 시를 쓰는 것은 삶에 대한 지극한 열정의 또 다른 이름쓰기이다. 삶을 애타게 찾아 그 삶의 아름다움을 삶답게 담아내는 작업이다.

시의 대상이 된 세계가 민중적인 것이라면 그것은 시인의 의식이, 가난하지만 꿈을 버리지 않는 그들의 삶에 대한 열망과 함께 하고 있다는 말이 된다. 현실을 벗어난 서정이 아니라 현실을 끌어안는 서정, 그 현실 속 꿈을 키우는 서정이 진정한 시의 리얼리즘이 아닐까.

직유는 산문적이고 은유는 시적이다. 은유를 쓰면 문장에 힘이 생긴다. 상상의 날개가 펄럭이며 통찰력이 작용하게 되어 산문적인 것에 시적인 힘을 제공한다는 말이다. 은유는 시적 호소력이 있게 한다. 왜냐하면 그것은 논리를 초월하기 때문이다.

오늘의 시인들이 삶과 현실을 치열하게 껴안고 넘어서려는 긴장과 시적 힘을 갖는 대신 거의 무모하리만치 치졸한 냉소적 환멸과 무력감의 울타리에 갇혀 있는 것은 아닌가? 현실에 대한 첨예한 인식과 시적 형식에 대한 새로운 모색의 치열함보다는 회한과 아련한 그리움 따위의 모호하고 불투명한 정서적 분위기에로의 몰입이 염려된다. 오랜 절망에도 견딜 수 있는 인간 삶의 보다 근원적인 지혜에 이르려고 하는 희망적 태도와 불행했던 추억들을 그리움의 단계까지 올려놓는 행위를 기다린다.

시가 지닌 본래의 서정성과 언어적 아름다움에 대한 이끌림을 어느 정도 인정한다고 하더라도 우리의 삶이 사물화된 욕망의 구조와 제도적 힘에 억눌리고 훼손당하는 상황을 고려하면 현실을 인식하는 의식이나 시의 형식에 대한 도전적 열정이 필요함을 인정하지 않을 수 없다.

사람이 살아가는 과정에서 불가항력을 만났을 때의 결과는 두 가지다. 하나는 체념이고 다른 하나는 절망이다. 체념보다 그 강도가 센 것이 절망이라면 한 범주에 든다. 인간의 나약함이나 무기력 그 다음의 단계가 절망이라면 그 다음의 단계는 허무인가. 그렇다면 체념과 절망의 단계에선 용수철처럼 새로움의 세계로 튕겨져 오를 수 있다는 말이 된다. 허무의 단계에선 그 어떤 것도 생명과 의미를 가지지 못하기 때문이다. 사유를 거친 절망이란 철저한 세계인식을 그 바탕으로 한다는 말이 아닌가.

추억은 쓸쓸하지만 따뜻한 충족의 시간과 공간을 준다. 그만큼 추억과는 행복하게 만날 수 있다. 그러나 추억이 현재의 고통스런 삶을 만져주는 따스함을 언제까지나 가져다주지는 않는다. 상실과 환멸의 조각들만 가득 찬 추억은 우리에게 미래를 주지 않기 때문이다. 추억이 현재의 시간 속에서 재구성될 때 미래를 위한 역동적 자기 확립의 의미를 갖게 된다. 추억이 단지 절망을 견디는 인고의 방이 되어서도 안 되겠지만 공허한 희망을 꿈꾸는 울림의 시간이어서도 무의미하다.

문학을 현실에 대한 정신적 대응의 한 결과물이라 할 때 과거의 추억 속으로 시적 인식과 대상을 찾아 침잠하는 요즘의 시들은 첫째, 현실상황의 변화가능성에 대한 비관적 회의를 내보이고 둘째, 허무주의적 색채를 띠며 셋째, 불가항력적인 현재와 암울한 미래에 대한 인식을 그냥 두는, 처연하면서도 무기력한 체념적 태도를 보여 준다. 이를 극복하는 것은 하나뿐이라는 생각이다. 추억이 갖는 속성을 과감하게 떨치고 이런 문제들과 정면으로 부딪치는 강렬한 절망의 역동성이 그것이다. 우리에게 진정 필요한 것은 타락과 부패의 삶의 이면을 파헤치고 점점 가속화되고 있는 비인간화의 우리사회 그 허구적 욕망의 구조를 바로 잡기 위한 강렬하고 도전적인 실험정신이다.

　우리나라의 시인, 작가들은 술을 마시는 것으로 그 면죄부를 행사하려 한다. 술집에 앉아 예술가적 경륜을 쌓아오는 태도는 안이한 풍류주의에의 충성은 될지언정 그들 자신에게는 창의의 시간적 결손임을 알아야 한다. 술에 대한 냉철한 실리주의를 생각할 때다.

큰물은 소리 없이 흐른다

― 이월춘의 「낙동리 간다」

창조하는 자에게는 가난이 없으며, 그냥 지나쳐 버려도 좋은 빈약한 장소란 없다. 설사 당신이 감옥에 갇혀서 바깥 세상의 소리조차 전해지지 않는 경우라도 당신에겐 여전히 어린 시절의 그 귀중하고 풍요한 추억의 보물창고가 있지 않은가?

― 라이너 마리아 릴케

강물의 흐름은 침묵의 또다른 모습이다. 그럼에도 불구하고 묵묵한 흐름이 갖는 힘은 우렁찬 연설을 압도하는 침묵의 그것으로 이해될 수 있다. 비공비유(非空非有)의 흐름일까.

강은 비를 맞고 있다. 흐르는 듯 마는 듯 저 강물 위로 작은 물방울을 통기며 옅은 안개를 만들고 있다. 넓은 강의 폭은 이 땅에서 났다가 사라져간 수많은 존재들의 이름을 외우고 있는 듯했고, 지난 밤 어둠 속에서 별들의 영롱한 빛깔들을 품었다가 낮이면 물방울로 하나씩 풀어 놓는 듯했다. 맑고 순결한 강물의 고요, 그것은 나의 육신 뿐 아니라 정신의 성숙을 위한 크고 엄숙한 자양분이었다. 그 고요는 때로 폭포음보다 큰 말씀들을 던져 주었고, 내가 살아 있다는 실감의 언어들을 보여주기도 했었다.

긴 가뭄으로 인해 넓은 강 양쪽으로 몇 백 미터씩의 모래사장을 거느릴 때면, 뜨거운 햇살과 더불어 모든 존재하는 것들이 말라가리라는 느낌을 지울 수가 없었다. 그러나 나는 그 좁은 강물과 넓은 모래사장이 따로 떨어진 물과 모래가 아니라 강이라는 이름, 낙동강이라는 큰 이름을 가진 하나의 대상으로 이해할 수 있었다. 물이 줄어든 강은 결코 텅 빈 공간이 아니라 자신을 비워냄으로써 얻어지는 충만의 형상을 보여주었던 것이다. 초가지붕이나 각종의 가재도구, 심지어 돼지 새끼까지 떠내려 오는 칠월 장마 무렵이면 그 넓은 강변 모래밭도 강이 되어, 도도하게 흘러 바다로 가는 모습으로 변한다. 그야말로 일체감과 포용의 실천이었다. 세속의 모든 먼지들을 한 해에 한 번씩 쓸어안고 가는 큰 사랑의 모습이 곧 낙동강의 본모습일지도 모른다.

일제 강점기에 놓았다는 시멘트 다리 위에서 바라보는 낙동강의 알몸 위로 저녁은 안개를 몰고 서서히 밀려든다. 강은 곧 어둠에 젖어들 것이다. 그래도 강물은 말이 없고 강둑 저 너머에서 바람이 불어오는 소리가 들린다. 멀고 험한 길을 떠나는 사람의 무거운 발소리가 들리는 것도 같다. 굽이치는 물길 끝에서 나는 침묵의 빛을 본다. 그래 이곳에다 집을 지으리라. 내 모든 시간과 욕심들을 강물에 던져 버리고 홀로 삶을 견디리라.

낙동강, 내가 나서 자란 곳은 경상남도 창원시 의창구 대산면 모산리. 그러니까 칠백 리 낙동강의 하류에 속하는 곳이다. 넓디넓은 김해평야의 한가운데 동네가 있었으므로 산이 없어 전통적으로 농사를 지어 삶의 자리를 엮어갔다. 산이 없었으므로 동네 곁을 흐르는 강은 어린 나의 놀이터요 학교요 스승이었으며 동무였다. 강은 내게 전부였다. 큰물은 소리를 내지 않는다는 것도 강에서 배웠으며, 흐른다는 것은 결코 끝이 없다는 것도 강이 가르쳐 준 것이었다.

이렇듯 잔잔한 비가 뿌리는 아침, 강에 나가보면 강변의 수많은 이름 모를 풀잎들이 안개에 몸을 담그고, 비안개에 섞인 천 년의 강은 그만이 가진 물의 냄새를 피워 올리며 세상의 모든 소리들을 하늘로 하늘로 보내는 것 같은 환상을 보여준다. 물과 모래, 물과 나무, 그리고 온갖 풀들 이런 것들의 어울림이 엮어내는 풍경들은 고요에 취한 산책객의 슬프고 쓸쓸한 가슴을 오히려 가득 채우는 적막감의 힘을 느끼게 한다. 어디서 그런 효과를 가져 오는 걸까. 그것은 소리 없이 흐르는 물의 본래 모습이 갖는 힘, 새로움을 짊어진 싱싱한 물의 어깨 때문일 게다.

시멘트 철근 구조물, 열기 가득한 도로, 매연과 오물에 찌든 공간과 공기, 이런 도시의 상징들에서 낙동강의 흐름을 생각할 수 있다는 것은 분명 행복이다. 그래서 도시의 미래도 희망적이라 할 수 있을까?

아름다운 것들은 언젠가 사라진다. 사라짐의 위기가 있기에 더욱 안타깝고 소중하게 여겨진다. 그러나 사람들은 후회의 동물이기에, 사라지고 난 다음 그 추억을 쓸쓸한 회한 속에서 '희미한 옛 사랑의 그림자'로 떠올릴 뿐이다. 풀잎에 맺힌 이슬은 밝은 햇살 한줌이면 그 아름다움을 잃게 되고, 꽃들의 그 절묘한 아름다움도 한 시절이다. 지나간 일은 모두 아름답다 했지만 낙동강만은 그래서는 안 된다. 앞으로도 영원히 그의 이름을 아름답게 해야 한다.

지금 우리의 강은 울고 있다. 더욱 거세지는 인간들의 욕심 때문에 강은 흐르면서 그들의 울음을 운다. 울고 있는 강이 아름답다고 오해하지 말라. 생명은 유한의 존재가 아니다. 그것은 언제나 새로움으로 다시 태어난다. 그 새로움의 바탕을 하나씩 원래의 자리로 되돌려 놓을 때 비로소 물의 울음은 노래가 되고 아름다움이 될 것이니.

물의 흐름—그것은 물방울의 흐름이요 모든 점들이 하나의 선으로 이어지듯이 일회성의 행위를 넘어 반복의 끝없는 행위가 되어 물질과 정신의 통합, 곧 삶의 또 다른 형태로까지 비춰질 수 있는 것이다. 물의 흐름은 가까이서 볼 때와 멀리서 볼 때 각기 다른 의미를 던진다. 곁에서는 물의 팽팽한 생기를 느낄 수 있다면, 멀리서 보는 물은 포용과 용서의 대지로 이해되기도 하고 거리감에서 오는 평온의 언어감각도 받아 안을 수 있다.

나이가 들면서 나는 언제나 내 의식과 삶의 세계가 일치를 이루지 못하고 있다는 것을 깨닫게 되었다. 그러나 그것이 삶의 당연한 과정이라는 것도 곧 알게 되었다. 나이가 들면 들수록 그 낙차의 폭은 넓어지는 법이고, 그럼으로써 현실적인 삶을 유지할 수 있다는 것, 인간의 본능은 그 차이를 좁혀 현실과 이상의 일치를 꿈꾸게 하며, 시인은 그 격차에서 일체감의 갈망이 더욱 깊어져 갈등하며 방황하게 되는 것이리라. 그것은 영원히 극복될 수 없는 것인지도 모른다. 내가 죽는 날까지 극복될 수 없다하더라도 가슴 깊숙한 곳에서부터 시작되는 표현 욕구와 그 원동력을 결코 떨어내지는 못할 것이다.

시인은 언제나 자신을 둘러싸고 있는 모순과 싸운다. 그래서 삶이 가진 양면성의 본질을 인정하면서도 끝까지 분리의 삶을 꿈꾸는 변증법적 존재인지도 모른다.

오늘의 강물이 어제의 강물은 아니다. 영원히 반복되는 듯하면서도 그것은 결코 동일사물의 반복은 아닌 것이다. 오랜 세월의 체험과 수련으로 생겨나는 새로운 탄생의 반복이다. 그것은 역사의 이름이요 정신의 변화를 추구하는 창조의 본류이다. 나는 내 시가 무엇이며 무엇을 쓰고 있는지, 어떻게 써야 할지 아직도 잘 모른다. 시 한 편을 써서 읽고는 그래 이것이다 했다가도 곧 아니야 이런 것이 아니라는 깊은 회의에 빠져버린다. 발 딛고 선 점의 존재와 현실에서 거대한 우주와 자연의 섭리를 거부하기 때문에 그런 회의가 오는 것은 아닐까.

강에서 그 해답을 구하자. 그래서 나는 요즘도 낙동강에 자주 간다. 약한 시간 정도 차를 타고 가야 하지만 강변과 물의 이미지를 벗어나지 못하는 내 숙명이라 여길 수밖에. 남도의 작은 항구도시 진해, 이곳의 마딧기에 살면서도 바다의 삶과 푸른 이미지를 건져 보지도 못하고 강의 품속에서 벗어나지 못한다. 낙동강은 내 의식의 출발점이자 원천적인 고향이다.

모든 것이 다 그러하듯이 시를 쓰는 것 또한 마음같이 잘 되는 것은 아니고 오히려 무수한 세속의 때들에 얼마 남지 않은 마음마저 빼앗길까 전전긍긍하는 것이 오늘의 내 모습인데, 이럴 경우 강은 형언할 수 없는 기쁨을 주고 그리움의 방문을 열어준다. 강은 탈출구요 도피처요 사랑하는 사람의 가슴이다.

낙동강은 수많은 사람들의 삶을 거느리고 흐른다. 그들의 희비애환을 다독이며 오랜 세월을 흐르고 있다. 나는 강물의 흐름에서 그들의 삶을 찾기 시작했다. 농사의 힘과 절망, 그들의 기쁨과 눈물을 그려내고 싶었다. 그것은 그들의 삶을 피상적으로 담아내는 데 목적이 있는 것이 아니라, 그것을 표현하고 또 씀으로써 내 자신의 삶이 그들의 삶 속으로, 나아가 우리의 삶 속으로 스며들게 하여 나 자신의 뿌리와 자리를 찾고자 함이었다. 결코 가난에 힘들었던 그 시절의 분노와 슬픔의 마음을 담아내기 위한 행위는 아니었다. 그래서 현란한 비유나 상징은 필요치 않았고 그저 담담함의 태도 유지가 중시될 뿐이다.

> 한 그릇 나물국처럼
> 강물은 앉아 흐르고
> 때 이른 철새 두엇 황혼에 올 쯤
> 잠방이를 적시는 풀이슬 걷어차며
> 낙동리 간다
> 흙손들 맞잡으며
> 지난 여름의 헛손질 부르며
> 술잔에 묻은 온갖 눈치 마셔가며
> 쓰러지는 가을, 빈혈의 낙동리

낙동리 간다 엉겅퀴 쑥대밭 뚫고

언덕배기마다 엎드린 푸른 적의를 만나러

강둑 너머 읍내 장터에 떨어지는 쥐불놀이와

속옷 같은 어린 시절을 만나러

가난의 등허리 왕자갈 신작로를 따라

술 솜씨 왕성한 내 친구 진수와

구백 평 배추 밑동을 조선낫으로 쳐버린

한수 아재를 만나러 낙동리 간다

가슴 밑창에 고인 가오리연의 외로움과

끊임없이 침몰하는 시간의 발자국마다

핏물보다 더 진한 어둠이 괴어 있구나

안개 짙은 남도의 마을을 따라

대를 이어 달리는 칠백 리 노동의 눈시울에

마지막 눈물로 버텨 선 낙동리

억척같은 믿음을 가슴에 안고

손금처럼 발 옮기며 낙동리 간다

– 이월춘, 「낙동리 간다」 전문

내 삶의 끝까지 나는 낙동강 언저리에 엎드려 오늘도 내일도 죄나 지으면서 살아가는 것인지도 모를 일이다. 삶의 중간중간에 끼어드는 일련의 고통이나 기다림도 인간에게 필요한 정신의 양식이라는 것도 안다. 시가 갖는 예술적 가치와 대중적 인기가 일치를 보는 행복감을 맛볼 수 없는 시대에 살고 있다는 것도 안다. 내가 시를 쓰는 것은 누구에게 보이고 싶어서도 아니고 내 존재를 드러내고자 함도 아니요, 나 홀로 내 뜻을 간직하고파서도 아니다. 그것은 나의 삶을 담아내는 지극히 단순한 행위일 뿐이다.

내 시는 나를 뛰어넘을 수 없다. 그것은 평가를 거부한다. 치음부터 끝까지 정말 아름다운 시 한 편 쓰고 싶다는 욕구의 반복적 실천을 엮어가다가 나는 죽을지도 모른다. 그러나 괜찮다. 내 삶의 시작부터 터져 나온 무수한 시행착오 속에서도 나는 견뎌오지 않았느냐. 견딤의 아름다움을 체험하지 않았느냐. 낙동강, 그래 낙동강이 있었기에 그것은 가능했다. 말 없는 포용력, 날마다 반복되면서도 언제나 새로운 시간의 흐름으로 담담하게 자신을 담아내는 그가 있다. 산과 하늘의 큰 말씀을 우렁우렁 들려주시는 그가 있지 않느냐.

나는 강에 나가 물의 목소리를 듣는 것을 좋아한다. 물론 강물의 말씀은 귀만 가지고서는 들을 수가 없다. 눈으로 보아야 하고 귀로 들으며 가슴으로 그를 만나야 하며, 그의 큰 사랑 속으로 들어가야만 그의 참 목소리를 들을 수 있다. 듣는 이의 상황이나 나름의 생각대로 그의 말씀을 들으려 해서는 안 된다는 말이다. 강의 사랑 속에서 물이 되어 들어야 한다. 그렇다. 삶의 모든 껍질들도 마찬가지다. 내가 가진 울타리 속에서는 그들을 들을 수도 만날 수도 없다. 강물도 마찬가지다. 먼저 나를 상대에게 던져놓고 그를 만나야 그가 가진 의미를 들을 수 있다. 사랑에 빠질 수 있다. 나는 지금 낙동강에 빠져 죽고 싶다.

강가의 모래밭은 강의 정기를 머금어 싱싱한 수박과 참외 등속을 길러낸다. 원두막—요즘은 구경하기도 힘들지만 얼마 전까지만 해도 강둑에 올라 강을 바라보면 띄엄띄엄 서 있는 원두막의 수는 한참을 헤아려려 할 만큼 많았다. 땡볕이 내리쬐는 한낮, 종일을 강물에 몸을 담그고 놀았던 우리는 원두막이 있건 없건, 참외와 수박을 지키는 어른들이 있건 없건, 낮은 포복의 명수인 서리특공대를 보냈고, 몇 덩이의 수박과 몇 알의 참외로 고픈 배를 채울 수 있었다. 그리하여 다시 물에서 한나절을 보낸 후 해가 설핏해져서야 집으로 돌아갔다. 지나가는 사람이 누구이건 불러들여 시원한 수박 한 조각을 달게 나누었던 원두막, 동네 어른들이 모여 술내기 장기로 시끌벅적했던 원두막 인정과 여유, 그리고 낭만의 대명사였던 원두막이 지금은 갈비집이나 고급 음식점 정원에 지어져 인간의 탐욕스런 식욕을, 자연이라는 숭엄하고 순수한 이름 아래 표출하고 있는 것이 게걸스럽다 못해 추악하게 느껴진다. 참으로 영악한 존재는 그대들 인간일 것이다.

자연과 인간의 관계를 물화(物化)의 개념에서 접근하게 되면 단절의 칼날을 만나게 된다. 그 둘은 분리의 개체가 아니라 근본적으로 하나라는 합일적 관계에서 서로의 동질적 교감 회복의 측면에서 만나야 함을 우리는 왜 모르고 있는가.

사는 일은 어렵다거나 곤혹스럽게 여기는 대상이 아니라 순간순간 인내하는 마음에서 시작한다는 좀은 어두운 의미를 갖는다. 그렇지만 그 가운데서 자신에 대한 정신적 확인이 가능해지고, 사물이 갖는 표피적 의미보다 이중적 의미에 더욱 가까이 다가가 근원적, 실체적 사물 읽기를 자신의 삶 속에 받아들여 용해시킬 수 있다면 어두운 의미의 삶이 주체적 보람으로 인식될 수도 있을 것이다.

강변의 나무와 풀들 그리고 온갖 푸성귀들, 그들의 무절제하고 자유분방한 색채들이 있는 그대로의 세계를 그려내는 청정무구의 지순한 강물 향기와 함께 어우러진 미적 가치는, 인위적 사고와 계산적 시각에 때 묻은 나의 세속적 관점으로는 도저히 풀어낼 수 없는 지엄함이 서려 있다.

사는 일의 보따리를 강에 던져버려야 한다. 참된 삶은 그 때부터 시작되는 거라는 가르침을 듣는다. 자연은 나로 하여금 시원(始原)의 눈을 되찾게 해준다. 무위순수(無爲純粹)의 강물 흐름은 내가 갖는 주관적 욕심과 개성적 인식을 버리고 세계와의 창조적 만남 그 자체에 모두를 집중하는 태도를 가질 것을 종용하지만, 나는 아직 그 본류에 가 닿지 못하는 미완의 상태에서 답보하고 있다.

강에 가서는 일단 인습의 두꺼운 옷을 벗어버려야 한다. 자연은 인간의 힘을 원천적으로 좋아하지 않는다. 아니 거부한다. 그러므로 그에게는 어떤 선심도 베풀려고 하지 마라. 강물은 이런 말씀도 가르친다. 모든 것이 결국은 무(無)의 세계로 귀속되는 것이라는, 어떤 사물도 종국엔 없음의 단계를 위해 존재하는 것이라는 노장적 자연관을 흐름으로 가르친다. 먹고 사는 일에 초조함을 보이지 마라. 그것은 자신의 내면을 가난하게 하는 정신의 적이다. 자신을 가져라. 그것도 정신의 자신만만함을. 아는 체하지 마라. 무엇을 하는 체하지 마라. 그러려는 자신을 항상 쑥스러워 하라. 아침에 일어나거든 서슴없이 자기 고백을 하라. 그것이 사람다움이고 아름답고 건강한 시인의 모습이다.

삶이라는 끝없는 가르침을 받으러 나는 오늘도 강에 간다. 낙동강은 뛰어넘을 수도 거역할 수도 없는 영원한 나의 스승이다.

소시민의 등짝을 쓸고 가는 바람

— 이규석 시집 『하루살이의 노래』

1. 들머리

시인은 현실 속에서 끊임없이 불화를 꿈꾼다. 삶의 단순함과 일상적 반복성에 익숙해지면 대상에 대한 새로운 인식이나 깨우침이 불가능하기 때문이다. 현실이라는 두꺼운 천막을 걷어내고 그 이면에 있는 새로움의 세계를 드러내고자 하는 본능을 시인은 태생적으로 가지고 있다.

시적 대상을 전면에 내세워 시적 자아를 비웃는 현실에 대해 철저히 야유하거나 파괴하는 거부의 몸짓을 드러내는 존재가 바로 시인이다. 그것은 때로 격정적으로 나타나기도 하고 소극적 저항의 형태를 띠기도 한다.

이규석은 어느 범주에 드는 것일까. 시력(詩歷) 30년을 헤아리는 시인이 이제야 100여 쪽 남짓의 시집 한 권을 내놓다니 과작도 이런 과작이 없을 것이다. 아니 작품은 많을 것이나 시인 스스로 내놓을 작품이 없다고 여겼는지도 모른다. 평소 그의 성품으로 보아 그러고도 남을 터이지만. 아무튼 그는 시인으로서의 최소한의 의무를 비로소 실천한 것으로 보인다. 그동안 경남을 비롯한 문단의 선후배들에게 숱한 지청구도 들었을 것이다. 시집 많이 내는 것이 자랑은 아니지만 이규석의 경우는 분명 문학적 게으름 때문이 아니었을까.

그의 말대로 쇠공장을 전전하며 나이 쉰 줄에 들어선 그의 시는 분명 노동시의 범주 안에 속한다고 보지만, 그의 시를 노동시의 범주 안에서만 읽기에는 약간 부담스러운 게 사실이다. 80년대 이후 전국적으로 확산된 노동문학은 전통적으로 내려온 우리 문학의 저변 확대는 물론, 문학이 전문 작가만의 영역일 수 없고, 노동 주체의 삶과 감정을 스스로 표현해야 한다는 자각에서 출발했다. 그동안 우리는 박노해, 백무산, 박영근, 김해화, 최종천, 정인화 등의 문학적 성취를 보아 왔다. 지금은 세월이 흘러 80년대 당시만큼 노동문학의 의미가 큰 대접을 받지는 못하고 있지만, 분명한 것은 노동문학도 문학으로서의 가치를 가지고 있다는 점이다. 이규석의 시는 노동문학의 관점에서 보는 가치보다는 도시 서민의 힘든 생활상을 표현하는 리얼리즘적 관점에서 접근하는 것이 더 낫겠다는 생각이다.

「객토」 동인 회장을 맡고 있는 이상호 시인으로부터 청탁을 받고 좀 망설이다가 수락하고 말았다. 이규석 시인. 그와의 인연은 좀 길다. 연배도 비슷하고 같이 문청 시절을 보냈다는 점에서도 그는 나와 오랜 친구다. 그렇지만 나는 그와 문학적 통음(痛飮)을 해 본 적도 없고, 같이 어울리면서 삶을 나눈 적도 없다. 그래도 그는 오래전부터 소시민의 삶과 제도권으로부터 소외된 이들의 삶, 차별과 궁핍의 인간사를 꾸려가는 우리 시대의 아웃사이더들을 위한 시를 써 오고 있었다. 그 또한 여러 공장을 월급쟁이로 떠돌다 좀 나아질까 싶어 작은 기계 한 대를 들여놓고 스스로 일거리를 찾아 동분서주하는 도시 서민의 전형적인 모습을 보여주고 있으므로, 그의 관심사가 무엇이고 그의 문학적 지향점이 무엇인지는 어렵지 않게 찾아갈 수 있겠다 싶어 이 글을 쓰기로 한 것이다. 이규석 시인의 노작에 하찮은 글로 누를 끼칠까 두려운 마음 금할 수 없지만 아무쪼록 해량하시기를 바란다.

2. 소시민의 등짝을 쓸고 가는 바람의 시

시집 『하루살이의 노래』는 총 4부 60여 편의 시가 실려 있다. 시집의 첫 페이지부터 마지막 페이지를 덮는 순간까지 그의 시는 쓸쓸하고 외롭고 춥고 배고프다. 나는 이것을 '소시민의 등짝을 쓸고 가는 바람의 시'라 명명하고 싶다.

바람에 몰려다니는
낙엽들을 보며
이렇게 허전해 오는 가슴

내년을 바라볼 수 있는
가을걷이 끝난
빈 들판의 기다림이면 좋겠다

오늘도
빈 기계 앞에서 바장이며
일거리 걱정을 하는데
공장 화단 나뭇가지 위
가을 햇볕을 문 잠자리 한 마리
바람이 불 때마다 나처럼
지겹도록 앉았다 날았다 한다

또 하루를 공치고 돌아서는
무거운 발걸음에 밟히는 이 허전함
나이 탓이면 좋겠다

− 「늦가을에」 전문

이 시의 허전함은 가을과 별반 관련이 없다. 가을이라는 계절적 배경이 쓸쓸함을 더해 준다는 일반적 의미와 다르게 읽어야 한다는 뜻이다. 물론 시적 화자의 허전함과 쓸쓸함의 원인은 불황과 가난, 현실의 피곤함일 터이다. 첫 연의 바람에 몰려다니는 '낙엽'에 자신을 비유하면서, 2연에서는 가을걷이 끝난 들판처럼 내년의 희망을 기다리고 싶다는 마음을 드러낸다. 3연의 잠자리는 시적 화자와 같은 처지의 대상으로 읽힌다. 허전한 마음으로 없는 일거리 걱정을 하는 화자와 앉았다 날았다를 반복하는 잠자리를 동일시하고 있는 이 시적 장치의 저변에는 '또 하루를 공치고 돌아서는' 화자의 무겁고 쓸쓸한 현실이 있다. 이때의 바람은 여름에도 차다. 소시민의 궁핍과 우울과 무겁고 쓸쓸한 현실에서 부는 바람은 계절과 상관없이 언제나 외롭고 춥다. 차라리 '나이 탓'이면 더 좋겠다는 심정은 출구 없는 소시민의 아픈 현실 인식에서 비롯된 것은 아닐까.

지금의 대한민국이 경제적으로 어려워서 못 사는 건 아니다. GDP나 경제교역 수준을 보면 세계 십위권의 경제 강국인데 왜 이렇게 사람들의 행복지수는 형편없는 것일까. 얼마 전 발표된 무슨 통계에서 히말라야 산악 지역의 빈국인 부탄이라는 나라의 국민들은 80퍼센트가 행복하다고 생각한다는데 말이다. 그 잘난 위정자들은 모든 정책의 최우선 자리에 이 문제를 두어야 하지 않겠는가. 모든 이에게 인간다운 삶을 누릴 수 있는 형편과 여건을 만드는 일보다 더 우선적인 것은 없고 더 중요한 것도 없다. 부탄의 경우에서 보듯이 물질이 인간 행복의 절대적 가치가 아님은 분명하다. 그렇다면 마음이 행복해야 한다는 말인데 그러자면 문화적 사회적 만족도를 높여야 할 것이다. 그러나 우리의 현실은 어떠한가. 시적인 삶의 가치와 소중함이 존중받지 못하는 이런 우리의 현실 앞에서는 아무리 의식 있는 시인이라도 정신적인 공황상태에 빠질 수밖에 없을 것이다. 이 시에 나타난 현실 인식은 바로 이런 개인의 삶이 무참히 짓밟히는 몰상식에 대한 반항으로 보인다.

기존의 많은 노동시들은 노동자들의 궁핍한 삶과 열악한 노동환경을 내세워 부익부빈익빈의 자본주의 경제체제를 비판해 왔다. 그런 기조는 오늘날에도 여전히 노동과 자본의 대립이라는 전제를 깔고 노동자는 우리 사회에서 훌륭한 가치생산자라는 성격 부여의 동기가 되고 있다. 노동은 삶을 생산하고, 세상을 다수의 사람들이 행복을 누리게 하는 유일한 행위라는 인식은 권력과 자본에 대한 증오의 감정을 더욱 키워갔고, 그에 비례해 노동에 대한 신성화 역시 강화되어 갔던 것이다. 앞에서 언급한 박노해와 백무산 등이 보여주던 노동시의 분노는 핍박받는 이들을 일정한 계급적 관계 내지 연대로 묶고자 하는 의지를 직설적으로 드러낸다. 이것은 시적 화자로 얼굴을 바꾸어 등장하는 시인들의 철저한 계급적 자각 아래 나타나는 현상이다. 이러한 결핍감과 증오로 가득찬 시들은 이미지나 비유에 의한 전통적 문학 표현 양식의 가치를 한꺼번에 무너뜨리고 직설적 언술에 의지해 문학적인 옷을 입는다. 이런 직설적 표현 태도는 문학의 전통적 감동 전달 방식인 서정적 울림보다는, 국가는 자본의 하수인이고 모든 이데올로기는 지배이데올로기라는 칼 마르크스의 명제를 거리낌 없이 표출하게 된다. 그래서 이들의 시에는 희망보다는 절망이, 기쁨보다는 슬픔의 정서가 깔리게 되고 비관적 상황이 표출되는 것이다.

그러나 노동시는 단순히 노동자에 의해 씌어진 시가 아니다. 노동시도 문학적 성취를 인정받아야 하고, 그러자면 예술적 관점 즉 예술의 논리를 충족시킬 때 그 존재가치는 당위를 가진다.

하루벌이로 사는 나는
이제나 저제나
일을 기다리는 날이 많아진 요즘
하루해가 너무 짧은 것 같다

기다리는 날이 오래갈수록
조급하게 앞서는 마음
그 걱정과 불안을 안주로
술잔 드는 날은 많아지고

마시는 술잔 속에
문득
미소를 머금은 내 아버지 얼굴
나도 몰래 아버지 하고 불러 본다

아버지의 삶이 그랬던 것처럼
하루를 사는 것도
이렇게 무거운 짐이 되는 줄
내가 아버지 되고부터 알았다

ー「하루살이의 노래」전문

시인은 스스로를 '하루살이'로 규정하고 있다. 하루를 벌어 하루를 사는 존재. 그 삶은 언제나 불안하다. 살아간다는 자체 외에는 그 어떤 것도 생각할 겨를이 없다. 평생을 농사꾼으로 사셨던 아버지의 삶도 그랬다는 것을 시인은 문득 깨닫는다. 삶에 대한 미래는 불확실한데 가족들 걱정에 맘 편할 날이 없었던 아버지는 동네 점방에서 막소주 잔술에 소금 안주로 그 쓰린 속을 달래셨는데, 시인은 일거리가 없어 공치고 돌아오다가 동네 어귀 허름한 술집에서 찬 소주 한잔으로 그 답답한 마음을 달랜다. 이 지점에서 시인은 아버지의 마음을 이해하게 되는데, 그런 '무거운' 인생의 짐을 대물림하고 있다는 슬픔을 깨닫는다.

하루살이는 글자 그대로 하루를 살고 죽는 날벌레를 가리킨다. 그러나 하루살이는 그 하루를 살기 위해 최선을 다할 것이다. 시 속의 나는 하루를 살고 죽는 존재는 아니지만 아무리 애를 써 보아도 하루를 사는 것이 힘들기만 하다. 내가 어렸을 때 아버지가 그랬던 것처럼 나도 아버지의 나이가 되어 아버지를 이해하지만, 하루하루를 사는 소시민의 이 아픔을 다문다문 풀어내는 어조가 읽는 이를 슬프게 한다. '아버지의 미소'는 다정했을 것이다. 한없이 인자하고 또 인자한, 자식들에 대한 아쉬움과 미안함이 끝없이 묻어나는 그런 미소. 세상에 대한 회의나 경멸의 미소가 아닌, 자조와 한탄이 뒤범벅된 그런 헛헛한 웃음이 아닌, 가난하지만 가족들 간의 마음을 잇게 하는 따스한 눈길이었을 것이다. 그것은 굳이 말로 주고받을 성질의 것이 아니다. 하루살이의 삶을 신산하게 엮어가는 시인은 불현듯 그런 아버지를 떠올리게 되고, 공감의 선상에서 아버지가 평생을 지고 가셨던 그 '짐'을 이제 자신이 이어 지고 있다는 사실을 받아들인다.

이규석의 시집에는 이런 부류의 작품이 많다. 그의 노동시는 복잡하지 않다. 그래서 쉽게 다가오고 간략하게 읽힌다. 물신숭배의 탐욕적인 현대사회를 향한 분노도 절규도 없다. 사회적 정치적 사건에 대한 일갈도 없고, 분단조국의 비극도, 미국의 패권주의에 대한 비판이나 이라크 전쟁에 대한 절절한 아픔도 없으며, 한미 FTA로 인한 농경사회의 해체와 몰락이라는 면에서 신자유주의 시대 위기에 직면한 농민들의 삶을 그린 작품도 없으니, 우리가 이 시대에 당면한 현실적 문제에 대한 통렬한 인식도 나타나지 않는다. 그렇다고 그의 시를 가벼이 보아 넘길 수는 없다. 분노를 절절히 표현하는 시를 그동안 우리는 숱하게 보아왔다. 그리고 그런 시들이 앞에서 말한 문학적 성취에 얼마나 가까웠는지, 맹목적 구호나 이념적 편향성을 가진 외침이었는지도 잘 안다. 이규석은 담담하게 삶의 아픔을 보여주기만 한다. 작은 목소리로 나직나직 말한다. 그래서 그의 시는 삶에 내한 치열성이 부족한 게 아니냐는 지적도 나올 수 있다. 아니다. 그의 시는 그런 것하고는 차원이 다르다. 그는 부조리하고 아픈 현실을 부시하서

나 던져버리지 않고 잘 삼키는 것 같다. 잘 삼킨다는 것은 부정적 현실을 받아들여 소화를 잘 시킨다는 뜻이다. 그리하여 어제보다 오늘을 새롭게, 오늘보다 내일을 더 멋있게 살아갈 수 있다는 희망의 대지까지 보여 준다. 어둡고 답답한 현실을 소주 한잔으로 탁 털어 넣는다고 해서 모든 것을 쉽게 용서한다는 의미가 아니다.

그는 아버지의 모습을 통해 삶의 긍정적 요소를 찾아내려고 한다. 몇몇 작품에서 나타나고 있는 이런 인식과 태도는 앞으로 이규석 시와 삶의 자양분이 될 것으로 보인다. 사람은 영혼의 성장을 위해 마음의 껍질을 벗고 스스로의 삶에 충실하면 덧없이 늙지 않는다. 그리하여 '곱게 나이 들어가는 것'이다. 이때 '곱다'는 것은 그저 조용히 나이만 먹는 늙음이 아니다. 삶의 진정성을 인식하는 행위다.

3. 마무리

뜨거워질수록
튀어 오르고 싶은 욕망 앞서도
서로 몸 부비며 사는 공장에서
나도 너에게
너도 나에게
뜨겁다는 소리 한 번 못했다

— 「콩을 볶으며」 부분

땀 흘리며 일할 공장에서
바람
그 소리만 들어도

가족들 얼굴이 먼저 떠올라

나는 등골이 오싹해진다

―「노이로제」 부분

　좋은 시를 쓰는 데 특별한 재주가 필요한 것은 아니다. 우주 삼라만상을 바라보는 눈길에 애정과 진정성이 있어야 한다. 기존의 발상과는 다르게 대상을 읽어내는 태도가 중요하다. 대상을 뒤집어 말하건, 빗대거나 풍자하건 화자의 마음을 담아내는 것이 중요하다는 말이다. 세상사에 시달려 몸도 마음도 다 닳아버린 상태일지라도 너와 나의 다름을 인식하고 그 다른 세계 삶의 모습과 이해를 자신만의 목소리로 담아내야 한다. 누구나 엇비슷한 삶을 엮어간다고 해도 우리네 삶의 행간을 찬찬히 살펴보면 비관적이거나 절망적인 것만 있는 것은 아닐 터. 그러므로 시는(모든 문학작품이 다 그렇지만) 그때그때 새로운 인식을 담아내지 못하면 그만큼 가치가 떨어진다. 이규석의 시는 바로 이런 새로움에 대한 인식의 강도가 좀 약하다고 볼 수 있다. 그것은 작품 속에서의 시적 장치의 가벼움에서 비롯되지 않았나 싶다. 문학 특히 시에서는 비유나 상징 같은 기법도 상당히 중요하다. 상황의 전개나 의미 전달 뿐만 아니라 시적 분위기나 정서는 그것을 담아내는 형식에 많은 영향을 받기 때문이다.

　앞에서도 이야기한 바 있지만 이규석의 시는 작은 바람에도 마음을 떨고(「노이로제」), 하고 싶은 말 한 마디 제대로 하지 못하는(「콩을 볶으며」) 전형적인 소시민의 모습을 보여준다. 뜨거워질수록 튀어 오르는 콩처럼 살고 싶다는 화자의 강렬한 희구를 모르는 바 아니나, 바람만 불어도 퇴출 걱정에 가슴 한번 펴지 못하는, 소심하고 힘없는 도시 근로자의 모습을 쉽게 만날 수 있다.

　이쯤에서 이규석 시인께 한 말씀 올리는 게 좋을 듯하다.

이형, 나는 가끔 내가 태어나 자란 낙동강가 고향 마을에 갑니다. 그곳을 떠난 지 30년이 넘었지만 내가 그곳에 가는 이유는 삶에 대한 분노를 다스리기에 그만한 장소가 없더라는 것입니다. 지금은 온통 아스팔트로 포장되어 있어서 어린 시절의 아련한 추억을 떠올리기엔 어려움이 있기도 하지만, 그곳에 있다는 사실 하나만으로도 추억의 갈피들을 떠올리게 되고, 그것들은 내게 더욱 견고한 내적 관점을 갖게 하더군요. 하하, 어렵게 생각진 마십시오. 나도 나이가 들었다는 말에 다름 아니랍니다.

이형, 고향에 한번 다녀오십시오. 가셔서 아버지의 냄새도 맡아보시고, 몇 십 년 전의 형 자신의 모습도 만나고 오십시오. 그러면 아마 두 번째 시집이 빨리 나올 것이고, 좀더 넓어진 시각과 세상의 모든 불합리한 현상을 다양하게 안아 들인 형의 가슴을 만날 수 있을 것이라 생각됩니다.

봄이 한창입니다. 여름이 오기 전에 점점이 엎드린 저 섬들처럼 진해만 물빛에 젖어 도다리세꼬시에 진해막걸리 한잔 합시다.

칠십년대 시의 건강한 슬픔

— 정희성의 「저문 강에 삽을 씻고」

흐르는 것이 물뿐이랴.
우리가 저와 같아서
강변에 나가 삽을 씻으며
거기 슬픔도 퍼다 버린다.
일이 끝나 저물어
스스로 깊어가는 강을 보며
쭈그려 앉아 담배나 피우고
나는 돌아갈 뿐이다.
삽자루에 맡긴 한 생애가
이렇게 저물고, 저물어서
샛강 바닥 썩은 물에
달이 뜨는구나.
우리가 저와 같아서
흐르는 물에 삽을 씻고
먹을 것 없는 사람들의 마을로

다시 어두워 돌아가야 한다.

- 정희성 「저문 강에 삽을 씻고」 전문

정희성은 해방둥이로 창원에서 태어나 서울대를 나와 교육계에서 일하였고, 민족문학작가회의(현 한국작가회의) 이사장을 역임하였으며, 대표 시집으로 『답청』, 『시를 찾아서』, 『저문 강에 삽을 씻고』 등이 있다. 이 시는 1978년 『문학사상』에 실렸던 것으로, 시집 『저문 강에 삽을 씻고』에도 실려 있다.

여기서 한국작가회의에 대해 잠시 이야기하자. 한국작가회의(이하 작가회의)의 전신은 70년대 박정희 독재정권에 저항하던 문인들이 모여 창립했던 '자유실천문인협의회'(이하 '자실')다. 이 '자실'이 80년대 후반에 '민족문학작가회의'로 발돋움해 우리나라의 민주화에 일익을 담당해오다가 오늘의 한국작가회의가 된 것이다. 물론 김종필과 군사독재정권이 만들었던 한국예술인총연합회(예총) 산하의 한국문인협회에 대립되는 단체였으며, 필자는 1984년에 류명선, 최영철 시인 등의 추천으로 '자실'에 가입했고, 자연스럽게 오늘의 작가회의 회원으로 이어지게 되었다. 당시 진해문인협회는 한국문협의 서울 중심 단체 운영에 반발하여 회비납부를 거부하고, 단체명도 한국문인협회진해지부가 아닌 진해문인협회라는 고유명사를 사용해오다가 지부 인준이 안 되었다는 사실을 안 몇몇 분들에 의해 진해문협이 우왕좌왕(?)하게 된 가슴 아픈 경험도 있다.

저 어둡고도 당당했던 70년대를 기억하는 이들은 알 것이다. 대학의 문은 걸핏하면 닫히었고, 공수부대원들의 국방색 천막이 쳐졌으며, 그들의 군홧발 소리 속에 하루해가 뜨고 졌음을. 김수영과 김지하의 시집을 읽거나 조세희의 『난쏘공』을 읽으며, 주고받는 술잔 속의 그 뜨겁던 토론들도.

이 시는 상당한 비유와 회고적 성찰을 드러내고 있기도 하지만 그러한 시대적 상처들을 배경으로 깔고 있다. 감정의 절제를 통해 지식인인 시인과 노동자인 시적 화자 사이의 균형을 획득하고 있으며, 인생을 자연물인 '강'의 이미지와 결합하여 시적 의미를 획득하고 있다. 이 시 속의 강물의 이미지는 '저문 강'이며 '썩은 강물'인데 이것은 화자가 처한 상황을 상징적으로 보여 주는 것으로, 화자의 부정적 세계관이 반영된 대상이다.

첫 행부터 4행까지는 화자가 흐르는 강물을 보며 인생의 슬픔을 삭이고 있으며, 5행부터 8행까지는 무기력한 삶에 대한 체념을, 9행부터 12행까지는 노동자로서의 삶에 대한 인식과 소망을, 13행부터 끝까지는 달을 바라보며 집으로 돌아감의 구조를 갖고 있다.

'우리가 저 흐르는 강물과 같아서'는 삶을 흐르는 강물에 비유하고 있는데, 흘러서 가고 오고, 차고 기울고 하는 강물의 끊임없는 반복을 통해 자기완성을 이루어 가는 것이다. 화자는 그러한 강물을 바라보면서 하루의 고단함이나 설움을 씻어 보려고 하는 모습이지만, 그 슬픔을 쉽게 씻어낼 수는 없다. 왜냐하면 그 '강물'이 '썩은 강물'이기 때문이다.

'삽자루에 맡긴 한 생애'에서 우리는 화자의 처지를 짐작할 수 있다. 그는 중년을 넘어서는 나이에 평생을 바쳐 육체적 노동을 해 온 노동자이다. 그런 사내가 '쭈그려 앉아 담배나 피우'며, 삶에 대해 무기력하고 체념적인 태도만 보여 준다. '샛강 바닥 썩은 물'에서 우리는 시적 화자가 처한 상황의 구체적인 모습을 보게 된다. 황폐하고도 부정적인 현실임을 암시하는 이 표현은 샛강이 스스로 썩은 것이 아니라, 썩을 수밖에 없는 상황으로 인해 썩은 것임을 알게 한다. 곧 도시화와 산업화라는 문명적 속성을 부정적으로 보는 것이고, 그러한 문명화로 인해 점점 소외되어 가는 노동자들의 현실을 나타내고 있다.

그러나 화자는 현실의 어둠만 인식하지는 않는다. 비록 썩은 강물이지만 그 속에서 '달'을 만나기 때문이다. '달'은 절망 속에서 발견한 희망이요, 노동의 피로와 우울한 심경을 위로해주는 희망의 대상이다. 고단한 현실이지만 '흐르는 물에 삽을 씻고/ 먹을 것 없는 사람들의 마을로/ 다시

어두워 돌아가'도록 하는 힘이 된다. 다시 삶의 제자리로 돌아가도록 하는 원동력이 바로 '달'인 것이다. 고단한 삶을 쉴 수 있는 가난하고 누추한 곳으로 다시 돌아가는 힘겨운 모습이지만 삶의 조건이 열악하더라도 그것을 수용하지 않을 수 없다는 체념적인 태도가 엿보이기도 한다. 그러나 차분한 자기 확인의 태도 및 인생에 대한 따뜻한 긍정과 공동체적 삶에 대한 자각이 더 뚜렷하게 읽힌다.

이 시에 나타난 강물의 이미지를 살펴보자. 이 시는 강물의 이미지와 화자의 세계 인식이 병행되며 전개되고 있다. 강물의 이미지는 곧바로 화자의 세계관을 대변한다. '강'은 도회를 흐르고 있으며, 시간적 배경은 저물녘이다. 맑게 흐르는 강이 아니라 무겁게 흐르는 강물이며 썩은 강물이다. 이러한 물이 흐르듯이 소외받은 소시민의 삶도 정체성을 지니지 못하고 유동적으로 흘러간다. 삶의 애환을 가슴에 가득 안은 채 강물처럼 흘러간다. 하루의 노동이 끝난 뒤 삽을 씻으며 삶의 슬픔 또한 삽을 씻듯 씻어 본다. 그러나 그것은 그렇게 씻겨 나가는 아픔이 아니다. 그것은 개인 차원의 문제가 아니며, 일시적 현상도 아니다. 오랫동안 누적되어 온 생활고이며, 쉽사리 해결될 성질의 것이 아님을 스스로 인정한다. 그렇기 때문에 비애감은 강물처럼 무겁게 드리우는 것이다.

이 시는 일상성의 영역에서 삶의 진실을 추구하고자 하여, 시적 형식의 자유로움과 감성의 역동성을 확보하고 있다. 시인은 이 시에서 민중의 삶의 현장을 시적으로 형상화하고 있다. 그리하여 조용한 목소리로 우리가 처한 노동 현실을 통해 삶의 궁극적 가치를 묻고 있어, 참여시가 나아가야 할 방향을 제시한 작품이라는 평가를 받는다.

정희성은 도시 근로자의 지친 삶과 무거운 비애를 노래한 시를 많이 발표한 시인이다. 평생을 가난하게 노동자로 살아온 사람의 차분한 어조를 느낄 수 있는 작품이다. 생각하기에 따라서는 세상에 대한 원망과 분노의 소리를 기대하겠지만 이 시는 전혀 그렇지 않다. 강물을 바라보는 화자의 자세는 외부에 대한 저항이 아니라 내면적 성찰로 일관하고 있다. 시적 화자는 지나온 자신의 인생을 되돌아보면서 슬픔과 무기력함을 느끼지만 그런 상황에서 체념적 태도를 드러낸다. 그러나 샛강에 뜨는 달을 보며 언젠가 희망이 생길 것을 막연하게나마 기대한다. 이러한 희망마저 없다면 시적 화자는 더 이상 가족이 있는 곳으로 돌아갈 수 없을 것이기 때문이다.

이 작품의 화자인 노동자의 모습은 무기력감과 서글픔을 느끼게 한다. 힘든 노동의 대가는 언제나 보잘것없으며, 육체적 노동은 항상 천시당하기만 하고, 주어진 현실에 정면 대결할 결단이나 용기는커녕 무력감과 실의만 있을 뿐이다. 적극적인 현실 극복의 의지가 없는 그에겐 강가에 '쭈그려 앉아 담배나 피우고' 돌아가는 일이 고작이다. 결국 내일의 삶을 지속하기 위해 무거운 발걸음을 옮기는 화자의 뒷모습은 산업사회의 그늘에서 소외당한 70년대 우리나라 노동자들의 서글픔을 느끼게 한다. 이런 인식 하에서 21세기 오늘의 노동 현실은 과연 어떠한가라는 질문을 스스로 하게 되는 이 사정은 도대체 뭐란 말인가.

아, 칠십 년대여. 내 슬픈 이십 대여.

자연 서정과 순수 지향의 시학

— 송연우 시집 『여뀌의 나들이』

    최첨단 정보화 시대를 살고 있는 우리에게 시란 무엇일까를 생각한다. 무차별적 개발로 인한 환경 파괴, 인간성 상실과 각박해진 현실, 점차 심해져가는 부익부빈익빈 현상 등 우주에서 가장 아름답다는 지구의 재앙에 심각함이 더해가는 지금, 우리에게 과연 문학이란, 시란 무엇일까를 생각한다.

    시인의 세계 인식이 구체적인 소리를 빌어 시라는 형식으로 표현된 것이라든지, 사람이 살아가면서 보고 듣고 느낀 것을 리듬이 있는 글로 표현한 것이라는 사전적 풀이는 접어두기로 하자. 시란 현실적 삶과 더 나은 미래를 지향하는 그런 꿈들이 적절한 조화를 이룰 때 남들이 공유하는 현실적 경험의 보편성과 꿈이라는 개성을 섞음으로써 자연 발생되는 언어 예술이다. 이 때의 느낌은 정감과 동의어로 쓰인다. 시는 느낌과 생각을 정리하여 연과 행을 구별한 문학의 한 장르이기도 하다. 그렇다고 그냥 나열만 해서는 시가 될 수 없을 것이다. 짜임새가 있어야 하고, 시 안에 인간이 있어야 하고, 삶의 섬광 같은 게 있어야 한다. 느낌은 시의 분위기를 좌우하며 시인의 느낌이 시로 발표되었을 때 바로 독자들의 가슴에 가 닿아 감동을 이끌어 내는 역할을 한다.

감정은 이성과 대립되는 개념이며 이성은 감성을 통제하는 역할을 한다. 감정은 개인적 태도에 의해 표현되는 것이며, 시인에 의해서 표상적 (表象的)인 상징으로 구체화된다고 볼 수 있다. 시의 무절제한 감정 표출은 시를 가볍게 하거나 유치함으로 전락케 하는 요인이기도 하며, 값싼 감상으로 빠져들게도 한다. 시인의 정서가 다른 사람들과 대별되는 것 중의 하나는 사소한 일에도 깊이 몰입되는 것이다. 보통 사람들보다 서정적 자아의 감성이 풍부하기 때문이다. 그래서 이성이나 의지보다 감정, 특히 슬픔의 감정을 서정의 본질이라 나는 믿는다.

가을이 깊어간다. 높고 푸른 하늘 아래 단풍의 아름다움을 노래하는 가을이지만 올가을은 유달리 풍요롭지만은 않다. 미국에서 촉발된 경제의 어려움에 마구 휘둘리고 있는 우리의 현실이 아침저녁으로 떨어지는 수은주 만큼이나 우울하기만 하다.

이런 때 송연우 시인의 청아한 시심을 대하니 참 마음이 맑아진다. 송시인(본명은 미혜)은 진해 출신으로 창원대 평생교육원 문예창작과를 수료하고 『한맥문학』으로 등단한 분이다. 또 제3회 하나여성글잔치 전국공모 당선과 시흥문학상 전국공모에 당선하기도 했다. 흔히들 늦깎이 시인이라 부르지만 그의 시적 열정은 젊은이들 그것 못지 않다. 한국문협과 포엠토피아 그리고 동운문학회 회원으로 왕성하게 활동하고 있는 것이 그 증거다. 첫 시집 『비단향나무와 새와 시』를 낸 바 있는데 이번에 도서출판 경남에서 두 번째 시집으로 『여뀌의 나들이』를 출간하였다.

    이른 봄이
    산수유 개나리 여린 목을 흔들어댄다
    개나리 노란 종소리 한 보름 울리자
    백복련 환한 얼굴로 오시고

동백이 붉은 입술로 동박새와 밀회하는 틈에
늘어선 연분홍 벚꽃 입술 열린다
참았던 말이 터진다
뜨거운 수다가 한창이다
뒷짐 지고 섰던
박태기 라일락 자목련 수사해당화 처녀꽃들 우르르 일어선다
봄볕이 마른 모란 가지를 비벼대니
모란도 저절로 입이 열린다
저 목홍빛 열변!
봄은 너울너울 나비같이 오고
비알진 산 속 진달래 여린 귀를 간질인다
얼마나 기다렸던가
꽃과 어울려 차린 즐거움 한 상
딸이 꺾어온 복숭아꽃가지
속 맑은 병에 꽂아 놓으니 마음조차 꽃물이다

― 「봄은 꽃을 들고 온다」 전문

첫 시집에서도 시인의 시선은 자연에 있었지만, 이번 시집의 시적 대상 역시 변하지 않았다. 한 편의 시 속에 등장하는 꽃들을 한번 살펴보자. '산수유, 개나리, 백목련, 동백, 벚꽃, 박태기, 라일락, 자목련, 수사해당화, 모란, 진달래, 복숭아꽃' 등이다. '봄'의 생동감과 화사함을 노래하는 한 편의 시 속에 자그마치 열두 가지의 꽃과 '동박새'와 '나비'까지 등장시켜 시적 화자의 마음을 '꽃물'로 만들고 있다. '꽃과 어울려 차린 즐거움 한 상'이다. 봄의 이미지를 잘 드러내고 있는 소재들을 의인화해 색깔과 소리의 공감각으로 엮어내는 솜씨도 예사롭지 않거니와 그것들이 모여 펼쳐내는 봄의 정경이 참 맑다 싶으면서도 생명에 대한 경외심이 느껴지지 않는가. 사실 송 시인은 생의 그림자가 많이 길어진 시인이다. 내 생을 스쳐 지나

간 작은 인연들과 사소한 마음들에게 용서와 화해의 미소를 보내는 것 같지 않은가. 다 세월이 빚어낸 향기랍니다. 그래서인지는 몰라도 지난 세월의 생에 대한 자기 성찰과 관조의 미소를 나는 읽는다.

시의 대상에 대하여 감정이나 정신을 투사하여 자기와 그 대상과의 융화를 꾀하는 감정이입은 시에 있어서 필수적 과정이며 이에 대한 훈련은 시의 성패를 결정짓는 매우 중요한 일이다. 송 시인의 경우는 말할 것도 없이 꽃과 나무 그리고 풀이다. 서정적 자아와 시적 대상과의 교감이 한껏 우러나 있다. 쓴다는 것은 자신의 언어를 형상화시켜 내보임을 의미하며 기초적인 시의 지식을 인식하는 데서 출발하기 때문이다. 결국 시는 더불어 살아가는 이웃에 대한 따뜻한 애정으로 출발하며 또한 시는 자신의 삶의 기록이라 할 수 있다.

좋은 글을 쓰려면 먼저 영혼이 순수하고 진실해야 한다. 사람의 성품과 문장의 모양새는 서로 비슷하다는 이야기다. 인품과 글 모두 "거연(巨然)하고 거침이 없되 교만하지 않으며, 욕됨을 참아내기와 하심(下心)으로써 중생을 사랑하고, 검소하되 인색하지 않고, 섬세하되 조잡하거나 옹졸하지 않고, 소탈하되 천박하지 않고, 유창하되 약장수처럼 떠벌리거나 너스레를 떨지 않고, 걸림 없이 말하되 막살이하는 투의 호들갑을 떨지 않고, 화쟁(和諍)하되 이래도 흥 저래도 흥 두루뭉술하지 않고 반드시 진리 하나를 도출해내야 한다"(소설가 한승원)는 말과 그 맥을 같이한다.

얼마 전에 시인의 집에 가 본 적이 있는데, 마당과 정원이 온통 나무와 꽃이었다. 그날 나는 마로니에 열매를 처음 보았는데, 잘 익은 밤톨과 비슷하게 생겼다. 하도 신기해 몇 알 주워 와서 화분에 심었는데 아직 싹이 나오지는 않았다. 자연은 사람과 달라서 거짓을 모르니 곧 소식이 있을 것이다. 이제 모두를 다 안아 들이는 넉넉한 마음으로 나무와 꽃을 가꾸며, 그들과의 대화를 통해 인생의 의미를 반추하고 생의 깊이를 더해 가시는구나 싶어서 참 부러웠다.

봄의 고갯길에서
휘날리는 꽃잎을 잡으려다가 깨뜨렸던
내 유년의 정강이 흉터 속으로
나는 독감처럼 오래된 허무를 앓는다

예나 제나
변함없이 빚어낸 화사한
슬픔,
낯익어라

―「벚꽃」 전문

　해마다 봄이면 화사하게 피어나는 진해의 벚꽃. 그 벚꽃을 '슬픔'으로 읽어내는 화자의 마음은 '유년의 정강이 흉터'에 가 닿아 있다. 그런데 이 시의 매력은 그런 슬픔조차 낯익다는 데 있다. 학교를 마치고 결혼을 하고 아가로, 동서로, 아내로, 어머니로, 진해댁으로, 할머니로 살아오면서 생의 굴곡이 어찌 하나둘이었겠는가. 그런 삶의 흔적들을 익히고 궁글려서 나무와 꽃을 사랑하는 마음으로 담아내시고, 시적 대상들에 대한 애정으로 꽃피운 것이겠다. 시인에게 자연은 결코 부정적인 대상이 아니다. 인간과 자연이 대립적인 관계가 아닌 것이다. 따로따로 존재하는 것이 아닌 화해하고 공존하는 것이다. 그런 인식은 그냥 나오는 게 아니다. 사람이라는 존재도 삶도 다 자연의 일부라는 깨우침이 없다면 공허한 말놀이에 불과한 것이리라. 자연의 생명력과 아름다움 속에서 삶의 의미와 교훈을 읽어내는 것이다. 따라서 자연에 대한 몰입은 시적 화자의 삶의 형상화라 할 수 있다. 인생관이라 할 수 있다.

행여 밟힐까 뽑힐까 노심초사하던 마음

피가 흐르도록 몸을 긁어대는

딸의 병을 바라보던 그날이

어미의 가슴에 살며시 다가온다

오진의 약을 먹고

얼음덩이를 굴려도 끌 수 없는 꽃불

영락없이 여뀌의 몸이더니

저 작은 꽃그늘이

늦여름 이토록 속 달일 줄이야

― 「여뀌의 나들이」 부분

촘촘히 썰고 으깬 채소와 고기를 폭 싸잡을,

치댈수록 차진 밀가루를 반죽하며

인생도 이렇게 비비고 치대야 찰져지는 것이라고

썩 괜찮은 피(皮)가 되는 거라고

― 「만두를 빚다」 부분

앞의 시를 보자. 손녀가 꺾어온 여뀌의 모습에서 손녀의 어미인 딸의 피부에 생겼던 피딱지를 떠올리고 있다. 마디풀과에 속하는 1년생 풀인 여뀌는 가을철 붉은 씨앗을 매다는데 요즘도 들에 나가면 흔히 볼 수 있답니다. 시인에게 꽃은, 풀은 단순한 식물이 아니다. 시인의 삶을 이끌어내는 매개체다. 이것은 시인이 시적 대상을 통해 삶을 읽어내고 그 삶에서 인생의 의미를 확인하는 것이다.

두 번째 시를 보도록 하자. 만두를 빚는 일련의 행위를 통해 삶의 의미를 반추하고 있다. 치대고 비벼야 찰져지는 만두피처럼 인생 또한 온갖 역경을 건너왔을 때 비로소 '차진 인생'이 되는 거라고 말하고 있나. 읽을수록 생에 대한 시인의 진솔하고 담백한 정서를 느낄 수 있다. 결코 난해한 비유나 상징을 동원하지 않고, 평이하면서도 정감이 가는 시어들을 통해 인생에 대한 사유를 자연 속에서 확인하고 있다. 시인은 언제나 시적 대상에 새로운 의미를 부여하는 존재다. 자연의 순리와 변화 그리고 아름다움 속에서 고향과 가족에 대한 애정과 풍경들이 진실한 삶의 모습을 보여주는 것 같다. 혼탁한 세상에 물들지 않고 조용히 삶을 반추하는 시인의 시에서 우리는 자연과 하나가 된 시인을 만날 수 있다. 지난 세월의 끝없는 탐욕과 허상을 좇던 어리석음을 두드리는 교훈을 읽을 수도 있다.

우리가 숨을 쉬고 있는 동안의 모든 형태가 삶이다. 그러기에 삶은 체험과 동의어이며 시각, 촉각, 미각, 후각 등 감각 기관에 관계되는 모든 형태의 실제이다. 체험은 그 무엇보다도 시에 있어서 중요한 요소이며 어떤 시를 읽을 때 '이 글에는 삶이 도외시되었다'거나 '기교 뿐 삶이 없다'라는 말이 나왔다면 그 시는 생명이 없는 시이며, 시를 쓴 시인에게는 그보다 더 치명적 아픔을 주는 말은 없을 것이다. 체험이 도외시된 시는 바로 잠꼬대의 시라 할 수 있다. 송연우 시인의 시에는 소재 하나하나, 거기에서 파생되는 사유 하나하나가 모두 체험을 바탕에 깔고 있다. 단 한 편의 시도 공허한 말놀이나 기교에 치우쳐 시의 본질을 외면하지 않는다.

맑고 청아한 자연 서정과 생명에 대한 경외감이야말로 송연우 시인의 시를 관통하는 주된 정서가 아닐까. 위선이나 가식은 찾아볼 수가 없다. 아름다운 자연은 사랑보다는 외롭고, 젊음보다는 호젓한 것이라는 동양적 자연주의의 이 말은 나이가 들어 자연에 순응하는 시인의 순수성과 영원성을 뒷받침해 준다. 소통과 공감이 사라져버린 시에서 우리가 받아 안을 수 있는 것은 아무것도 없다. 자아와 세계의 합일화, 물아일체의 상태에서 시적 의미를 생성해내는 것이 서정성이라면 송연우 시인의 시는 충분한 소통과 공감을 자아낸다고 볼 수 있다. 타고난 본연 그대로의 마음을 자연 속에서 잘 담아낸다고 볼 수 있다.

우리는 일상적 삶을 구질구질하다고 곧잘 말한다. 그러나 시는 그 구질구질함에서 무엇인가를 뽑아올려야 한다고 생각된다. 그 구질구질한 일상사가 어느 날 갑자기 깨달음을 낳는다. 무엇인가를 환기한다. 세상살이에 맛이 드는 그 과정의 면면들이 지상에서의 우리 삶을 이끌어가는 것이다. 우리 모두의 삶, 생의 한 국면을 이해하게 하는 깨달음이 시인의 사물을 바라보고 인식하는 태도 속에 있는 것이다. 생활 속에서 감동의 찬물을 길어올리는 행위가 바로 시인 것이다.

시의 언어는 고도의 추상언어이기도 하고, 산과 물과 바람 속의 언어이기도 하다. 시는 읽고 쓰는 게 아니라 시를 살아야 한다고 많은 시인들이 말한다. 시를 산다는 것은 만인에게 부여된 천부적인 힘을 그냥 묻어두지 않는다는 뜻이기도 하다.

현대의 속도주의 기계주의 편의주의들은 인간에게 근원 상실을 초래케 한다. 시는 인류가 언어를 사용하기 이전부터 있어온 자기표현의 행위이기에 고은 시인은 시를 쓰는 게 아니라 시가 온다고 했는데 나는 아직 거기까지의 경지에는 이르지 못했다. 혹 송연우 시인은 자연 속에서 그런 경지에까지 가 있는 건 아닐까.

깊어가는 가을밤에 맑고 고운 정감의 시를 읽으면서 오랜만에 크고 충만한 정서적 기쁨을 맛보았다. 아울러 좋은 시를 쓰고 싶다는 욕심의 싹을 키운다. 빠른 시일 내에 송 시인과 따스한 차 한 잔 마시고 싶다. 죽어도 시는 속(俗)이 아니다.

봄밤과 그리움과 목숨
— 박시교의 「봄밤이 내게」

　시조는 결코 낡은 것이 아니다. 우리 경남에는 내로라하는 시조시인이 많다. 이우걸, 김교한, 이처기, 김연동, 김복근, 이달균, 손영희, 하순희, 강현덕 등등. 그들은 내가 보기에 시조로 일가를 이룬 분들이다. 시조는 오래전부터 창작되고 노래해 온 우리 민족 고유의 정형시라는 이유만으로 낡았다 아니다 하는 게 아니다. 일본의 하이쿠보다 결코 못한 게 없는데도 올바른 평가를 못 받는 것 같아서 하는 소리다. 시조는 분명 우리의 정서를 담아내는 데 가장 알맞은 형식이며 전통이다. 고시조 중에서는 현실을 충실히 담아내지 못하고 음풍농월하는 작품도 많다. 그러나 그런 작품도 나름의 가치는 있고, 그런 전통의 바탕 위에서 현대 시조의 변화와 의미를 찾아가야 한다고 본다.

　나는 처음에 시조의 기본을 음보라고 보았다. 3음보의 민요조도 우리의 전통 음보지만 시조처럼 4음보도 그렇다고 본 것이다. 글자 수를 따지는 음수율은 상대적으로 비중이 적다고 보았던 것이다. 그러나 이것은 좁은 소견일 뿐이다. 엇시조나 사설시조, 또는 옴니버스시조처럼 외형률의 영향을 받지 않는 시조도 많기 때문이다. 우리가 지금까지 시조에 대해 애착을 갖지 못한 이유 중의 하나도 이 점일 것이다. 시조의 단점으로 여겨졌던 관념성을 뛰어넘어 현실성을 담아내는 사설시조가 조선 후기부터 많이 창작되었다는 사실이 이를 증명한다. 그래서 좀 더 나아가 오늘날 현대시의 기본 가락도 시조에서 비롯된 것이라고 한다면 지나친 비약일까.

그래도 우리 시조단은 쟁쟁한 분들이 그 영역을 넓혀가고 있어 미래가 그리 어둡지는 않다. 아마 우리나라 모든 문인들은 전 세계의 문인들이 자기들의 언어로 우리 시조를 짓고 노래하는 그 날을 기다리고 있으리라. 나도 시조를 몇 편 써 보았는데 그게 그렇게 만만한 것은 아니었다고 말하고 싶다. 그래서 한 편도 발표하지 못했지만.

> 봄밤이 비로소 그리움의 강을 열고
> 매화 향기를 멀리멀리 띄워 보낸다
> 얼마나 너그러우냐, 이승의 푸른 삶이
> 봄밤이 또한 내게 간절히 타이르기를
> 세상에 버리지 못할 것 하나 없다며
> 남루한 목숨마저 꽃처럼 지게 하라 이른다
> 새벽이면 제자리로 돌아와 빛날 것들
> 그 이름 하나하나에 한 하늘이 열리듯이
> 봄밤이 강물에 풀어놓았던 이야기 더 짙푸르다
>
> — 박시교, 「봄밤이 내게」 전문

우리 시조단의 원로시인인 박시교는 1945년 경북 봉화 출생으로 1970년 매일신문 신춘문예와 『현대시학』 추천으로 등단했다. 시집으로 「겨울 강」「가슴으로 오는 새벽」「낙화」「네 사람의 얼굴」(공저) 「지상에서 가장 아름다운 이름」 등이 있으며, 오늘의시조문학상, 중앙시조대상, 이호우문학상, 가람시조문학상 등을 수상했다. 우리 지역 시조단의 어른이신 이우걸 시인과의 인연도 매우 각별한 것으로 들었다.

그의 시는 자연과의 긴밀한 조응이 삶의 지혜로 승화돼 영혼의 깊은 샘물을 퍼 올리는 고답을 안겨주는 등 큰 울림을 주고 있다는 평가를 받고 있다.

유성호(한양대 교수)는 박시교 시인의 시조 미학을, 가령 "격(格)으로 치자면 소나무"의 그것처럼 고고(孤高)하고 견결하다. 따라서 그 안에는 "겨울나무의 견고한 고독을 닮은 강골(强骨)의 지사형(志士形)"이 들려주는 삶의 비밀들이 담겨 있지만, 그와 동시에 "눈물에 번져 보이는 수묵빛" 그림자나 "눈물처럼 번져오는 그리움의 메아리"가 쓸쓸하고도 아프게 출렁이고 있다고 하면서, 그가 노래한 한 편 한 편의 작품에는, 이처럼 생의 고통스런 수심(水深)을 정직하게 응시하고자 하는 시인의 안목과 자세가 흐트러짐 없이 반영되어 있다고 평가하고 있다.

그런가 하면 한강희(남도대 교수)는 박시교 시인이 "사람 사는 마을에 사람보다도 나무가 많아야 한다"는 지론을 얻은 것 같다면서, 시인은 나무와 더불어 사는 삶 속에서 '시작(詩作)과 생활의 미학'을 체득하고 있다고 평가한다. 그리고 그 아름다움의 실체는 생의 이면을 되돌아 볼 이순(耳順)의 자재로움에 실린 정관(관조)으로 이해된다면서, 이는 시적 대상물에 대한 시인 나름의 심리적 거리가 그만큼 확보, 확장되었음을 뜻하는 것이라고 본다.

결국 박시교 시의 특징은 결곡한 삶과 단아한 형식에 담긴 아릿한 그리움의 세계라고 요약할 수 있겠는데 시적 화자가 세계를 확장해 나가는 품세가 삶에 대한 성찰과 관조의 무게에 실려 쉽고 단아한 형식 속에 잘 녹아들어 있다. 특히 많은 시편들이 비극적 목가의 냄새를 풍기고 있다. 그러나 그것은 단순한 슬픔이 아니다. '남루'나 '쓸쓸함'이나 '우수' 같은 어두운 기조를 바탕에 깔고 있지만 '아름다움'과 희망의 세상과 화자의 삶에 대한 간절함의 다른 표현일 뿐이다.

시조 「봄밤이 내게」는 세 수로 된 연시조의 형식을 띠고 있다. 첫 수에서는 봄밤의 너그러움을 삶에 연결시키고 있으며, 둘째 수에서는 버리기와 마음 비우기를 통해 삶의 각박함을 우회적으로 비판한다. 셋째 수에서는 모든 존재하는 것들의 의미와 가치를 안아 들인다. 대상에 대한 화자의 지극한 연민과 애정이 없이는 '힘들고, 쓸쓸하며, 남루한' 세상과 삶의 상황들을 안아 들이지 못한다.

시인에게 세상은 여전히 버겁고 힘겨우며 알 수 없는 안타까운 허상에 가깝다. 그 허상을 긍정적 시각으로 받아들이는 경계, 거기에서 봄밤의 정서, 그 아련한 정서를 바탕에 깔고 구체적 이름들과 추상적 정황들을 관조하고 사색한다. '버림'의 의미는 허영과 욕심으로 대변되는 현대사회의 각박함이 될 수도 있을 것이다. 그래서 봄밤은 그리움에 연결되어 있고 용서하고 버리는 너그러움을 발견한다.

봄! 하고 입 밖으로 나직하게 소리 내면 서정이 뚝뚝 묻어나는데 봄밤이라니. 봄밤의 그 막막하고 눈물 나는 정서라니. 까닭 모를 아득함이나 이유 없는 간절함을 품고 있는 이 정서는 뿌리가 가늘고 길어 무엇 하나 빛나지 않는 것이 없어 그리움조차 넉넉한 아름다움으로 다가온다.

모든 사물들은 몸과 마음이 있다. 내 몸 밖에서 존재하며 나를 마주칠 때면 무어라 소리쳐 그 마음을 내 몸 안으로 공명시킨다. 그 언어는 빛이기도 색이기도 질감이기도 혹은 침묵이기도 해서 단번에 무슨 말을 하는지 알 수는 없지만, 그 외침의 파동이 조금씩 가라앉을 때면 사물이 몸과 마음을 다하여 내게 왔다 갔다는 것을 안다. 그것이 바로 봄밤의 정서요, 남루한 세상을 엮어가는 목숨이요, 질기디 질긴 그리움의 한 모습이다.

문학 속의 '광(狂)' 이야기

　문학뿐만 아니라 예(藝)와 기(技)의 속성은 '광(狂)'이라 할 수 있다. 독특한 개성을 표현하려면 대상과 상황, 그리고 본질에 대한 몰두와 천착이 필수이기 때문이다. 그 천착을 다른 말로 나타내면 '미칠 광(狂)'이 가장 적절할 것이다. 미치지 않고서야 어찌 위대한 예술작품을 남길 수 있으랴. 예로부터 훌륭한 예술가 중에 기인이 많았던 점이 이를 뒷받침해 준다. 포우가 그랬고 에즈라 파운드가 그랬으며, 보들레르도 고흐도 그랬고 이상도 윤두수도 그랬지 않은가.

　'광(狂)'을 사전에 찾아보면 미치다, 사납다, 경망하다, 광병, 광인 등의 의미로 해석되어 있다. 한자를 풀어보면 개사슴록변 부(部)에 임금 왕으로 짜인 형성문자다. 절도광, 정치광, 메모광 등으로 쓰인다.

　그러면 문학 작품 속에서 이 '광(狂)'은 어떤 의미로 쓰였는지 한번 살펴보도록 하자. 먼저 김동인의 「광염 소나타」와 「광화사」다.

　김동인은 거만한 천재라는 수식어가 붙는 작가이다. 자신의 『창조』지에 전영택만이 소설을 쓸 자격이 있다 하고, 동인인 이광수 같은 이도 잡문이나 써야 한다고 생각했다. 또 자신이 취직한 조선일보의 사장에게도 거만한 자세로 일관하며 출근 시간 같은 것은 안중에도 두지 않는 모습을 보였다. 또 원고를 청탁 받으면 원고료를 선불로 받아야만 글을 썼다는 일화나 이광수를 깎아내리는 비평을 내놓는 등 거만한 모습으로 세상 앞에 섰다.

「광염 소나타」는 김동인이 소설가로서, 예술가로서의 자신감을 드러내 보이는 작품이다. 음악 비평가 K씨의 의식을 곧바로 김동인의 의식으로 규정할 수는 없지만, K씨 생각의 단편에는 김동인, 자신의 의식이 맞닿아 있다. K씨는 천년에 한번, 만년에 한번 날지 모르는 천재를 위해서는 변변찮은(실제로는 살인, 시체 유기, 방화) 범죄를 눈감아야 한다는 주장을 한다.

소설의 처음으로 돌아와 살펴보면 K씨가 무엇을 생각하는지 분명하게 드러난다. K씨는 OO예배당에서 명상 중에 백성수를 만난다. 이후에 자신의 집에 백성수를 지내게 한다. 그런데 다시 방화가 일어나고, 이때 K씨는 백성수에게 이 모습을 보여주려 한다. 이 상황에서 K씨는 방화범이 백성수인지 몰랐다고 모씨에게 말한다. 그러나 K씨는 모르지 않았다. 알았더라도 그를 제지하지 않았을 것이다. 매번의 방화 다음에 나오는 백성수의 곡들을 보면서 충분히 의심할 수 있는 문제이다. 또 처음 만나던 예배당에서 그가 들어오는 모습을 보면서 방화범임을 직감하는 묘사를 보여준다. 이 모든 것들은 K씨가 오히려 백성수의 일탈된 예술적 방법을 옹호 혹은 방조함을 알 수 있다

예술지상주의적 작품이라고 평해지는 김동인의 대표작으로 스토리 구성에서는 단순함이 드러나지만 독자들에게 몇 가지 생각을 공유하도록 한다.

「광염 소나타」와 같은 계열의 작품으로 평가받는 것으로 역시 김동인의 「광화사」를 들 수 있다. 이 작품은 김동인의 예술지상주의적 취향이 작중

인물인 '솔거'를 통해 짙게 표출되고 있는 작품으로서, 액자소설의 형태를 취하고 있다.

전체 줄거리를 살펴보면, 어느 석양 녘 인왕산변에 산책 나온 여(余―'나')는 자연의 유수(幽邃)한 맛에 젖어 있다가 한 이야기를 꾸며 보기로 했다.

조선 세종 때 한 화공 솔거가 있었는데, 천하의 추물이라 장가를 두 번이나 갔지만 색시가 도망해 버린다. 그 후 30년 간 화도(畵道)에 정진하며 은둔하다가 자신의 화폭에 담을 이상(理想)의 여인을 찾아 10년 동안 방황한 끝에 인왕산록에서 우연히 소경 미녀를 만나 집으로 데려온다. 눈동자를 제외한 나머지를 완성한 후 소경과 화공은 하룻밤을 함께 지낸다. 이튿날 눈동자를 마저 그리기 위해 용궁 이야기를 하며 아름다운 표정을 떠올리길 바라지만, 이미 애욕(愛慾)의 관계를 거친 처녀에게는 다시는 그런 표정이 떠오르지 않고, 화공(畵工)이 안타깝게 멱을 잡고 흔들자, 원망의 눈을 한 채 소경은 쓰러져 죽는다. 죽어 넘어지는 순간 먹물이 튀어 그림은 완성되나 그 눈은 마지막 죽어 가던 순간의 원망을 담고 있었다. 그 후 화공은 미쳐 돌아다니다 끝내는 소경을 그린 족자를 가슴에 품고 운명한다.

여기까지 이야기 구상을 마친 여(余)는 화공을 조상(弔喪)한 후 자리에서 일어난다.

「광화사」는 미인도를 완성해 가는, 한 추하고 늙은 화공의 작업 과정을 유미주의적 입장에서 그려 나간 작품이다. 이 소설에서 작가는 극히 비현실적인 소재를 독자에게 그럴 듯하게 전달하기 위하여 두 가지의 소설 기법을 구사하고 있다. 하나는 액자소설의 기법이고, 하나는 독자가 역사에서 배워 친숙해진 인물에다가 허구적 상상력을 가미하여 주인공을 만든 일이다.

이 작품은 작가의 유미주의적 경향이 짙게 나타난 작품으로서, 예술지상주의적 취향이 작중 인물 '솔거'를 통해 표출되고 있다. 그(솔거)의 예술에 대한 열정도 그렇지만, 대상을 향한 심미안(審美眼), 밤을 지내고 난 소경 처녀의 눈빛에 일어난 변화, 그에 대한 안타깝고 절망적인 분노는 그런 경향을 극명하게 보여 주고 있다. 더구나, 소경 처녀가 죽으면서 엎은 벼루의 먹방울이 튀어 그림의 눈동자를 이루고, 그 눈동자가 죽은 처녀의 원망의 눈으로 나타나며, 결국 화공이 미치게 되는 마지막 부분은 거의 악마적인 분위기를 느끼게 한다. 모든 것의 희생 위에서 희귀한 예술이 완성된다는, 한 화공의 일생을 통해 나타난 현실(세속)과 이상(예술) 세계의 괴리(乖離)에서 오는 비극을 그린 동시에 미에 대한 광적인 동경, 따라서 예술적 완성은 모든 가치에 우선한다는 작가의 성향을 반영한다. 동시에, 솔거로 대표되는 예술가의 강렬한 예술혼의 결과가 '원망의 빛이 서린 미인도(美人圖)'라는 점에서 절대미의 추구는 그토록 지난(至難)한 것임도 암시하고 있다. 그러나 정상적인 삶의 가치에 바탕을 둔 것이 아니라, 독특한 인물 설정과 특이한 주제를 노골화한 작품이어서 보편적 가치론에 수용되기는 어렵다. 솔거가 소경 처녀와 정을 통한 뒤, 순수성이 없다는 한 가지 이유로 그녀를 교살하는 장면 등이 특히 그러하다. 따라서 솔거라는 인물의 격정적이고 충동적인 성격과 비정상적 가치에 대한 경도(傾倒), '눈동자'라는 결말의 작위적 장치 등과 더불어 이 소설은 김동인 특유의 극단적 예술주의를 보여 주고 있다. 김동인 소설의 '광(狂)'은 예술지상주의적인 '광(狂)'이라고 볼 수 있다.

다음으로 살펴볼 작품은 고대시가 중 하나인 「공무도하가」이다.

公無渡河 임이여 물을 건너지 마오
公竟渡下 임이 그예 물을 건너시네.
墮河而死 물에 빠져 돌아가시니

當奈公何 임이여, 이 일을 어찌할꼬.

― 「공무도하가(公無渡河歌)」 전문

일명 「공후인」으로 알려진 작품인데 공후는 비파처럼 생긴 스물 석 줄로 된 현악기다. 고조선 때 나룻터의 사공 곽리자고가 새벽에 나룻터에 나갔 더니 흰 머리를 한 사람(백수광부)이 배도 없이 강을 건너려고 하는데, 그 아내로 보이는 이가 따라가 건너지 말라고 외치며 말렸으나 그 사람은 강 을 건너다가 빠져 죽고 만다. 그 아내는 울다가 공후를 튕기며 노래를 불 렀다. 곽리자고는 집으로 돌아와 이 이야기를 아내인 여옥에게 하고, 여옥 은 백수광부의 아내가 불렀던 곡을 다시 노래 불렀다.

이러한 배경 설화로 인해 여옥이냐, 백수광부의 처냐 하는 작자에 대 한 문제가 많이 거론되었던 작품이다. 경우에 따라서는 한국 신가(神歌)의 일면으로 파악하기도 하지만.

기원전 3, 4세기 경에 형성되었으리라고 추정되는 고대가요인 이 작품 은 앞에서 잠깐 언급했다시피 작자에 대해서는 여러 가지 설이 있으나 백 수광부(白首狂夫)의 아내라는 것이 통설이다. 노래의 원모습은 알 수 없고 한역가만 전하고 있다. 창작지역 · 채록자 · 문헌 등이 모두 중국이라는 점 에서 중국의 노래라고 보는 입장도 있다. 그러나 낙랑군(樂浪郡)의 조선현 (朝鮮縣)이 있었던 대동강 나루나 우리 민족과 관련된 어느 나루를 배경으 로 이루어진 우리 노래로 보는 것이 지배적이다.

이 노래에 대한 기록이 우리나라 문헌에 나타나는 것은 16세기말 또는 17세기 초의 저작으로 보이는 차천로(車天輅)의 『오산설림초고(五山說林草 藁)』에서이다. 18세기 이후에는 여러 지식인들의 관심을 끌면서 이형상 (李衡祥)의 『지령록(芝嶺錄)』, 박지원(朴趾源)의 『열하일기(熱河日記)』, 이덕 무(李德懋)의 『청장관전서(靑莊館全書)』, 유득공(柳得恭)의 『이십일도회고시 (二十一都懷古詩)』, 한치윤(韓致奫)의 『해동역사(海東繹史)』 등에 실려 전하게 되었다.

설화의 내용을 구체적으로 살펴 보면 조선진졸(朝鮮津卒) 곽리자고(里子高)가 강가에서 배를 닦고 있는데, 머리를 늘어뜨리고 호리병을 찬 백수광부 하나가 강을 건너려 했다. 그 아내가 쫓아갔으나 광부는 빠져 죽고 말았다. 그러자 한탄하던 그 아내는 공후를 타며 노래를 부른 뒤 자신도 빠져 죽었다. 곽리자고가 아내 여옥(麗玉)에게 이 이야기를 들려주자 여옥은 공후를 타며 그 노래를 불러 세상에 전했다고 한다. 노래의 전문은 2세기 후반 중국에서 편찬된 채옹(蔡邕)의 『금조(琴操)』에 실려 있으며 그 가사는 "님이여 물을 건너지 마오. 님이 결국 물을 건너다 물에 빠져 죽으니 이 일을 어찌할꼬(公無渡河 公竟渡河 墮河而死 當奈公何)."이다. 문헌에 따라서 2번째 구의 '竟'이 '終'으로, 3번째 구의 '公墮'가 '墮河' 또는 '公'으로, 4번째 구의 '當'이 '將'으로 되어 있기도 하지만 내용에는 별 차이가 없다.

「공무도하가(公無渡河歌)」란 명칭이 옳으며, 「공후인」은 악곡의 명칭이요, 작자는 백수광부(白首狂夫)의 처(妻)이다. 제작 연대는 서기 2세기 후반으로 원래 민요이던 것이 후한(後漢) 때 한역되었다는 설도 있고, 공후인을 음악상의 조곡(操曲)인 동시에 문학상의 작품명으로 보고, 조선에서 한문으로 정착되어 중국에 유입된 가요로 한사군 이후부터 전한말에 백수광부의 처가 짓고, 여옥(麗玉)이 정착시킨 것으로 보는 견해도 있다.

문제는 백수광부다. 백수광부를 주신(酒神), 여옥을 악신(樂神)으로 이해함으로써 이 설화를 신화(神話)로 설명하여 작품을 상징적으로 해석하는 견해도 있다. 한편 이 노래를 우리 노래가 아닌, 중국 고대인의 노래로 보고, 여기에 나오는 조선(朝鮮)이란 6세기 전까지 존재했던 중국의 직예성(直隷省)의 조선현(朝鮮縣)을 지칭한 것으로, 또 곽리자고의 성명은 '곽마을에 사는 사공(沙工)'의 뜻으로 보는 견해도 있다.(황패강, 윤원식, 한국고대가요, 1991, 새문사)

백수광부는 주신으로 그려져 있고, 그 주신을 흰머리를 풀어헤친 '광부

(狂夫)'로 그리고 있다는 것이다. '술에 취한 늙은 미치광이' 정도로 해석되겠지만 단순한 의미의 '미치다'와는 거리를 두어 읽어야 할 것으로 보인다.

'한국문학통사'에서 조동일 교수는 모습이나 거동이 예사롭지 않은 점을 보아 죽은 사람이 무당일 것이라고 하는 견해가 특히 주목된다. 머리를 풀어헤치고, 술병을 들고, 미치광이 짓을 하면서 강물에 뛰어들기도 하는 것은 황홀경에 든 무당의 모습이라야 이해가 된다. 강물에 뛰어들어 죽음을 이기고 새로운 권능을 확인하는 의식을 거행했겠는데, 그렇게 하는 데 실패했으니 문제이다. 서툰 무당인 탓이라고 하면 심각한 사태가 가볍게 처리되고 만다. 실패에서 어떤 역사적인 의미를 찾으면서 새로운 견해를 덧보탤 필요가 있다. 무당으로서의 권위가 추락했기 때문에 죽음에 이른 것이 아닌가 하고, 그렇게 된 이유가 고조선이 국가적인 체계를 확립하면서 나라 무당으로서의 지위를 차지하지 못한 민간 무당은 불신되거나 배격되는 사태가 벌어진 데 있었을 법하다. 그 자리에서 공후를 탄 아내도 무당인 것 같으며, 그래서 굿노래 가락에 얹어 넋두리를 했다고 볼 수 있다.

이제 강용준의 소설 「광인일기」를 살펴 보자.

이른바 '참여한다'는 말을 우선은 그대로 사용한다고 하면, 필자의 경우 그것은 곧 쓴다는 행위 이외에 다른 것이 될 수가 있다. 다시 '쓴다'는 말은 선택하고 발언한다는 뜻이다. 반항한다는 뜻이다. 존재하는 것에 대하여, 죽음에 대하여, 인생에 대하여, 현실에 대하여, 역사에 대하여 반항한다는 뜻이다. "어떤 예술가도 현실을 용납할 수는 없다"고 니이체는 말한 적이 있다. 그러나 반면 어떤 예술가도 현실을 떠나서는 존재할 수 없는 것이 또한 우리의 사정이다. 우리가 현실에 대하여 거부한다고 하면 그것은 우리의 현실이 무엇인가를 결하고 있기 때문인데 작가는 이것을 소설이라는 양식을 통해서 고발하는 것이다. 새로운 의미를 부여하는 것이다.

— 강용준, 『월간문학』(1971년 1월호)

강용준에게는 늘 "전쟁 체험을 글로 녹여내는 작가"라는 부연설명이 따라다녔다. 누구보다도 6 · 25를 치열하게 겪어낸 작가이며, 그 체험을 자신의 문학 속에 농도 짙게 반영하고 있다는 것이다. 실제로 그의 문학에는 전쟁과 포로수용소의 체험이 구체적으로 묘사되어 있다.

강용준의 문학 세계는 크게 60년대의 문학과 70년 이후의 문학으로 구분해 볼 수 있다. 60년대 그의 문학은 극한 상황에서 인간 존재의 의미를 추구하고 전쟁이나 역사라는 거대한 파괴력 앞에서 무고하게 죽어간 목숨과 거기에 항거하는 실존적인 모습을 주로 그려냈다. 전쟁 자체를 문학의 소재로 삼았던 것이다. 포로수용소에서 자유를 향한 비극적 탈출을 그린 「철조망(1960)」이나 전쟁 속에서 탈출도, 후퇴도 하지 못하고 있는 병사의 몸부림을 그린 「석척의 항고(1961)」, 비참한 전쟁 속에서의 인간 모습을 보여준 「아담의 길(1965)」 등에 이러한 경향은 잘 나타난다.

그러나 1970년대 이후 작품에서는 전쟁 자체보다는 그 후유증, 직접적으로, 간접적으로 전쟁이 원인이 된 개인과 사회의 불행 내지는 타락을 그리고 있다. 「광인일기(1970)」에서는 주인공 전쟁 영웅 조 대위가 전쟁 후 정신이상을 일으키고 결국은 자살하게 되고, 「고모(1971)」에서는 아버지와 고모가 각각 전쟁 후 후퇴하는 인민군과 치안유지를 위해 국군에 의해 죽임을 당하게 되는 모습을 보여준다. 또, 「관포지교(1971)」에서는 그야말로 '불알친구'에게도 불법으로 돈을 갈취해내는 김부식의 모습을 통해 전쟁 후 사회가 어딘가 분명히 잘못되었다는 것을 말하고 있다. 강용준의 소설에서 나타나는 '광(狂)'은 전쟁으로 인해 파괴된 인간본성을 말해주고 있다.

이제 현대시로 들어가 보자. 이육사의 「광인(狂人)의 태양(太陽)」이다.

분명 라이풀 선(線)을 튕겨서 올라
그냥 화화(火華)처럼 사라서 곱고

오랜 나달 연초(煙硝)에 끄스른
얼굴을 가리면 슬픈 공작선(孔雀扇)

거츠는 해협(海峽)마다 흘긴 눈초리
항상 요충지대(要衝地帶)를 노려가다

- 조선일보(朝鮮日報)(1940. 4. 27)

　이 시는 육사의 삶과 당시의 시대상을 연관시켜 감상하는 것이 좋을 것
이다. 일제강점 하의 현실을 담아내고 있기 때문이다. 따라서 육사의 삶의
궤적과 함께 읽으면 그 의미가 한결 쉽게 다가올 것이다.

　육사는 1904년 음력 4월 4일 경상북도 안동에서 이퇴계의 14대손으로
태어났다. 이 시절 선비의 자녀들이 대개 그러했듯이 육사도 다섯 살 때
할아버지에게서 한문을 배우는 등 어린 시절에는 전통적인 한학을 공부
했다. 그러다가 할아버지가 맡고 있던 보문의숙(寶文義塾)에 다니기 시작
한 열두 살 이후(1905) 백학서원을 거쳐(19세) 일본에 건너가 일 년 남짓 머
물렀던 스무 살(1923) 무렵까지는 한학과 함께 주로 새로운 학문을 익힌
것으로 알려지고 있다.

　또한 그는 1925년에 폭력도 서슴지 않던 항일투쟁단체인 의열단에 가
입하여 독립운동의 대열에 참여한다. 6 · 10만세사건이 일어난 1926년 북
경에 갔다가 다음해 귀국한 그는 장진홍 의사가 일으킨 대구은행 폭파사
건의 피의자로 붙들려 형님 및 동생과 함께 옥에 갇혔다가 장진홍 의사가
잡힘으로 석방되었지만 같은 해 10월 광주학생사건이 터지자 또 예비검속
되기도 한다. 1931년 북경으로 다시 건너간 육사는 이듬해 조선군관학교

국민정부군사위원회 간부훈련반에 들어가서 두 해 뒤에 조선군관학교 제 1기생으로 졸업한다. 그는 이 시절에 북경대학 사회학과에서 공부한 것으로 알려지고 있으나 언제 대학을 졸업했는지 현재로서는 알 길이 없다.

1943년 일본 형사대에 붙잡혀 해방을 일 년 남짓 앞둔 1944년 1월 북경의 감옥에서 세상을 떠나기 전까지 그는 무려 열일곱 번이나 옥살이를 했다. 육사(陸史)라는 그의 아호는 그가 스물네 살 되던 해인 1927년 처음으로 감옥에 갇혔을 때의 그이 죄수번호가 264번이어서 그것을 소리나는 대로 적은 것에서 비롯된 것이라 전해지고 있다. 육사는 투쟁론의 입장에선 독립운동가이며 또한 일제강점기의 대표적 저항시인이다. 1933년 『신조선』에 「황혼」을 발표하며 등단하였으나 작품 수가 많지 않고 문단 활동도 별로 하지 않았다. 시대의 질곡(일본의 식민통치)에 대결하는 강인한 정신을 정제된 시 형식으로 표현한 점이 그의 시가 지닌 특징이다. 유고시집으로 『육사시집』(1946)이 있다.

현대시 한 편을 더 살펴보자. 정현종의 「거지와 광인—한산에게」다.

> 나는 너희가 체현(體現)하고 있는 저 오묘한
> 뜻을 알지만 나는 짐짓 너희를 외면한다
> 왜냐하면 나는
> 안팎이 같은 너희보다
> (너희의 이름은 안팎이 같다는 뜻이거니와)
> 안팎이 다른 나를 더 사랑하니까
> 너와 나는 그 동안
> 은유(隱喩) 속에서 한몸이었으나
> 실은 나는 비의(秘意)인 너희를 해독하는
> 기쁨에 취해

그런 주정뱅이의 자로 세상을 재어온지라
나는 아마 취중득도(醉中得道)했는지
인제는 전혀 구별이 안 가느니—
누가 거지고
누가 광인인지
(구걸이든 미친 짓이든
한산(寒山)이나 프란체스코
덤으로 그 팔촌(八寸) 그림자들쯤이면
필경 우주의 숨통이려니와)

— 「거지와 광인—한산에게」 전문

정현종 시의 또 다른 특색은 그 고뇌의 시원의 자리가 보이지 않는다는 점이다. 대부분의 시인들은 자기 고뇌의 시원의 자리를 즐겨 내보여, 자기 고뇌의 진실됨을 입증하려 한다. 정현종에게선, 그 시원의 자리가 쉽게 보이지 않는다.

그는 그의 유년시절을 완강하게 숨기고, 그의 세계를 처음에 어떻게 인식했는가, 세계가 처음에 그에게 무엇을 주었는가를 밝히지는 않는다. 그의 고뇌는 추억이나 회상의 형태를 취하지 않는다. 한 독일 시학자의 말 그대로 서정성이 추억, 회억의 다른 말이라면 그의 시는 비서정적이다. 그러나 한 프랑스 문학사회학자의 말 그대로 서정성이 비화해적 세계 이해라면, 그의 시는 서정적이다. 그것은 무서운 서정이다. 혹은 전통적 서정이 결핍된 서정이다.(김현)

이제 다른 나라 작품으로 한번 가 보자. 중국 작가 루쉰의 「광인일기」다. 1918년 5월 『신청년(新青年)』에 발표되었다. 피해망상광(被害妄想狂)의 일기 형식을 빌려, 주위 사람이 자기를 잡아먹으려고 노리고 있다는 강박 관념을 줄거리로 하여 중국의 낡은 사회, 그 중에서도 가족제도와 그것을 지탱하는 유교도덕의 위선과 비인간성을 고발하고 있다. 또한 그것을 부정하는 사람까지 삼켜버리는 구사회의 역사적 중압에 대한 인식과, 그 중압을 허물어 버리려는 소망을, 어린이를 구하라는 호소 속에 담은 작품이다.

사상적 내용에 있어서나, 새로운 구어체 문장을 창출한 점에서나 유교에 대한 비판과 구어문 제창을 2개의 기둥으로 삼았던 문학혁명의 대표작으로, 루쉰뿐 아니라 중국 근대문학의 제1작이 되었다. 제목은 고골리의 작품 『광인일기(狂人日記)』에서 힌트를 얻은 것으로 보이며 내용상으로는 러시아 소설가 가르신의 영향이 보다 강하게 나타나 있다.

본문 내용을 간략하게 살펴 보면, 아무개 형제는 학창시절에 나와 다정했던 벗들인데 그 중 아우가 병에 걸려 문병차 찾아갔다. 그 형이 아우는 이제 병이 다 완쾌되었다고 하면서 당시의 아우의 병상을 알 수 있을 것이라며 아우의 일기장 두 권을 보여 주었다. 그 일기장을 보고서야 그의 병이 피해망상증 비슷한 것임을 알 수 있었다. 적어 놓은 말들이 몹시 어수선하고 두서가 없는데다가 대부분이 황당한 말들이었다. 책 이름도 본인이 병이 다 나은 다음에 적어 놓은 것이다.

1. 밝은 달빛을 보지 않게 된 지 벌써 30 몇 년이 된다. 지나온 30 몇 년 동안은 멍하니 세월을 보냈다. 그러나 이제 정신을 바짝 차려야겠다.

2. 아침에 문을 나오자 자오 구이 옹은 나를 무서워하는 것 같기도 하고 나를 죽이려고 벼르고 있는 것 같기도 하다. 그리고 길에서 만나는 사람들도 모두 그랬다. 아이들까지도. 20년 전에 구주 씨의 낡은 장부를 발로 찬 일이 있는데 구주 씨는 언짢은 표정을 지었었다. 여기서 나를 좋지 않게 생각하고 길 가는 사람들에게도 내게 원한을 품도록 짜놓은 것이다.

3. 란쯔춘의 소작인이 마을의 악당 여러 사람한테 맞아죽었다는 이야기를 했다. 몇 사람은 그 사나이의 내장을 꺼내어 기름에 볶아 먹었다고

한다. 그들은 사람을 잡아먹을 수 있다. 그렇다면 나도 잡아먹지 말라는 법도 없을 것이다. 잠이 오지 않아 역사책을 상세히 들여다본 결과 책 가득히 '식인(食人)'이라는 두 글씨가 씌어 있다는 것을 알았다.

4. 그들 패거리는 사람을 잡아먹으려고 남들이 모르게 하는 방법을 생각해 내서 직접 손을 대지 않으려고 한다. 나는 큰 소리로 웃었다.

마지막으로 칼릴 지브란의 「광인(狂人, The Madman)」의 일부를 읽으면서 이 글을 마칠까 한다. 개략적인 글이라 너무 심각하게 받아들일 필요는 없을 것이다. 문학 작품 속에서 '광(狂)'이 어떤 양상으로 쓰이고 있는가를 가볍게 한번 짚어보는 것도 재미있을 것 같아서 해본 작업이기 때문이다.

위대한 정신 칼릴 지브란의 「광인」은 서문을 포함한 35편의 우화와 작가 자신의 그림 3점이 실려 있는 우화집이다. 이 책은 제목에서도 암시되고 있듯 일상의 가면을 잃어버리고 마친 사람이라 손가락질 받는 '광인'의 이야기이다.

어느 날 문득 위선의 가면을 벗어 버리고 태양빛 따가운 굳은 땅 위에 홀로 서 보시라. 그럴 때 당신은 상식과 예절, 그리고 사랑이라는 이름으로 만들어진 무수한 모순들이 부서지는 소리를 들을 수 있다.

진리와 진실을 가리고 위선의 얼굴을 만들어 주는 '가면'은 고독과 고통은 막아줄지 모르지만 진리 앞에서 느낄 수 있는 진정한 '자유'를 방해한다. 「광인」에는 일상 속에 갇힌 우리 자아가 진리 앞에 맨얼굴로 나서는 고통을 견뎌낼 때 만날 수 있는 자유의 세계, 깨달음의 세계가 있다. 칼릴 지브란이 '광인'의 목소리를 통해 들려주는 수준 높은 풍자와 날카로운 비판은 우리에게 깊이 있는 삶의 철학을 전해 줄 것이다. 평화와 자유를 외치면서 싸워야 할 대상이 권력이든, 종교든, 이념이든, 도덕이든 인간을 억압하는 것은 그 어떠한 것도 용납할 수 없었던 솔직하고 맑은 영혼의 소유자 칼릴 지브란. 언제나 더 큰 자아를 추구했던 그는 이렇게 노래했다.

강물은 언제나 바다로 흘러간다.

24. NIGHT AND THE MADMAN(밤과 광인)

어둡고 헐벗은 밤이여, 나는 너랑 닮았단다.
내가 공상의 날개를 펼쳐 불타오르는 오솔길을 걸을 때,
나의 발걸음이 대지에 닿는 곳마다 커다란 참나무가 자라난단다.
아니야, 광인이여, 너는 나와 닮지 않았어.
왜냐하면 나는 아직 모래 위에 남겨진 너의 발자국을 뒤돌아보며
그 발자국이 얼마나 큰지 알고 싶어하니까.

고요하고 깊은 밤이여, 나는 너랑 닮았단다.
나의 외로운 마음속에서는 해산(解産)을 기다리는 여신(女神)이 있고,
지금 태어나는 모든 생명의 속에는 천국과 지옥이 맞닿아 있단다.
아니야, 광인이여, 너는 나와 닮지 않았어.
왜냐하면 고통 앞에서는 전율하고 심연의 노래를 두려워하니까.

거칠고 두려운 밤이여, 나는 너랑 닮았단다.
왜냐하면 나의 귀는 정복당한 나라들의 통곡들과
잊혀진 나라들의 한숨 소리들로 가득하단다.
아니야, 광인이여, 너는 나와 닮지 않았어.
왜냐하면 너는 아직 네 속에 있는 작은 자아만 가졌을 뿐,
큰 자아와 더불어 친구로 살지 못하니까.

잔인하고 무서운 밤이여, 나는 너랑 닮았단다.
왜냐하면 나의 가슴은 바다 위에서 불타는 배들로 밝히고
니의 입술은 살해된 전사들의 피로 적시니까.

아니야, 광인이여, 너는 나와 닮지 않았어.
왜냐하면 아직도 너는 영혼의 벗에 대한 바램으로 덮여 있고,
자신을 스스로의 법으로 지배하지 못하니까.

기쁘고 즐거운 밤이여, 나는 너랑 닮았단다.
왜냐하면 내 그림자에 깃든 남자는 이제 새 술에 취하였고
나를 따르는 여자도 스스럼없이 죄를 범한단다.
아니야, 광인이여, 너는 나와 닮지 않았어.
왜냐하면 네 영혼은 일곱 겹의 장막에 감싸여 있고
너의 손으로 너의 마음을 붙잡지 못하니까.

참을성 있고 정열적인 밤이여, 나는 너랑 닮았단다.
왜냐하면 나의 가슴속에는 이미 죽은 수많은 연인들과
그들의 덧없는 입맞춤으로 만든 수의(壽衣)가 묻혀 있단다.
뭐라고, 광인이여, 그래서 네가 나랑 닮았다고?
그래서 폭풍우를 말을 타고 다니는 것처럼 하고 번개를 칼처럼 움켜쥘 수
있다고?

강하고 고귀한 밤이여, 나는 너랑 닮았단다.
왜냐하면 나의 왕국은 몰락한 신들의 더미 위에 세워졌고
그리고 내 앞을 지나가는 세월은 나의 옷깃만 스쳐 지나갈 뿐
내 얼굴은 쳐다보지도 않는단다.
나의 가장 어두운 마음의 아들이여, 네가 나를 닮았다고?
나처럼 길들여지지 않는 생각을 하고 나처럼 광대한 말을 한다고?

그렇고 말고, 밤이여, 우리는 쌍둥이란다.
너는 우주를 드러내고 나는 영혼을 드러내니까.

목욕탕에 얽힌 에피소드

— 성선경의 「소금밭—목욕탕 가는 남자」

삶의 바닥은 늘 염전이다

발자국마다 고이는 시간의 간수

얼금뱅이 곰보 왕소금

헉헉 나는 목마른 낙타같이 숨이 차

사막의 모래등 같은 혹 떼어버리고 싶지만

쌍봉같이 짊어지고 가야 할 내 생애의 소금가마니

달마의 눈꺼풀같이 휙 떼어 던져버리지 못한다

끝끝내 던져버리지 못한다 그래서

저 소금장수의 짚신같이 늘 간수가 흐르는

내 삶의 바닥은 늘 염전이다

오오 저 마흔 몇 해

잘 절인 자반고등어 한 마리

　　　　－ 성선경, 「소금밭—목욕탕 가는 남자」 전문, 『시선』(2004년 가을호)

성선경은 1960년 경남 창녕에서 맏이로 태어나 1988년 한국일보 신춘문예에 시가 당선되어 작품 활동을 시작하고, 시집 『널뛰는 직녀에게』 『옛 사랑을 읽다』 『서른 살의 박봉씨』 『몽유도원을 사다』 『모란으로 가는 길』을 내고, 올해 시선집 『돌아갈 수 없는 숲』을 펴냈으며, 「文·靑」 동인이며 마산 무학여고에서 국어를 가르치는 선생이며, 마산시문화상, 김달진문학상, 월하지역문학상을 수상한 문단의 중진 시인이다.

그와 필자의 인연은 길고 오래 묵은 동앗줄이다. 경남대 국어교육과의 선후배 사이에다 문청 시절, 쌍흥관(마산) 짬뽕 국물에 소주의 추억과, '살어리' 문학동인회의 성창경, 이달균 등과의 그 질펀한 생맥주 거품 같던 열정과, 팔십 년대라는 시대가 몰아준 악다구니와, 앞이 잘 안 보이던 젊음의 취기 같은 것들…. 그래도 우리는 책읽기와 치열한 사고와 언어의 힘을 믿었다.

군대를 제대한 성선경은 한층 성숙해 있었고 언어를 부리는 솜씨 또한 예사롭지 않았다. 그리고 그 결과가 신춘문예 당선으로 나타났다. 평론가 김문주의 말마따나 그는 모든 이와 좋은 관계를 맺기 위해 애쓰는 사람은 아니다. 상대의 환심을 사기 위해 애를 쓰거나 그로 인해 어떤 이익을 보려 하지 않는다. 그래서 그의 시는 기획이나 위장의 내면을 품고 있지 못하다.(김문주, 시선집 「돌아갈 수 없는 숲」 해설) 그래서 성선경은 자신의 삶을 포함한 이 세계의 상처와 치부를 폭로하는 분노와 체념과 슬픔을 날것으로 드러내는 것인지도 모른다. 시인 성선경과 인간 성선경에 대해선 다음에 또 이야기할 기회가 있을 것이다. 이 시 「목욕탕 가는 남자」로 들어가 보자.

성선경의 삶은 내가 보기에는 그리 팍팍하지도 않은 듯한데 뭐가 그리 힘이 들까 싶을 때가 많다. 그는 창녕 성씨 집안의 장남이라는, 뿌리가 깊고 든든한 집안의 장손임을 술 먹듯이 자랑하고, 창녕에서 농사 짓는 부모님 밑에서 끼니 굶지 않고 대학까지 나와 지금은 단란 화목 깨소금맛 나는 가정을 꾸리고 사는데 말이다. 그의 아내는 철없는(?) 남편의 모든 흉허물을 다 안아들이는 분이다.(우리나라 모든 시인들의 아내는 얼마나 많이, 또 오래 참는가) 더구나 아들은 마산에서도 명문인 학교에서 일등급의 내신을 받은 수재로 고려대 국어교육과에 우수한 성적으로 입학했다. 딸도 그에 못지않아 나 같은 선배(선배도 선배 나름이겠지만)를 만나 술이라도 한잔 할라치면 '우리 공주님' 해싸면서 대여섯 번씩 전화해대는데, 참 재미있고 나름대로 알찬 삶을 이어가고 있구나 싶은데, 어째서 이 시는 푹 절여 놓은 봄배추같이 축 늘어져 있을까.

사는 건 견디는 것이라는 평범한 진리를 누가 거역할 수 있을까. 성선경도 그런 것쯤은 모를 리 없을 것이다. 그러니 이 시는 자학이나 자책의 의미로 받아들이면 재미없다. 마흔이 넘은 우리나라의 가장들이, 짊어지고 가야 할 숙명 같은 것을 받아 안고 마는, 팍팍한 현실과 내 자유의지가 알맞게 타협하는 악수라고 읽어야 할 것이다.

시적 화자는 낙타로 비유되어 광막하고 힘든 사막의 이미지로 나타나다가, '헉헉'거리다가, '모래등 같은 혹 떼어버리고 싶'지만 생애의 숙명 같은 것이므로 실천에 옮기지 못한다. 낙타가 혹을 떼는 순간 그는 더 이상 낙타가 아니기 때문이다.

우리네 삶의 무게만큼은, 내가 감당해야 할 삶의 무게만큼은 거역할 수도 없고 팽개쳐버릴 수도 없음을 나타내고 있다. 그래서 '내 삶의 바닥은 늘 염전' 같다. 소금에 절어 견디는 삶과 그 바닥에 간수가 흐르는 어쩌지 못하는 삶이다. 그런데 이런 삶이 어쩐지 답답하지 않다. 성선경이 '몽유도원도'에서 무릉도원을 꿈꾸기 때문일까.

휴일에 어린 아들의 손을 잡고 목욕탕에 가는 아버지를 보면 나는 늘 부럽다. 그러나 나는 그러지 못했다. 아내는 아들과 목욕탕 가지 않는 나를 대여섯 해쯤 구박 아닌 구박을 하다가 이젠 아들이 자라 아버지와 목욕탕

가는 것 자체를 꺼리게 되면서 나를 겨우 풀어줬다.

　나도 아들과 동네 목욕탕에 가고 싶었다. 아니 몇 번 간 적도 있다. 아들이 고등학교에 다닐 때였을 것이다. 기숙사 생활을 하던 녀석이라 몇 주 만에 집에 오면 목욕을 갔는데 그때 몇 번 같이 가서 서로 등도 밀어주고 했다. 기분이 쏠쏠했다. 자식 키우는 맛이라고 해야 하나, 뭐 그런 기분 말이다. 누군들 아들 손 잡고 동네 목욕탕에 가고 싶지 않겠는가.

　나에게는 그럴 만한 이유가 있다. 교단 생활 대여섯 해쯤 되었을 때 일이다. 봄날이었고 날씨 좋은 어느 일요일, 동네 목욕탕엘 갔다. 욕탕에 들어가기 전에 샤워기 있는 곳에 가서 머리를 감고 비누칠로 샤워를 한 다음 잠시 탕에 들어가서 눈을 감고 있다가(나는 탕 속에 오래 있지 못한다. 지금도 사우나 방에 들어가지 않거니와 그 흔한 찜질방도 잘 가지 않는다) 이제 나가야겠다 싶어 눈을 떴는데 바로 앞에서 아이 하나가 탕에 앉은 채로 꾸벅 인사를 하는 게 아닌가. 얼떨결에 인사를 받았는데(이 아이는 내가 맡고 있는 반 아이였다), 거기까지였으면 괜찮았을 것인데, 일은 그 다음에 벌어지고 말았다. 이 녀석이 글쎄, '선생님예, 우리 아버집니더.' 그래서 우리 어른 두 사람은 또 얼떨결에 일어서서 악수를 덥석 나누고 말았는데, 아아, 생각해보라. 생전 처음 만나는 사내 둘이서 자식과 제자가 보는 앞에서 벌거벗고 악수를 나누는 그 어색하고 희한한 광경을.

　우리 어른 둘은 누구랄 것도 없이 어색하고 또 어색해서 나는 샤워기 있는 곳으로 갔고, 서로 못 본 체했는데, 조금 있다가 돌아보니 아들과 그는 나가고 없었다. 어허, 어허, 이런 낭패가 있나. 나보다 늦게 왔으니 씻지도 못했을 텐데. 에이, 참 내, 뭐가 이래. 쩝쩝 해쌓다가 집에 돌아왔는데, 나중에 전화가 와서 정중하게 맥주 한잔 나누게 되어 그 황당한 일이 한낱 에피소드가 되었지만, 지금도 그때 일을 생각하면 그 어색함과 민망함을 어쩌지 못한다.

　그날 이후 나는 동네 목욕탕을 가지 않기로 했던 것이고(어쩌다 한 번씩 가긴 했지만. 나 때문에 아이들이 동네 목욕탕 오는 것을 꺼리게 될 것이고, 그리 되면 목욕탕 주인에게는 내 뜻 아니게 피해를 준다는 생각에 이르자, 에라 내가 안 가고 말지 그렇게 된 것이다.), 지금까지 그걸 지키고 있다. 거의 대부분을 집에서 하고, 어쩌다 온천 같은 곳을 가게 되면 대중탕을 이용한다.

성선경의 또 다른 시 한 편을 소개하며 이 글을 마칠까 한다.

아차 순간 내 헛디딘 잘못 하나로
그만 정한수 사발이 깨어져 흩어졌습니다
이렇게 깨어진 사금파리들이
저 하늘에 가득 찼습니다
나는 얼마나 잘못하며 살아왔을까요?
이젠 발 디딜 틈이 없습니다
　　　　　－ 성선경, 「별」, 시선집 『돌아갈 수 없는 숲』 자서

외로움과 그리움 그리고 기다림에 대하여

— 정일근의 「기다린다는 것에 대하여」

정일근의 시집 『기다린다는 것에 대하여』(문학과지성)를 읽었다. 첫 시집 『바다가 보이는 교실』 이후 그의 10번째 시집이다. 진해 김달진문학관에서 여는 '시야 놀자' 행사에 와서 슬쩍 건네준 시집인데, 자필 서명란에 '이달춘(?) 형께'라고 써 놓았다. 아, 이 친구도 이달균과 나를 헷갈려하나 싶었다가, 아니, 그래도 그렇지 지가 내 이름을 모르다니 싶어 한 마디 해 주려다가 참고 말았다. 작고하신 이선관, 정규화 시인께서도 그랬고, 이광석 선생님을 비롯한 여러 선배 문인들도 만날 때마다 우리 둘을 혼동하셨으니 그러려니 해야지 뭐 어쩔 것인가.

정일근이 누군가. 진해의 여좌3가동, 일명 대야동 비탈 동네, 그것도 기차가 지나가는 옆 동네 출신이다. 어릴 적 아버지를 여의고 홀어머니와 동생들과 어렵게 살아온, 그래서 그의 시에는 아버지에 대한 그리움이 곳곳에 나타나고, 어머니에 대한 애틋한 효심이 많이 보인다. 지금도 정일근은 어머니에게 극진하다. 나는 그런 그가 부러워서(나의 어머니와 아버지는 오래전에 모두 세상을 떠나셨다) 자주 아프시지만 어머니가 계시니 얼마나 좋으냐고 말하면, 맨날 걱정만 끼쳐드려서 면목이 없을 뿐이라고 말하곤

한다. 제황초등학교와 진해남중학교와 마산상업고등학교(지금은 상업고에서 인문고인 용마고로 교명이 바뀌었다)와 경남대 사범대 국어교육과를 졸업하고, 진해남중에서 교편을 잡다가, 항도일보(역시 지금은 없어졌다)와 문화일보 기자로 살다가, 한국작가회의 울산 회장도 했고, 경주 남산을 오르는 늑대산악회(기억이 희미하지만 그는 언제나 특이하니까)를 만들어 야간산행을 즐기기도 하면서, 지금은 울산 은현리에서 전업 시인으로 산다. 그의 서재 이름은 귀뚜라미 소리를 듣는다는 뜻의 '청솔당(聽蟀堂)'이다. 그가 왜 마당으로 출근해 자연의 말씀을 받아쓰기하는 시인이라 하는지 알 것 같다.

1984년『실천문학』과 1985년 한국일보 신춘문예로 문단에 나와,『바다가 보이는 교실』『유배지에서 보내는 정약용의 편지』『그리운 곳으로 돌아보라』『경주 남산』『처용의 도시』『누구도 마침표를 찍지 못한다』『오른손잡이의 슬픔』『마당으로 출근하는 시인』『착하게 낡은 것의 영혼』『기다린다는 것에 대하여』등의 시집이 있다. 시와시학 젊은시인상, 소월시문학상, 영랑시문학상, 포항국제동해문학상, 월하진해문학상 등을 수상했으며, '시힘' 동인으로 활동하고 있다.

1990년대 말부터 불법 포경 반대운동에 적극 나서 현재 울산, 포항 지역의 시인들과 함께 '고래를 사랑하는 시인들 모임'을 이끌고 있다. 등단 초기 1980년대를 풍미한 민중시에 관심을 가졌던 그는 1990년대에는 경주 일대 신라 유적과 설화를 모티프로 한 시들을 선보였고, 농촌마을에 터를 잡은 이후에는 생명과 자연에 대한 외경을 담은 빼어난 서정시를 발표하고 있다.

그는 나와 몇 년간 진해남중에서 같이 근무하기도 했고(지금도 진해남중학교 2층 1학년 5반 교실에 가면, 정일근의 첫시집『바다가 보이는 교실』의 배경이 된 교실이라는 안내판이 있다), 내 첫 시집『칠판지우개를 들고』의 발간에도 큰 역할을 했으며, 진해에서 진해문협을 만들어 황선하, 방창갑 선생님을 비롯 정이경, 김승강 시인들과 지속적인 시낭송회(토요시낭송회, 진해

와 진해사람들의 시)도 열었고, 1980년대 해군사관학교에 근무했던 정과리,
이광호 교수 등과 소주잔깨나 비우기도 했다. 정일근과 얽힌 이야기를 하
자면 에이포 50장은 쓸 수 있을 것이다.

그래그래, 할 말은 많으나 다음으로 미루고 이제 그의 시를 만나러 가
보자.

먼 바다로 나가 하루 종일
고래를 기다려본 사람은 안다
사람의 사랑이 한 마리 고래라는 것을
망망대해에서 검은 일 획 그으며
반짝 나타났다 빠르게 사라지는 고래는
첫사랑처럼 환호하며 찾아왔다
이뤄지지 못할 사랑처럼 아프게 사라진다
생의 엔진을 모두 끄고
흔들리는 파도 따라 함께 흔들리며
뜨거운 햇살 뜨거운 바다 위에서
떠나간 고래를 다시 기다리는 일은
그 긴 골목길 마지막 외등
한 발자국 물러난 캄캄한 어둠 속에 서서
너를 기다렸던 일
그때 나는 얼마나 너를 열망했던가
온몸이 귀가 되어 너의 구둣발 소리 기다렸듯
팽팽한 수평선 걸어 내게로 돌아올
그 소리 다시 기다리는 일인지 모른다
오늘도 고래는 돌아오지 않았다
바다에서부터 푸른 어둠이 내리고
떠나온 점등인의 별로 돌아가며

이제 떠나간 것은 기다리지 않기로 한다
지금 고래가 배의 꼬리를 따라올지라도
다시는 뒤돌아보지 않겠다
사람의 서러운 사랑 바다로 가
한 마리 고래가 되었기에
고래는 기다리는 사람의 사랑 아니라
놓아주어야 하는 바다의 사랑이기에
　　　 – 정일근, 「기다린다는 것에 대하여」 전문, 『기다린다는 것에 대하여』

　정일근은 울산광역시의 외곽, 이름이 참 아름다운 '은현리'에서 산다. 그러면서 시도 쓰고, 창작교실도 운영하며, 아침이면 '마당으로 출근해 자연의 말씀들을 받아쓰기하며' 산다. 또 울산의 트레이드 마크인 고래 사랑 운동에도 적극 참여하고 있다. 그가 관여하는 시노래 운동도 고래와 밀접한 관련이 있고.(지금은 경남대에서 '문학아카데미' 원장 겸 출판국장 등 교수로 일하고 있다)

　'그리움'과 '기다림'이 없는 생이 있을까. 이들이 없는 삶이 없듯 이들이 없는 서정도 없다. 외로움이 그리움을 부르고, 그리움이 기다림을 잉태하고 있는 것이다. 그래서 굳이 시인이 아니더라도 누구나 그리움을 말하고 기다림이 있는 것이다. 세상의 모든 문학은 그리움과 외로움과 기다림에서 시작된다.

　정일근의 시 「기다린다는 것에 대하여」를 이해하는 키포인트는 '고래'다. '고래'는 바다에서 산다. 지구 위의 육지를 둘러싼, 짠물이 괴어 있는 크나큰 부분이라고 사전에 나와 있는 바다. 바다는 거대하고 역동적이며 생명력이 넘치는 물이다. 무한히 창조적인 생성력과 모성성으로 인하여 여성 또는 미지의 세계를 상징하기도 하고, 광활함과 적막함의 배경이 되기도 한다. 또한 바다는 삶의 외지와 인고를 배우는 깨달음의 공간이 되기도 한다.

정일근의 바다는 삶이었다가 상징이었다가 깨달음이 된 것 같다. 시 속의 '고래'는 '사랑'과 '기다림'의 연결고리를 갖고 시적 의미망을 구축하고 있다. 그런데 '고래'는 우리가 흔히 말하는 포획이 금지된 어류인 고래일수도 있지만, 이 시의 뉘앙스로 볼 때 전혀 아닐 수도 있다는 점이다. 시 속의 시적 화자는 표면적으로는 그 옛날 울산 앞바다의 고래를 기다리는 것으로 나타나지만, 지금은 없는 화자가 한때 사랑했던 사람을 의미한다. 이 시집 전체를 관통하고 있는 정서와 의미망에 대해선 '문학과지성 시인선' 펴낸이의 한 사람이자 문학평론가인 홍정선 인하대 교수의 시집 해설을 참조하면 좋을 것이다. 그는 정일근과 일면식도 없다면서 시만 읽고 정일근의 삶과 현실을 상당히 자세하게 유추하고 있다.

어쨌든 화자는 떠나간 고래를 기다린다. 그러다가 더 이상 '떠나간 것은 기다리지 않기로' 한다. '고래'는 '기다리는 사람의 사랑이 아니라' '놓아주어야 하는 바다의 사랑이기' 때문이다. 맞다. 고래는 바다에 내리꽂히는 햇살 아래 포경선의 작살에 등을 내주는 울산 앞바다 야생의 그것이 아니라 한때 화자가 사랑했던 한 여인이었던 것이다.

다시 홍정선 교수의 말을 빌리면 시 「기다린다는 것에 대하여」는 '자신의 상처를 다스리는 작업이 만들어낸 신음소리'요, 자신의 상처를 쓸고 핥아서 견딜 수 있는 상태로 만들어나가는 과정과 노력의 산물이다. 따라서 이번 시집에 실린 시들은 정일근의 이전 시들에 비해 '실존적 성격'을 강하게 띠고 있다고 생각된다. 한국 사회의 모순을 특유의 주관적 진술함으로 드러내면서 그 모순의 피해자들을 따뜻한 서정으로 감싸던 이전 시집들과는 달리, 「기다린다는 것에 대하여」는 개인적인 상처와 그 상처의 고통스런 치유 과정을 선명하게 각인해 놓고 있다.

내가 볼 때 정일근 시인은 이런 상처들을 씻고 새로운 삶의 궤적을 그릴 것이다. 이번 시집이 올해 3월에 나왔으니 지금쯤 그는 생의 상처들을 정서적 재산으로 만들어 단단한 시적 '옹이'로 쟁여 넣고 있을 것이다.

앞으로는 한국문화와 갈등을 겪는 외국인노동자와 동남아 이민여성들의 삶, 노인들만 남아 붕괴돼가고 있는 농촌공동체의 현실, 지역에서 느끼는 서울중심주의의 폐해 등에 대해 좀 더 관심을 쏟을 예정이라 한다.

몸이 아파 술을 못하는 그가 좀 그렇지만(그는 동티모르에 봉사활동을 갔다가 무리를 하는 바람에 병을 얻어 그 후유증으로 고생하고 있다. 그렇잖아도 뇌수술을 한 후에 몸 관리에 열중이었는데 말이다), 진해로 보나 우리 문단으로 보나 정일근은 분명 큰 재산임이 분명하다. 더욱 더 왕성한 활동을 기대하면서 그의 문운을 빈다.

필자의 시 「남지철교 부근」에 걸맞는 정일근의 「여행편지—창녕 남지철교에서」(경상일보)를 덧붙인다.

9월이 시작되는 첫날을 기다리며 낙동강 위에 놓인 창녕 남지철교 위에 섰습니다. 여름의 끝에 비가 많았기에 낙동강은 제 몸 가득 황토빛 물을 안고 일천 일백 리 물길 힘차게 흘러가고 있습니다.

우르르 쾅쾅! 우르르 쾅쾅! 지구를 돌리는 힘과 같은 물소리가 귓전을 때립니다. 큰물이 흘러가는 것을 물 밖에서 보는 것과 물 위에서 보는 것이 다릅니다. 서편제 판소리 한 자락처럼 유장하게 흘러가는 물길인 줄 알았는데 남지철교에서 빤히 내려다보는 낙동강 물길은 거대한 함성과 같습니다.

오랫동안 강을 모성과 같은 여성적인 이미지로 이해했는데 남지철교 위에서 강이 남성적인 힘을 가졌다는 것을 압니다. 외유내강(外柔內剛)이란 말이 생각납니다. 멀리서 보는 강은 굽어지고 휘어지는 부드러움이 있지만 그 속에는 무쇠를 뚫을 것 같은 강한 힘이 살아 움직이고 있습니다.

남지철교는 경남 창녕군 남지읍 본동에서 함안군 칠서면 계내를 잇는 총연장 390m의 다리입니다. 1931년 일제강점기에 세워진 이 다리는 70년이 넘는 세월을 낙동강과 함께 했습니다. 6·25 때는 비행기 폭격으로 끊어지는 아픔을 겪기도 한 역사적인 다리입니다. 그 역사는 1950년 9월 8일 이 다리가 비행기 폭격으로 끊어졌다고 기록하고 있습니다. 놀랍게도 철교 상부에 상처와 같은 총탄 구멍이 그대로 남아 있습니다. 뚫린 구멍 사이로 바라보는 풍경 저편에 민족의 아픔이 펼쳐집니다.

일제강점기에서부터 6·25까지, 이 강을 배경으로 펼쳐졌던 민족사의 아픔을 남지철교는 낱낱이 다 보았을 것입니다. 해서 저는 남지철교를 근대사의 교과서라 은유하고 싶습니다. 당신도 이 철교를 걸어보신다면 제 은유에 쉽게 동의하실 수 있을 것입니다.

다리는 소통의 상징입니다. 다리가 없는 강의 이편과 저편의 거리는 차안과 피안의 거리일 수도 있습니다. 다리는 강의 이편과 저편을 이어주기도 하지만 사람과 사람을 이어주고 사람의 말(언어)과 노래도 이어줍니다. 남지철교는 창녕 남지와 함안 칠서를 잇는 다리일 뿐만 아니라 강의 이편 저편의 문화를 하나로 이어주는 것입니다. 우리 민족은 좋은 다리를 많이 가졌습니다. 우리나라 최초의 석조 아치교인 불국사의 청운교와 백운교가 있고, 포은 정몽주 선생의 피가 남아있다는 개성의 선죽교가 있습니다. 전남 함평에는 고려시대 때의 돌다리인 고막교(독다리)가 있고 서울 장충단공원 입구에는 조선시대 다리를 대표하는 수표교가 있습니다. 돌로 만들어졌기에 아직도 다리의 구실을 다하고 있습니다. 세계의 다리도 마찬가지입니다. 로마 시내에는 기원전에 만들어진 석교들이 아직 남아 있을 정도입니다.

다리의 역사는 14세기에 삼각격자상으로 짠 트러스(truss)가 고안되면서부터 획기적으로 발전하기 시작했다고 합니다. 18세기 중엽부터는 목조 트러스 시대로 접어들었고 그 이후 철의 출현으로 철제 트러스교가 만들어졌다고 합니다.

남지철교는 트러스교입니다. 다리의 본체는 부재가 휘지 않게 접합점을 핀으로 연결한 골조구조를 가진 트러스로 만들어진 소중한 다리입니다. 그 때문에 멀리서 보면 마치 물결이 치는 모습입니다.

오랜만에 찾은 남지철교 위에서 오래지 않아 이 아름다운 다리가 철거된다는 안타까운 이야기를 듣습니다. 이 다리가 낡고 노후 되어 새 다리를 만들고 그 다리가 개통되는 2007년에는 남지철교를 허물어 버린다고 합니다.

저는 행정이 툭하면 새로운 것을 만들고 옛것을 허물어 버리는 일에 분노합니다. 부산의 영도다리도 그렇고 남지철교도 그러합니다. 쉽게 허물어 버리겠다는 생각이 어디서 나오는 것인지 답답하기만 합니다. 근대문화유산인 남지철교는 분명 문화재급 가치를 가진 다리입니다.

제 역할을 다한 소중한 것은 그 이후부터는 문화재로 대접하는 법입니다. 서울의 남대문이 그렇고 동대문이 그렇지 않습니까. 남지철교는 오랫동안 보존되어야 하는 역사의 다리며 그 지역 사람들의 다리입니다. 이 다리를 건너 낙동강을 건넜던 사람들의 추억이 남아있는 한 남지철교는 늘 그 자리에 서 있어야 합니다. 다리는 만남의 광장입니다. 견우와 직녀를 위해 칠석이면 까마귀들이 오작교까지 만들어 주는데, 있는 다리를 끊어버리려는 그 생각부터 끊어버려야 합니다. 남지철교는 남아있어야 합니다. 먼 훗날 가을이 시작되는 어느 날에도 이 다리 위에서 오늘처럼 당신을 기다리고 싶습니다.

　　　　　　　　　　　　　　　 – 정일근, 「여행편지—창녕 남지철교에서」(경상일보)

그대 떠난 후였지
아지랑이에 꽃멀미 아득해지는 오후나절이었지
강에는 물풀들만 속절없이 흔들리고
묵정밭 너머 산그림자가 재재거리며 내려왔지
분분한 꽃잎들
제 무릎에 얼굴을 묻고
들길 속으로 사라져가는
빨간 버스의 뒷모습만 그림자를 남기고 있었지
혼자 배웠던 사랑을 밟고
다시 홀로 떠난 그대 혹은 나
못난 사랑도 그늘이 있는지

인제나 간절해지는 마음 던져두고

강바람에 펄럭이는 서러움이

홀로 제 키를 키우고 있었지

                 – 이월춘, 「남지철교 부근」 전문, 『경남문학』(2006년 겨울호)

왕(王)답게 신(臣)답게 민(民)답게 사는 세상
— 최석균의 「안민가」

서정시를 쓰기 힘든 시대라고 말한다. 세상은 점점 살기 힘들다는데, 이젠 시까지 어려워져 여러 사람 괴롭히는 걸까. 그래도 괜찮다. 다 괜찮다. 시인이란 어차피 언어의 숲에서 미로찾기를 하는 존재니까. 시적 난해란, 비타협적 인식의 산물이며 세상의 도처에 널려있는 값싼 용이성과 달리 참된 가치를 위해 독자가 마땅히 지불해야 할 대가라고 아도르노는 말했지 않은가. 그러니까 시적 혹은 문학적 난해성이란 시인 작가들에 의한 작위적인 미적 책략이 아니라는 말이다. 좋은 문학이, 감동적인 시가 주는 가장 큰 효과는 세상과 사물에 대한 근원적 신뢰감을 회복시켜 주는 것이다. 좋은 시란 자신과 주위 사물과의 관계를 늘 새롭고 생생하게 드러내는 시다. 그런 측면에서 최석균의 시는 쉽게 접근할 수 있어 좋다.

번뇌와 갈등이 없는 삶은 행복도 없다. 머리 두 개를 가진 설산의 공명조처럼 갈등을 인정하지 않으면 죽음밖에 길이 없는 법이다. 삶의 무의미는 사실 별 게 아니다. 내가 나로서 살아야 하는 의미를 찾지 못하는 것이다. 내가 남이 아닌 참 자아로 살아가야 하는 의미를 찾는 것이 번뇌이며 그 번뇌 속에서 자신을 보았을 때 깨달음이 온다. 긴 번뇌에 순산의 깨달음이랄까.

1970년대 대학을 다닌 나는 문학평론 시간에 미국의 문학평론가 르네 웰렉과 오스틴 워렌이 지은 『비평의 원리』를 즐겨 읽었다. 그 책에서 그들은 시인을 객관적 시인과 주관적 시인의 두 유형으로 나누었는데, 전자가 시에서 시적 자아의 개성, 즉 주관성을 제거해 주로 이미지의 생성에 무게를 두는 시인이라면, 후자는 마치 자화상을 그리듯 자기 자신을 구체적으로 표현하기를 즐기는 시인을 말한다. 물론 두 유형 중 어느 하나가 낫고 못하다는 우열을 가리는 잣대가 아니라 시적 취향과 태도에 따른 분류일 뿐이다. 딱 잘라 말하기는 그렇지만 나는 후자를 더 즐기는 편이다.

최석균 시인은 경남 합천에서 태어나, 2004년 『시를 사랑하는 사람들』로 작품 활동을 시작했다. 2008년에 『문학의전당』에서 시집 『배롱나무 근처』를 냈다. 창원의 한 여고에서 국어를 가르치는 교사이자, 필자와는 사적으로 형 아우 하는 사인데, 요즘 건강이 별로라서 좀 걱정이긴 하다.(나도 그렇지만) 늘 건강에 대해 우려하지만 뭐 어쩔 것인가. 뭐든 한 오십 년 쓰면 고장나는 게 당연한 것이지. 이제 그러려니 하고 산다. 병 몇 개쯤 데리고 살다 보면 또 그렇게 정이 들겠지 싶기도 하고. 그는 '참 사람 좋다'는 말을 많이 듣는다. 아래위 잘 챙기고 어디서나 있는 듯 없는 듯 나서지 않는 품이 그의 시처럼 가볍지 않다. 나는 그에게 선배가 된답시고 좀 함부로 하는 경우도 없지 않은데 언제나 한결같다. 곧 방학이니 그와 막걸리나 한잔 해야겠다.

> 창원에서 진해로 넘어가는
> 안민고개를 걸어서 가보면
> 산허리를 감는 고갯길이 순조로운 물결 같고
> 쉬었다 가야 할 숨찬 길목도 하나 없어서
> 무척 편안한 걸음으로 오를 수 있다

한 살 두 살 나이를 먹어가듯이
굽이굽이 두르다 보면 어느새 고개턱이다
진해로 내려가는 길도 마찬가지로
오르는 길과 거의 대칭이라서
물결 같은 길이 출렁이다가 바다로 들어간다
바닷바람과 산바람이 만나는 산마루에 서면
북서쪽으로 번창하는 평원
창원시가 한 손바닥 위에 놓이고
남동쪽으로 바다를 제압하는
진해시가 한눈에 들어오는데
어디를 보아도 먹을 것이 많고 다스리기 좋은
태평한 땅이다
王답게 臣답게 民답게 하면
나라가 태평할 것입니다
안민고개를 오르내리다 보면
편안한 백성으로 살다 가는 길이 보이고
기계공단과 쓰레기 매립장에 둘러싸인 창원시 안민동에
연기는 하늘로 올라가고 물은 땅속으로 내려가는
길 아닌 길도 보인다

　　　　　　　　　－ 최석균, 「안민가」 전문, 『배롱나무 근처』

　2010년 7월 1일자로 진해와 마산, 창원이 통합 출범했다. 인구 108만의
큰 도시다. 기존의 창원에 비해 진해와 마산은 상대적 박탈감으로 서운한
사람이 더러 있는 것 같지만, 미래를 보면 바람직한 시도로 보인다. 제도
나 각종 규약 약 삼천 가지가 바뀐다니 그에 적응하는 데는 시간이 좀 걸
릴 것도 같다. 당장 주소만 해도 그렇다.
　이 시에 나오는 안민도로(고개)는 진해와 창원을 잇는 간선도로다. 창원

쪽에서 오르나 진해에서 오르나 상복산 능성이에서 만나게 된다. 꼬불꼬불한 산길이 좋기도 하지만 도로 양 옆의 벚꽃이 봄이면 장관을 이룬다. 밤이면 가로등이 소용없을 정도다. 고개 이름이 좋지 않은가. 백성이 편안한 고개라. 이 고개를 넘어가면 사람살이가 편안해진다는 것인지, 이 고개에 오르면 그리 된다는 것인지.

아무튼 요즘은 많은 사람들이 이 길을 걷고 있다. 웰빙 덕분이다. 특히 진해쪽은 데크를 설치해 좀 더 편안하게 오를 수 있다. 진해와 창원의 경계 지점에 막걸리를 비롯한 간단한 먹거리를 파는 포장집들이 있었는데 지금은 어떤가 모르겠다. 정자가 있어 시원한 바람을 맞으며 진해바다를 바라볼 수도 있다. 체력에 비해 산길이 좀 모자란다 싶으면 북서쪽으로 산을 더 타도 좋고, 남동쪽으로 시루봉을 지나는 등산도 좋다. 그도 아니라면 약 8킬로미터에 달하는 임도(林道)를 따라 트레킹을 하는 것도 좋다.

신라 경덕왕 때 충담사가 지었다고 전해지는 10구체 향가 「안민가」는 혹시 여기서 유래한 건 아닐까. 내용도 참 간단하다. 위정자들은 정치를 똑바로 하고, 정부 관료들은 그들대로 역할을 제대로 하며, 국민들은 스스로 의무를 다한다면 어찌 나라가 태평하지 않겠는가.

君隱父也 군(君)은 어비여,
臣隱愛賜尸母史也 신(臣)은 ᄃᆞᅀᆞ샬 어ᅀㅣ여,
民焉狂尸恨阿孩古爲賜尸知 민(民)은 얼흔 아히고 ᄒᆞ샬디
民是愛尸知古如 민(民)이 ᄃᆞᇫ 알고다.
窟理叱大肹生以支所音物生 구믌ㅅ다히 살손 물생(物生)
此肹喰惡支治良羅 이흘 머기 다ᄉ라.
此地肹捨遺只於冬是去於丁爲尸知 이 ᄯᅡ훌 ᄇᆞ리곡 어듸 갈뎌 홀디
國惡支持以支知古如 나라악 디니디 알고다.

後句君如臣多支民隱如爲內尸等焉 아으, 군(君)다이 신(臣)다이 민(民)다이
ᄒᆞᆯᄃᆞᆫ

國惡太平恨音叱如 나라악 태평(太平)ᄒᆞ니잇다.

임금은 아버지이며, 신하는 자애 깊은 어머니요,

백성은 어리석은 아이라고 한다면,

백성이 사랑받음을 알 것입니다.

꾸물거리며 살아가는 백성들,

이들을 먹여 다스리어

이 땅을 버리고서 어디로 갈 것인가 한다면,

나라 안이 다스려질 것을 알 것입니다.

아아, 임금답게 신하답게 백성답게 한다면

나라 안이 태평할 것입니다.

경덕왕이 귀정문(歸正門) 다락 위에서 영복승(榮服僧)을 만나려고 신하들
에게 거리에 나가 훌륭한 스님을 데려오라고 했다. 신하들이 위풍 있는 대
덕(大德)을 데려왔으나 왕은 영복승이 아니라고 돌려보냈다. 그때 남산 삼
화령(三花嶺) 미륵세존께 공양을 하고 돌아오는 충담사를 만나 유명한 「찬
기파랑가(讚耆婆郎歌)」를 지은 스님인 줄 알고, 백성을 편안하게 할 노래를
지어달라고 하였다. 이때 지어 바친 노래가 「안민가」이다.

내용은 왕을 아버지, 신하를 어머니, 백성을 어린아이에 비유하고 각자
본분을 다하면 나라와 백성이 편안하다고 했다. 왕이 이 노래에 감동하여
충담사를 왕사(王師)로 모시려 했으나 굳이 사양했다고 한다. 향찰로 표기
되어 있어 해독방법에 따라 다르게 해석되기도 한다. 왕이 나라를 잘 다스
리기 위해 짓게 했으므로 현실 효용의 측면이 있다. 유교사상이 쉽게 느

러나 있고 불교의 정법사상(正法思想)이 섞여 있다. 『삼국유사』충담사조에 실려 있다.

시인은 감흥하고 살펴서 인간사와 자연의 이치를 아는 자요, 일상에서 느끼고 살핀 것을 언어로 드러내는 자여서, 생활세계를 배경으로 사람살이에 대한 생각을 담담하게 표현하는 최석균의 시는 친숙하다는 문학평론가 김문주 영남대 교수의 말은 옳다.

시적 화자는 물론 시인이다. 창원 쪽에서 장복산을 오른다. 안민동 근처에 차를 세우고 느긋하게 산길을 오른다. 포장된 길이지만 돌고 돌아서 오르는 안민고갯길은 결코 짧지 않다. 오르면서 그는 오늘의 삶을 되돌아보기도 하고, 내일을 생각하기도 했을 것이다. 드디어 진해와의 경계에 다다른다. 다시 내리막길이다. 오를 때와 별반 다를 게 없다. 그런데 그 길이 바다 속으로 들어간다. 화자의 산책길이 가 닿는 곳은 결국 바다였다. 그런데 '바닷바람과 산바람이 만나는 마루'는 화자를 평안하게 한다. 진해와 창원을 한눈에 바라보자 그만 너그럽고 넉넉한 마음이 되었기 때문이다. 옛날 안민가를 지어 바쳤던 충담사의 마음이 그랬을까.

그러나 다시 읽으면 '편하게 살다 가는 길'도 있고, '땅 속으로 내려가는 길 아닌 길'도 있다고 한다. 왕이 왕답지 못하고, 신이 신답지 못하며, 민이 민답지 못한 오늘의 현실 속 갈등을 드러내는 건 아닐까. '바다를 제압하는 진해'와 '번창하는 평원 창원'의 '어디를 보아도 다스리기 좋은 태평한 땅'인데, 뭐 그리 어렵게 살 일도 없으련만 '기계공단'과 '쓰레기 매립장'의 개발 부산물에 대한 부정적인 인식이 읽히기도 한다.

두 개의 연으로 된 이 시는 1연에서 '태평한 땅'에 대한 평안한 인식을, 2연에선 왕답게, 신답게, 민답게 못해 태평하지 못한 나라라는 전제 아래 화자의 내면적 갈등을 드러내고 있다고 볼 수 있다.

온 나라가 반으로 쪼개져 네 편, 내 편으로 싸우고, 보수와 진보가 싸우고, 지역별로 싸우고, 너는, 너희 편은 죽어도 싫고, 나는, 우리 편은 무조건 옳고 참되다며 싸우더니 나라 밖에서도 갈라져서 싸운다. 시민단체가 유엔에 편지를 보내 제 나라 정부가 틀렸다고 주장하고, 유수의 교수들이 제 나라를 두고 외국에서 제 나라의 천안함 사건 발표를 못 믿겠다고, 조작이라고 발표한다. 얼마나 우리 사회가 그동안 서로 불신을 키워왔기에 이토록 골이 깊은가. 흑백논리와 극단은 이제 접었으면 좋겠다. 토론과 배려의 문화를 통해 성숙해졌으면 좋겠다.

그러나저러나 왕답게, 신답게, 민답게 살아서 정말 태평한 나라는 언제쯤 올까.

현실의 비극적 인식과 사랑의 역설

— 김명인의 「동두천 1」

기차가 멎고 눈이 내렸다 그래 어둠 속에서

번쩍이는 신호등

불이 켜지자 기차는 서둘러 다시 떠나고

내 급한 생각으로는 대체로 우리들도 어디론가

가고 있는 중이리라 혹은 떨어져 남게 되더라도

저렇게 내리면서 녹는 춘삼월 눈에 파묻혀 흐려지면서

우리가 내리는 눈일 동안만 온갖 깨끗한 생각 끝에

역두(驛頭)의 저 탄 더미에 떨어져

몸을 버리게 되더라도

배고픈 고향의 잊힌 이름들로 새삼스럽게

서럽지는 않으리라 그만그만했던 아이들도

미군을 따라 바다를 건너서는

더는 소식조차 모르는 이 바닥에서

더러운 그리움이여 무엇이

우리가 녹은 눈물이 된 뒤에도 등을 밀어

캄캄한 어둠 속으로 흘러가게 하느냐

바라보면 저다지 웅크린 집들조차 여기서는

공중에 뜬 신기루 같은 것을

발 밑에서는 메마른 풀들이 서걱여 모래 소리를 낸다

그리고 덜미에 부딪혀 와 끼얹는 바람

첩첩 수렁 너머의 세상은 알 수도 없지만

아무것도 더 이상 알 필요도 없으리라

안으로 굽혀지는 마음 병든 몸뚱이들도 닳아

맨살로 끌려가는 진창길 이제 벗어날 수 없어도

나는 나 혼자만의 외로운 시간을 지나

떠나야 되돌아올 새벽을 죄다 건너가면서

－ 김명인, 「동두천 1」 전문, 『동두천』(문학과지성사, 1979)

김명인(1946~) 경북 울진 출생. 고려대 국문과·동대학원 졸업. 1973년 중앙일보 신춘문예에 「출항제(出港祭)」가 당선되어 등단. 『반시』 동인. 경기대 국문과 교수를 거쳐 고려대 문창과 교수. 김달진문학상, 소월시문학상, 동서문학상 등을 수상했다.

그의 시는 가족사와 민족사가 가져다 준 가난과 설움을 고단한 여행길에 접어든 순례자의 모습으로 형상화하면서 현실을 견디는 의지를 드러내 준다는 평가를 받는다.

시집으로는 『동두천』(문학과지성사, 1979), 『머나먼 곳 스와니』(문학과지성사, 1988), 『물 건너는 사람』(세계사, 1992), 『푸른 강아지와 놀다』(문학과지성사, 1994), 『바다의 아코디언』(문학과지성사, 2009) 등이 있다.

특별한 지명, 동두천이라는 도시가 갖는 현대사적 의미, 자세히 말하자면 1970년대적 의미를 모른다면 이 시를 제대로 이해하기 어려우리라. 그만큼 이 시는 당대적 현실과 밀접하다. 특히 1970년대 김명인의 시는 대부분 이 무렵의 시대가 갖는 역사적인 대목을 가까이 의식하고 있다고 말할 수 있다.

그러나 그의 시는 독자를 압도하거나 명령하지 않고, 시인과 함께 그 시대를 또는 그 현장을 바라보게 하며, 함께 번민하고 함께 슬퍼하게 한다. 이는 서정시적 자질들을 소중히 다룸으로써 얻게 되는 흔치 않는 문학의 미덕인 것이다. 동명의 시집에 실려 있는 이 시는 시집 속의 다른 작품들과 마찬가지로 현실과 그 현실 속의 다양한 사람들을 다루면서 그들의 고통과 번민과 사랑과 안타까움을 그려낸다. 동두천의 미국과 월남에서의 미국을 동일선상에서 노래한다. 그럼으로써 우리에게 대상과 사물을 바라보는 시선에 동일성을 부여한다.

동두천은 미군의 도시. 그래서 서글프지만 자연스럽게 양공주의 도시, 혼혈아의 도시가 되었다. 이것은 하나의 1970년대적 공식이다. 「동두천」 연작은 시인이 바로 이 도시에서 중학교 교사로 지내면서(지금은 대학교수지만) 체험한 사실을 바탕으로 쓰여졌다는 것을 알게 해준다. 김명인 시인은 대학을 졸업한 후 군에 입대하기 전까지 약 10개월 간 동두천의 신흥중고교에서 교편을 잡았다. 그가 가르친 학생들은 고아이기도 했고, 포주의 자식이기도, 늙어가는 기지촌 여성들의 아들이기도 했다. 물론 평범한 집안의 아이들도 있었지만, 시인의 눈에는 결손 학생들의 모습이 깊이 각인되는 게 당연하다. 시 「동두천」 연작은 기지촌 지역 학생들에게 모국어를 가르치면서 보고 듣고 느낀 특수한 삶의 편린들을 형상화한 것이다.

또한 베트남의 현실을 통해(그는 베트남 파병용사다) 조국의 현실을 보여주면서도 끝내 '미움은 곧 사랑'이라고 말하지 못한다. 분통 터지는 삶을 비분강개하는 것만이 문학의 역할이 아님을 노래하는 것이다. 희망을 가르칠 수 없는 선생, 아무 쓸모가 없는 모국어를 가르쳐야 하는 선생이 자신의 모습이라고 시인은 말한다.

동두천이라는 특수보호지역, 외인부대가 자리한 곳. 어느 누구도 철저히 외면한 극한지 동두천 한 켠에서 젊은 일선 교사가 소신을 갖고 수행할 책무가 과연 있었을까. 그런 현실에 시적 화자는 울분을 터뜨리는 것으로 그치지 않는다. 어둠만, 고통만 거론하고 거기에 스스로를 파묻는 자아의 변화만 그렸다면 시적 성취를 이루기는 어려웠을 것이다. 시적 자아가 입은 상처를 열심히 닦아내면서 희망을 찾아가고 있기 때문에 김명인 시의 가치가 빛을 발하게 된다.(시 「동두천9」에 '새벽이 올 때까지 밤새도록 빗소리를 닦고 또 닦는다'는 구절이 있다.)

이 시는 이 연작의 서(序)에 해당하는데, 시의 풍경 속에는 어떤 곡절 많고 고통스런 경험을 한 사람이 어떤 일을 우울하고 처연한 태도로 되새기고 있다. 그는 눈 내리는 역에 서 있다. 순결한 눈은 검은 석탄 더미 위로 내려 쌓여 제 색을 잃는다. 그것은 곧 온전한 원형적 삶의 순수와 이를 더럽히는 현실의 파괴적 위력의 대조를 대신한다. 그는 표면적으로는 아무도 증오하거나 공격하지 않으면서, 사라져가고 더럽혀져 가는 정결하고 온전한 삶의 원형을 그리워한다. 사라져가는 것들에 대한 그리움은, 사실 사라지게 한 것들에 대한 증오의 다른 이름이라고 할 수도 있다. 그래서 이 시의 감동은 '첩첩 수렁 너머의 알 수 없는 세상', '맨살로 끌려가는 진창길 같은 삶'을 넘어서, '나 혼자만의 외로운 시간'으로 상징되는 뼈아픈 내면화에 능동적으로 가 닿으려는 몸짓에서 온다. 그것은 현실의 고통을 '떠나야 되돌아올 새벽'으로 보는, 그래서 그것을 '죄다 건너가'지 않으면 안 된다는 인식에서 새롭게 힘을 얻는다. 주어진 고난과 아픔이라면 회피할 수 없다는 인식과, 그것은 극복될 수 있다는 희망을 함께 드러내는 시적 화자는 그래서 더 이상 어둡지 않다.

나는 대학 시절 이 시집을 읽고 크게 감동을 받았는데, 몇 번을 읽었는지 모른다. 지금도 아마 내 서가 어딘가에 꽂혀 있을 테지만 겉장이 너덜너덜할 것이다. 그 감동을 그냥 둘 수 없어서 서툰 솜씨지만 평론으로 써서 당시 영남대에서 주최한 대학생 논문 공모에서 입상하기도 했다.

그때의 감상을 요약해 보면, 김명인은 현실을 비극적으로 인식하고 작품 곳곳에 눈물 자국과 어둠 의식을 남긴다. 그것은 분노와 증오심의 발로로 보이며, 70년대라는 혼탁한 산업화 물결에 대한 '더러운' 추억을, 그가 가진 탁월한 형상화 능력으로 담아내고 있다는 내용이었다.

김명인의 시 「부석사」를 옮겨 적으며 이 글을 맺는다.

한 시절 반짝임 푸른 무량이라서
청록 지천만큼이나 탕진 끝없을 줄 알았는데
어느새 센 머리 허옇게 뒤집어쓴
겨울 소백산맥 바라보며
외사촌 아우 빈소 자리로 가고 있다.
눈발이나 희끗거릴 바람의 마력이라면
힘껏 던져도 부풀릴 수 없는 바위 꿈
매양 처지는 길뿐이겠느냐.
어떤 필생을 거기 매달았다 해도
지금은 헐벗은 가지들, 그 떨림만으로
고스란히 눈꽃을 받들고 있다.
눈구덩이에 처박힌 바퀴 빼내려고
질척거리는 발 밑 다잡다 보면
여기 어디 뜬 돌 위에 지어진 절 이정표가 섰었는데
산모퉁이 몇 번 다시 감돌아도
겹겹 등성이만 에워쌀 뿐 절은 안 보인다.
안 그래도 금세 함박눈 차폐되어 가로막는데
그 막 안에 또 내가 갇혔다. 부석사
뜬 돌 위의 허공이어서
나는 절에 기대지 않고 저 눈의 벽에 쓴다.

잿빛 가사 너풀거리며 내려서는 하늘.
오래지 않아 이 길도 몇 마장 안쪽에서
아예 지워지겠지만 이미 푸석거릴 부석사 뜬 돌.
거기도 부유의 끝자리는 있으리라.

– 김명인, 「부석사」 전문, 『바다의 아코디언』

흑백다방을 추억하며

4월에/ 4월에/ 진해로 오시오// 작은 새 마냥/ 훨훨/ 마진고개를 넘어// 당신의/ 지순한 사랑/ 흐드러지게 피어 있는/ 내 고장 진해로 오시오

— 황선하, 「4월에」 부분

모산 선생!

이 시를 기억하겠지요. 생전에 황선하 시인과 흑백다방에서 커피를 마신 후, 분분히 떨어지는 벚꽃잎 아래 앉아 막걸리를 마시면서 나직하게 읊조리시던 시인의 단아한 모습까지도요. 어제는 유택렬 선생님께서 돌아가신 후 자주 가지 않았던 흑백다방엘 갔었지요. 오랜만에 아내와 흑백의 커피를 마시겠다는 마음이었습니다. 아무도 없는 초저녁의 공간을 따님이신 경아 씨가 지키고 있었습니다. 반가웠지요. 나는 흑백과 인연이 많은 이들 중 하나에 불과하지만 경아 씨는 그런 인연들을 다시 끌어안으려 애쓰고 있었습니다.

요즘은 여러 곳에서 수많은 벚꽃을 볼 수 있지만, 사람들은 그래도 벚꽃하면 진해를 먼저 떠올릴 것입니다. 올해로 40년이 되는 군항제의 명성

또한 그러하지만 말이오. 예년보다 따뜻한 날씨 탓에 올해는 군항제를 열기도 전에 서둘러 꽃이 피고 있지만, 확실히 진해의 사월은 벚꽃을 빼고는 무엇 하나 제대로 이루어지질 않는가 봅니다. 그래서 황선하 시인은 진해의 벚꽃을 '당신의 지순한 사랑'이라 명명했는지도 모르지요. 연분홍 꽃잎들에서 아름다움과 아련한 추억들을 읽어내신 것은 아닐까요.

그러나 모산 선생, 진해는 벚꽃 말고도 특별한, 아주 특별한 고유명사가 하나 있지요. 아시다시피 '흑백다방'입니다. 어떤 형태로든 진해와 문화예술적 고리를 하나라도 가진 이라면 그들의 하드웨어 디렉토리에 흑백다방이라는 추억과 열정을 보관하고 있을 것입니다. 또한 해군사관생도 시절을 보낸 이라면, 대학이 없는 진해에서 흑백다방의 커피와 음악을 추억하지 않을 이가 없을 것입니다.

1955년 '칼멘'으로 시작된 흑백의 역사는 올해로 47년이 되었고, 내일은 (2002. 3. 23) 진해극단 '고도'에서 기념으로 '청혼'을 공연한다는군요. 생각나지요? 조용한 눈길로 커피 시중을 하시던 사모님의 모습과, 피아노 선율에 취해서 지그시 눈을 감고 앉아 계시던 유택렬 선생님의 모습, 누구는 이런 흑백을 진해 문화의 등대라고 표현했지만 어떤 형용사로도 다 담아서 그려낼 수는 없을 것입니다.

예술적 공간이라곤 없었던 시절 미술전시회, 연주회, 시낭송회, 연극 공연 등등 진해의 문화사랑방 역할을 해온 곳 흑백다방, 더 이상 흑백은 고유명사가 아니라 진해의 특별한 보통명사가 되었습니다. 서른다섯 평의 그리 넓지도 않은 공간, 진해 유일의 클래식 다방, 오래된 목조 가옥에 흑과 백의 심플한 채색, 거기다가 2층엔 선생님의 화실이 있었지요. 지금도 경아 씨가 사용하면서 아버지의 체취를 그대로 두고 있다고 하더군요. 인근 도시의 예술인들은 누구나 진해에 들르면 커피 한 잔과 클래식 음악을 즐기면서 흑백만의 고즈넉한 분위기와 사람들을 만나곤 했지요. 확실히 흑백은 음악과 미술과 시가 하나가 되었던 공간이었습니다.

한 달에 한 번씩 약 서른 번쯤 진행되었던 '진해와 진해사람들의 시' 행사 때의 그 열정도 잊혀지지 않을 겁니다. 창원, 마산을 비롯한 인근 지역의 문인들을 초청하고 황선하, 방창갑, 배기현, 강종칠, 정일근, 정이경, 김승강 시인들의 낭송 모습과 진해예총 식구들, 시민들, 그때 우리는 행복했습니다. 모든 게 열악했던 진해의 문화지킴이였던 흑백다방에서 우리는 삶의 힘과 문화적 자양분을 얻었던 게지요.

모산 선생!

유택렬 선생님이 누구십니까. 진해의 대표적 서양화가, 한국전쟁 때 월남하여 많은 예술인들과 흑백다방에서 예술 담론을 펼치기도 하셨고, 진해중고를 비롯한 여러 학교에서 후학들을 키우신 한국적 서양화가. 고인돌, 부적, 단청, 떡살, 민화에서 우리 고유의 멋을 재발견해내는 작업을 일관되게 추구해 오셨던 분. 서양식 비구상으로 표현하였지만 내용은 한국의 영혼과 사상이라는 화단(畵壇)의 평가를 받아오셨던 분. 그분이 아니었다면 흑백의 의미가 어떠했을까요.

그분이 쥐고 계셨던 흑백다방의 큰 줄 하나를 따님이신 경아 씨가 받아 쥐고 흑백의 이름과 가치를 이어갔습니다만 지금은요? 진해에 흑백다방은 없습니다. 사실 선생님 내외분이 모두 돌아가셨을 때 사람들은 피아니스트인 경아 씨가 진해에 남아 있을 것이라고 생각하지 않았습니다. 그러나 그 부모에 그 딸이랄까요. 그는 진해에 남았습니다. 그것도 그냥 남은 게 아니라 부모님의 그 정신을 그대로 이어받아 다시금 흑백다방의 부활을 진두지휘하고 있었습니다. 그는 알고 있었습니다. 진해에서 흑백의 존재가 어떤 의미를 갖는지. 그래서 자신이 해야 할 일이 무엇인지. 어떻게 해야 하는지를 모두 알고 있었습니다. 흑백을 지켜야 한다는 사명감을 껴안고, 떠나간 문인과 화가 등 예술가들을 다시 불러들이는 것을 자신의 몫으로 생각하는 그는 여전히 당당하고 밝아 보였습니다. 그랬던 그가 왜 흑백다방의 간판을 내리고 말았을까요. 나는 지금도 그게 이해되지 않습니다. 분명 흑백다방을 살릴 기회가 있었거든요.

이제는 진해도 많이 변했습니다. 1993년 시민회관이 생기고 시내 곳곳에 문화예술 행사를 열 수 있는 공간이 생기면서, 우리들의 흑백은 문화예술인들의 전시 행사 공간의 역할과 문화사랑방 역할을 충분히 해오지 못했답니다. 물론 그해에 사모님께서 돌아가시기도 했지만 그만큼 진해의 예술인들이 흑백을 자주 들락거리지 않았다는 말도 되지요.

모산 선생!

모든 것이 급변하고 있는 시대입니다. 사람도 그렇고 과학기술이며 사람살이의 문화까지도 그렇습니다. 빠르게 변하는 것이 미덕으로 칭송 받는 시대지요. 그러나 모두가 그래서는 안되는 게 아닐까요. 빠름이 있다면 느림도 있는 게 자연스럽지요. 나는 느림의 미학을 느끼고 싶습니다. 조화의 삶을 꿈꾸고 싶습니다. 흑과 백의 단순한 조화가 아름다운 곳, 흑백다방의 커피맛을 다시 찾았으면 좋겠습니다. 그리고 흑백다방의 역사를 영원히 이어가고 싶습니다.

흑백다방이 없는 지금의 진해는 전혀 진해 같지 않습니다. 쓸쓸함과 허전함과 안타까움을 넘어 슬픕니다.

다음의 글은 경남신문에 제가 연재하고 있는 「시가 있는 간이역」의 글입니다. 흑백다방에 대한 저의 애정을 조금이나마 다독이려고 다시 싣습니다.

오래된 시집을 읽다, 누군가 그어준 붉은 밑줄을 만나
그대도 함께 가슴 뜨거워진다면
흑백다방, 스무 살 내 상처의 비망록에 밑줄 그어진
그곳도 그러하리

베토벤 교향곡 5번 C단조를 들을 때마다
4악장이 끝나기도 전에
쿵쿵쿵 쿵, 운명이 문을 두드리며 찾아와
수갑을 차고 유폐될 것 같았던
불온한 스무 살을 나는 살고 있었으니

그리하여 알렉산드리아 항구로 가는 밀항선을 타거나
희망봉을 돌아가는 배의 삼등 갑판원을 꿈꾸었던 날들이 내게 있었으니

진해의 모든 길들이 모여들고
모여들어서 사방팔방으로 흩어지는 중원로터리에서
갈 길을 잃은 뒤축 구겨진 신발을 등대처럼 받아주던,
오늘의 발목을 잡는 어제와
내일을 알 수 없는 오늘이 뇌출혈을 터트려
내가 숨쉬기 위해 숨어들던 그곳,

나는 그곳에서 비로소 시인을 꿈꾸었으니
내 습작의 교과서였던 흑백다방이여

memento mori*,
세상의 화려한 빛들도 영원하지 않고
살아있는 것은 모두 사라지느니
영혼의 그릇에 너는 무슨 색깔과 향기를 담으려 하느냐,
나를 위무하며 가르쳤으니

그 자리 그 색깔 그 향기로

사진첩 속의 흑백사진처럼 오래도록 남아있는
since 1955 흑백다방,
진해시 대천동 2번지

* memento mori(메멘토 모리) : '죽음을 기억하라'는 뜻의 라틴어.

– 정일근, 「흑백다방」 전문

황선하 시인은 진해의 벚꽃을 '당신의 지순한 사랑'이라 명명했습니다만, 진해는 벚꽃 말고도 특별한, 아주 특별한 고유명사가 하나 있습니다. 아시다시피 「흑백다방」입니다. 클래식 음악감상실이자 화랑과 연주회장과 연극공연장, 시낭송회장을 겸하던 곳. 어떤 형태로든 진해와 문화예술적 고리를 하나라도 가진 이라면, 그들의 하드웨어 디렉토리에 흑백다방이라는 추억과 열정을 보관하고 있을 것입니다. 또한 해군사관생도 시절을 보낸 이라면, 대학이 없는 진해에서 흑백다방의 커피와 음악을 추억하지 않을 이가 없을 것입니다. 1952년 진해 시내 8거리에 '칼멘'이란 상호로 문을 연 흑백다방(55년 개명)은 유치환, 이중섭, 윤이상, 서정주, 김춘수, 정진업, 김수돈 등 최고의 예술가들이 찾아오던 곳입니다.

정일근도 정이경도 김승강도 나도 황선하, 배기현, 고영조, 방창갑, 오하룡 시인들의 뒤를 이어 고전적인 커피맛을 알았고, 문학과 예술의 깊고 그윽한 길을 걷기 시작했던 흑백다방.

진해 문화의 등대 흑백다방을 소재로 한 시는 한두 편이 아닙니다. 김승강, 고영조, 오하룡, 정이경, 최근봉, 이상개, 박문수, 이성복, 이수익, 배기현, 방창갑, 황선하 등등.

흑과 백의 단순한 조화와 느림의 미학을 말없이 보여주던 그 흑백다방이 지금은 없습니다. 허전한 마음을 다독이려고 해안도로를 따라 걷지만 어떤 것도 그 자리를 채워주지 못해 슬픕니다.(「시가 있는 간이역」, 경남신문(2011. 2. 10))

경남의 시인들

* 경남신문 「시가 있는 간이역」에 연재한 글입니다. 굳이 경남의 시인들에 국한했습니다.

이제 더는 볼 수 없지만
시인 이선관
설레이던 문패의 추억은
오래도록 눈앞에 어른거려
더러는 가슴에 새기고
나머지는 얼쑤 추임새로
다시 풍성한 이미지로 기지개를 켜나니
어눌한 말솜씨로
갈지자걸음으로
젖 먹던 힘으로
눈 내려 새하얀 첫길에
창동백작 나가신다
물러섰거라

―박노정, 「이선관」 전문, 『눈물공양』(2010)

창동백작 이선관. 그가 마산을 두고 가신 지 다섯 해가 지났다. 지금은 뜻있는 분들이 '창동 허새비축제'를 열어, 시 창작을 통해 '자신을 치유했을 뿐만 아니라, 소수자의 아픔과 시대의 아픔과 오염된 자연과 분단 조국을 치유하고자' 애썼던 이선관 시인을 만나고 있다. 내가 아는 박노정 시인도 이선관 시인 못지않아 남강백작이라 불러도 괜찮겠다 싶다.

평생 마산을 벗어나 사신 적이 없는 마산의 키워드요 문화 브랜드인 이선관. '기형의 노래'를 비롯한 12권의 시집을 남긴 마산의 대표 시인 이선관. 생전에는 젊은 문학도들에게 꼿꼿한 정신의 상징이셨고, 걸어다니는 문화였던 분.

잘 알다시피 그에게 시적 미학이나 형식주의 시관 같은 것은 시의 겉치레에 불과했다. 사람과 환경, 자연과 통일 그리고 시대에 대한 정직한 사랑과 시선이 그의 시가 일관되게 추구해온 시적 과제였을 뿐이다. 무엇이나 진정성이 최선의 가치임을 깨닫게 한다.

시인이시여, 그 순박한 너털웃음 한번 보내주소서.

> 밤새 내린 비는 이랑에 따스하게 스몄는가 보다
> 마주치는 곳마다 햇살 잘바닥거리더라니
> 나라도 눈부시다
> 어디서 들려오는 살육의 소식을 무시하고도
> 밭둑마다 작은 기운의 풀들이 생업으로 근질거린다
> 터지려는 꽃,
> 이 세상 어느 곳에서나 살아야 할 대부분이다
> — 박구경, 「잔춘(殘春)」 전문, 『기차가 들어왔으면 좋겠다』(2008)

봄에 몸이 마르는 슬픔을 '춘수(春瘦)'라고 한다. 사람들은 봄을 탄다고도 하는데, 박구경 시인은 해마다 '춘수'를 앓을 것 같은 사람이다. 스스로를 '야만스런 조선 년'이라 칭하지만 생명에 대한 경외의 마음은 어쩌지 못하는 사람이니까.

이 테러와 살육의 시대, 불신과 맹목의 시대, 내 편과 네 편의 시대에 늦봄의 아지랑이와 노곤함을 세상과 연결하는 꽃들이, 풀들이, 봄비에 젖은 흙덩이와 가지들을 두드리며 올라오고 있다. 전쟁을 생중계하는 세상 쯤이야 저 멀리 밀쳐두고 작은 생명들에 눈을 돌리는 시인의 시선이 살 갑다.

기차가 들어오지 않는 사천에서 오늘도 기차를 기다리는 시인. 감수성 의 과잉도 없고, 난해의 골목을 기웃거리지도 않는 이 시는 시적 대상에 대한 연민과 포용을 통해 생의 진실과 사랑을 풀어낸다.

> 볕뉘조차 못 쬔 그 분
> 단속사(斷俗寺) 들르던 날
>
> 부처도 떠난 절간
> 그 지키던
> 매화
> 만났네
>
> 올곧은 정신의 뼈대
> 시간 위에
> 얽고 있는
>
> * 정당매(政堂梅) : 산청군 단성면 단속사지 안에 있는 매화나무
> – 공영해, 「정당매—남명(南冥)을 찾아」 전문, 『낮은 기침』(2007)

입춘 우수가 지났으니 맹위를 떨치던 엄동도 곧 물러가리라. 산청 함양 산모롱이를 돌아 올라올 봄소식엔 매화가 딱이렸다. 수령 육백 년이 넘어 가지 하나에만 꽃을 피운다는 정당매는 1982년 경상남도 보호수로 지정 되었다. 그 정당매가 눈을 뜨면 백매(白梅)와 청매(青梅)가 이어받고, 덩달 아 몸이 단 홍매(紅梅)와 흑매(黑梅)가, 봄의 영령들이 삼천 배를 올리는 지

리산 자락에 남명 선생의 정신을 뿌리리라.

남명 조식이 심었다는 산천재의 남명매(南冥梅), 고려말 토정공 강회백이 심었다는 단속사 터의 정당매(政堂梅), 고려말 원정공 하즙이 심었다는 남사마을의 원정매(元正梅)를 이른바 '산청삼매'로 부른다. 옛 선비들은 매화 그늘에 앉아 매화음(梅花飲) 한잔의 풍류를 즐겼다지만 시인은 그 숙연한 마음을 한 편의 시조로 노래하고 있다. 세상사 시시비비에 목을 맨 우리에게 더욱 간절한 것은 찬바람 속의 곧은 지조와 품위 있는 정신, 그 매향이 아닐까.

강물은 모래 속에 발목을 묻고
미리 줄기를 늦추어 흐르고
암벽은 맨몸으로 부딪쳐 올 강물을 상처 없이 받기 위해
아랫배에 힘을 준 채 시린 관절을 접지 않는다

수심이 깊은 곳엔 그리움도 깊어
머물고 싶은 마음과 보내기 싫은 마음 사이로
길이 생긴다

강물이 굽어 흐르는 것은
떠나온 곳이 그리워
흘러가면서도 자꾸 고개를 돌리기 때문이다

너에게 닿기 위해 나를 구부리는 일은
눈물겹다
                        – 김시탁, 「곡강」 전문, 『봄의 혈액형은 B형이다』(2006)

「곡강」이라면 「인생칠십고래희(人生七十古來稀)」라는 두보의 그것이 유명

하다. 두보의 시가 무상과 슬픔을 자아낸다면, 김시탁의 시는 인간의 근원적 그리움을 성찰하고 있다. 직선의 강이 없듯 굴곡 없는 생도 없다. 스스로를 '구부리는 일'이 '너에게 닿기 위함'이라는 시인의 인식은 참 '눈물겹다'.

이 시의 배경이 밀양 초동의 곡강이라면, 시인의 시작(詩作) 과정을 짐작할 수 있겠다. 거기 이부용, 오삼록 시인이 계시기 때문이다. 낙동강이 내려오시다가 한바탕 굽이쳐 김해평야를 접수하는 곳, 물이 깊어 예부터 큰 잉어가 많이 나는 곳 곡강. 그 옆의 수산 다리 아래, 고부(姑婦)가 대를 이어 국밥을 끓이는 강둑 천막 식당에서, 쌀알이 동동 뜨는 동동주 사발을 든 시인들이라. 어찌 풍류만이랴.

장마 그치고

강물 불었다

아주 먼 곳에서

먼 곳 사람들의

어제가 흘러왔다

그들의 어제를 보며

누군가 나의 어제를

먼 하류에서

볼 것이다.

- 고영조, 「강」

이성과 논리를 배제한 이미지의 시인 고영조. 세계는, 시인과 사물, 안과 밖, 있음과 없음 언제나 이런 말들로 뒤엉켜 있다고 말한다. 자연은 시인의 내면에 있다가 불현듯 몸을 드러내며 오는 것. '누군가의 어제'를 보며 '나의 어제'를 돌아본다는 성찰의 자세 이전에, 생은 흐르는 것이라는 역사적 인식의 이미지가 지배하고 있는 시다.

강에 대해 말이 많은 요즘이다. 강은 자연이므로 사람과 더불어 살아가야 한다. 강을 저 혼자 흐르게 한다고 친환경적일까. 강가에 살아보고 이야기하면 설득력이 강하지 않을까. 정치적인 언어와 논리밖에 없는 현실이 너무 안타깝다.

청화백자의 바다
사금파리 빛나는 물섬을 가자
인동당초 푸른 언덕을 넘으면
거기, 내 짝지 살던 조가비 마을
종패일이 끝난 아낙들은
그림자를 끌며 제포 가는 도선을 타고
밀물에는 저만치 드러누운 소섬이
물 먹으러 올 것도 같은
물섬, 옛 가마터에 불을 지피면
먼데 놀바다 위로
그리운 사람 거북이를 타고 오시리

- 송창우, 「물섬」 전문, 『꽃 피는 게』(2010)

송창우 시인은 가덕도 출신이다. 창원에서 진해로, 다시 부산으로 행정

구역이 바뀐 섬 가덕도가 요즘엔 신공항 문제로 시끄럽지만. 그래서 시인의 심장 깊숙한 곳에는 언제나 그 바다가 출렁거리고 있다. '물섬'은 진해 앞바다의 '수도'다. '소섬'은 '우도'고. 지금은 바다를 매립해 뭍이 되어 버렸지만 시인에겐 여전히 섬인 '물섬'. 가덕도 바다는 한때 우리나라 피조개 양식의 대명사격이었다. 지금은 진해 사람도 쉽게 맛볼 수 없게 된 피조개며 갈매기조개맛을 아는 사람은 안다.

정말 진해바다의 섬들은 독립적인 존재가 아니라 이웃, 아니 형제 같은 느낌을 준다. 그 바다 위로 거가대교가 우뚝하다. 상전벽해, 격세지감으로 설명이 될까.

추억을 단순히 불러내면 시가 되지 않는다. 시인은 삶과 의식의 움직임에 따라 마음 깊숙한 곳에서 가덕도 바다의 편린들을 데려와 새로운 시간과 의미를 이미지화 한다. 평론가 최영호의 지적처럼 '감성적 원시성'의 시심이다. 시인은 돌배를 타고 온 인도의 귀족처럼 거북이를 타고 오는 '그리운 사람'을 기다리고 있다. 한 폭의 풍경화 같은 시 속에 이미지를 심어 의미를 확대하는 시적 장치가 잔잔한 울림을 준다.

특급열차가
마지막 남은 진달래꽃빛마저 휘감아
낮은 산자락을 물들이고 사라집니다.
떠나고 보낼 이도 없는
경전선 산인역
'산장'으로 이름이 바뀐 역사에는
어제를 모르는 사람들만
밤이 이슥토록 이별노래를 부르는데
한 켠으로 밀려난 간이역엔
완행열차를 기다리는 사내 하나

추억처럼 서 있습니다.
풀먹인 무명 베옷에 보퉁이를 인
낯익은 어머니는 어디에도 없습니다.
중리에서건, 함안에서건
어느 어금에서 내려도 좋을
마산역 발행 승차권 한 장이 잊혀진 듯
레일 사이에 누워
봄비에 젖고 있을 뿐입니다.
　　　　　　　 － 이상규, 「산인역에서」 전문, 『응달동네』(1997)

　서울 청량리역과 부산 부전역을 오가던 통일호가 사라진 지도 꽤 되
었다. 준특급이던 무궁화호와 새마을호가 대신하고 있으니 열차도 초고속
시대에 걸맞게 변화하고 있다. 함안에서 나서 함안을 지키고 사는 시인에
게 산인역은 하찮은 간이역이 아니다. 고향의 다른 이름이며, '무명 베옷
에 보퉁이를 인 어머니'이다. 모두가 추억이 되어 역사의 한 켠으로 밀려
나버린 그 상실감이 '레일 사이에 누워 봄비에 젖고 있을 뿐'이다. 창원 근
처에 사는 사람 치고, 경전선 기차를 타 본 사람치고 산인역의 추억이 없
는 사람이 있을까.
　시인의 눈에 비친 대상은 이처럼 아련하고 젖은 슬픔이 되어 우리를 향
수에 젖게 한다. 모든 사라지는 것들은 뒤에 여백을 남긴다고 했는데, 오
늘밤 입곡 저수지엔 그때 그 시절의 달이 떴을까. 이 시를 읽고 상처 받은
영혼이 위로를 받는다.

　말갛게 정신을 비운

　겨울의 끝

시랑도 팔고 사는

뒷골목 지나

막다른 해안가

적막한 삶의 관음(觀音)

피를 토하는

동백꽃 파도
　　　　– 양곡, 「향일암 동백꽃」 전문, 『길을 가다가 휴대전화를 받다』(2009)

'동백' 하면 백련사나 거제 지심도, 여수 오동도도 괜찮고, 선운사의 그
것은 서정주의 시와 송창식의 노래 덕분에 해마다 이삼월이면 많은 사람
들이 찾는 뻘건 슬픔이지. 사실 선운사는 동백도 괜찮지만 꽃무릇도 그에
못지않다. 아, 지금쯤 여수 금오산 동백들, 모가지 뚝뚝 떨어져 사나이 가
슴에 소주잔깨나 들어붓게 만들고 있겠지.
　고향 산청을 지키며, 팍팍한 사람들의 삶을 맑은 정신으로 받아쓰기하
는 시인 양곡(본명 양일동). '언제까지 이렇게 살 거냐?'고 마당가 목련이
시비를 걸어와도 품 넓은 지리산의 가슴으로 빚은 막걸리 한 잔에 슬몃 눙
치고 돌아앉는 여유를 가졌지만, 쉰이 넘어 홀로 우여곡절의 개인사를 안
고 사는 시인.
　꽃을 '흉터'로 읽는 시인의 아픔과 슬픔이 그대로 낭자하다. 시인이여,
쓸쓸함도 때로는 아름다움이 되느냐고요? 되고 말고요. 이렇게 우리 무장
무장 가다보면 어깨를 툭 치며 말을 걸어올 '미황사 노을'을 만나겠지요.

그 여름 가문여*를 찾은 것은
몇 마리 깨장어에 불과했다. 감숭어*는
부푼 배를 싸안고 옛집을 찾았지만 아무도
낚시줄을 내리지 않자 돌아가버렸다. 언제나
바다를 껴안은 채 서로를 줄다리던
팽팽한 시간이 사라진 무료함은 울고 싶던 것이다
뭍에 갇혀 나 또한 길마저 삭제된 공간의 늪에 갇혀
허파라도 내발리고 싶었지만, 그렇다고 불러 세울
한마디 말도 생각할 수 없었다. 가문여는
소문 하나 낳지 못한 채 저물어만 가고
여름은 하릴없이 꼬리를 말아 수평선을 넘어갔다.
저마다의 동굴에서 자꾸만 멀어져가는
서로를 기억하며 우리는 상처처럼 늙어가고
해초들의 잠도 그렇게 삭아갈 것이다.

* 가문여: 경남 고성 자란만의 여 이름
* 감숭어: 감성돔의 방언
         – 이상원, 「가문여 생각―바다 서곡 4」 전문, 『지겨운 집』(2007)

  고성의 자란만은 이름이 참 예쁘다. 그 이름의 기운을 받아 시를 쓰는 이상원 시인. 산문집 『조행잡기』를 낼 정도의 낚시 실력에다 아마추어 고수인 바둑 실력까지 갖춘 시인 이상원.

  그런데 어찌 이리 시가 어둡고 무겁고 슬픈지. 시인의 큰 눈처럼 언제나 쓸쓸함이 깊기 때문일까. '상처처럼 늙어가'기는 참으로 싫은데, 그렇게 '삭아가기는' 정말 싫은데, 세상은 '하릴없이 꼬리를 말아 수평선을 넘어가' 버린다. 고성 통영의 지언 속에서 이런 슬픔의 이미지를 뽑아내는 시인과 찬 소주 한잔 나누고 싶다. 무능과 불확실과 부재에 대한 시인의 인식을 읽는 봄밤은 참말로 가슴이 아프다.

> 산그늘이 내리고
> 나무들은 모두
> 그림자를 거둬들였다.
> 풀들도 순순히 제 색깔을
> 어둠 속에 맡기고,
> 어차피 길손들은
> 서둘러 산을 내려갔다.
> 다시 세상은 적막하여라.
> 이따금 낮게 산죽 쓸리는 소리.
> 언제 오셨나. 천일각 위에
>
> 달님 한 분 내려다보고 계시다.
>   – 오인태, 「다산 초당에서」 전문, 『혼자 먹는 밥』(1998)

시인 오인태. 소위 경남의 '거함산'(거창 · 함양 · 산청) 출신이다. 고등학생 시절부터 문사로 이름을 날렸다. 그리보면 정일근, 안도현의 계보를 잇는다고 보아도 될 것 같다. 마음이 맑고, 섬세한 감각을 지닌 그는 해직교사, 사회운동가, 지역 언론인의 이름도 붙지만 박사학위를 가진 초등학교 복직교사이기도 하다. 작년엔 창원에 살더니 올해 다시 진주로 갔다.

이 시는 '외로운 섬' 같다. 절해고도의 귀양살이를 공부와 저술의 기회로 삼았던 다산의 정신을 받아들이겠다는 시적 자아의 다짐으로도 읽힌다. '적막한 세상'에 '외롭고, 쓸쓸하지만 드높은' 정신, '달님 한 분'의 도래를 기원하고 있다. 도대체 우리는 언제 그분을 만나나.

본질적으로 시인은 외로움과 가까운 존재다. 고통과 고독의 텃밭을 가져야, 삶의 절망과 좌절, 슬픔과 번민을 모두 안아 들여 읽는 이의 정신을 전율케 하는 시적 아름다움과 힘을 뽑아낼 수 있을 테니까.

질긴 사랑
닳고 닳아 편안한 바닥에 이르기까지
얼마나 많은 그리움 누비고 다녔던가

구멍 난 밑창에
물집 터진 길들의 아픈 상처가
숨어 살고 있는데

돌아보면 지나온 길 보이지 않고
앞으로 가야할 길 보이지 않아
낡은 신발을 벗으며
누군가는 맨발의 자유를 말할 테지만
나는 맨발의 아픔에 운다
— 지영, 「낡은 신발」 전문, 『그리운 베이커리』(2001)

시는 직설적, 노골적이어선 곤란하다. 산만한 자의식이나 개인적 수다의 차원을 벗어나야 한다. 시인의 독창적인 은근한 느낌을 담담하게 평상심으로 표현해 낸다면 좋을 것이다. 지영 시인의 시는 그러한 우려를 기우로 만든다.

사는 게 아픔 아닌 게 어디 있으랴. 상처를 다독이며 온 세상을 '누비고 다니기'도 하면서 자아의 텅 빈 호주머니를 채우는 것이리라. '낡은 신발'이 되어 '맨발의 아픔'을 헤아리지만 시인이 가 닿는 곳은 '사랑'의 영역이다. 그것도 지속성을 가진 '질긴 사랑'의 넉넉함을 갖고.

이런 사랑은, 고통을 다스려보지 않고서는 얻을 수 없는 시적 자아의 내면적 성숙에서 나온다. '지나온 길'도 '가야할 길'도 보이지 않는 막막함에 '맨발의 아픔'을 꺼내 보이지만, 그래서 그만큼 자의식도 깊어 시적 의미를 낭비하지 않는다.

봄축제 천지다. 너풀거리는 마음을 가다듬어야겠다.

> 내 삶의 중심에
> 당신이 있음을 깨닫게 하소서
>
> 아침을 먹으면서
> 전쟁터 같은 출근길에서
> 당신이 있어 가벼운 발걸음 알게 하소서.
>
> 땀 흘리는 노동의 시간에도
> 누군가와 나누는 이야기에도
> 당신이 있어 행복함을 느끼게 하소서
>
> 언행의 모순에 빠지지 않는 회개로
> 가족과 이웃에게 사랑을 나누며
> 내 삶의 생명수를 찾게 하소서
>
> 그리하여 내가 사는 것이 아니라
> 당신이 내 안에 사는 것이라
> 깨닫게 하소서.
>
> — 민창홍, 「내 삶의 중심에」 전문, 『마산 성 요셉 성당』(2010)

특정 종교에 대해 말하는 것은 아니다. 마산 성 요셉 성당은 종교적 명칭이기 이전에 마산의 역사요 교육 현장이다. 천주교 마산교구 완월동 성당의 전신이며, 1924년 준공된 석조 건물로, 경남의 천주교 성당 중 가장 오래된 경상남도 문화재 283호다. 민창홍 시인은 이 성당을 주제로 『서사형 장시집』을 펴냈다. 따라서 이 시집은 마산의 사회사적 의미를 담고 있다.

나는 이 시를 한 편의 신앙시로 읽지 않고, 내면적 고백의 시, 또는 인간의 가장 기본적인 마음에 접근하고자 하는 자기 학습과 성찰의 시로 읽고 싶다. 모든 개인적 욕심과 번뇌를 벗어 버리고, 타자(절대자)에게 자아를 전적으로 맡기는 순정무구의 시심. 시의 행간마다 시인의 얼굴이 오버랩된다.

종교가 정치 속으로 들어가 시끄러운 시절이다. 종교도 정치도 다 사람의 삶을 풍요롭고 아름답게 하고자 하는 것일진대, 어찌 이리 너와 내가 되어 더불어 가지 못하고 다투기를 즐기는지. 아, 속세의 풍진(風塵)이여.

봄비 그치자 햇살 더 환하다
씀바귀 꽃잎 위에서
무당벌레 한 마리 슬금슬금 수작을 건다
둥글고 검은 무늬의 빨간 비단옷
이 멋쟁이 신사를 믿어도 될까
간짓간짓 꽃대 흔드는 저 촌색시
초록 치맛자락에
촉촉한 미풍 한 소절 싸안는 거 본다
그때, 맺힌 물방울 하나가 떨어졌던가
잠시 꽃술이 떨렸던가
나 태어나기 전부터
수억 겁 싱싱한 사랑으로 살아왔을

생명들의 아름다운 수작
나는 오늘
그 햇살 그물에 걸려
황홀하게 까무러치는 세상 하나 본다

  — 배한봉, 「아름다운 수작」 전문, 『우포늪 왁새』(2002)

　'수작(酬酌)'을 사전에 찾아보면 '술잔을 서로 주고받음'과 '말을 서로 주고받음'과 '남의 말이나 행동을 업신여겨서 하는 말'로 나와 있다. 이 시의 '수작'은 두 번째의 의미인데, '수작떨다'가 되면 '이야기로 까불다'나 '음모를 꾀하다'가 되므로 결코 아름답지 못한 어휘임에 틀림없다.

　지금은 창원에 둥지를 틀고 있지만, 이 시를 쓸 당시에는 우포늪에서 왁새와 논병아리와 그야말로 '수작'을 주고받고 살았던 배한봉 시인. 자연의 작은 움직임 하나를 통해 생명에 대한 겸손과 외경을 노래하고 있다. 그것이 '우포의 살냄새'다. 사랑이다.

　자연과 인간의 아름다운 조화와 균형. 이보다 더한 가치가 있을까. 이 땅의 모든 존재는 독야의 개체가 아니라 더불어 살아가는 조화와 균형의 존재, 그 이상도 이하도 아니다. 읽을수록 아름다운 시다.

소주 두 병을 놓고
통닭 한 마리를 수습했다.
수습한 뼈를
분리수거용 비닐봉투에 넣고
골목 어귀에 내놓았다.

골목길 자동차 밑을 전전하던
굶주린 고양이가 와서
비닐봉투를 뜯고

뼈를 수습했다.

고양이가 뜯어놓은
비닐봉투를 아내가 수습했다.
쓰레기 수거차의 종소리가
가까이 들렸을 때
아내는 부엌에서 도마를 두드리고 있었고
나는 화장실 변기에 앉아 있었다.

자동차 밑을 전전하던 고양이
텅 빈 도로에 나와
잠시 그쪽을 향해 묵념했을 것이다.
— 김승강, 「수습」 전문, 『흑백다방』(2006)

김승강의 시는 일상적이다. 사소한 일상을 시 속에 데리고 들어오는 일
은 그리 만만한 작업이 아니다. 자칫하면 매너리즘에 빠지거나 긴장도가
떨어져 시적 생명을 갖지 못하게 되기 때문이다. 그러나 이 시의 일상은
그리 간단하지 않다.

통닭은 단지 소주의 안주일 뿐인데, '수습'이라는 어휘를 통해 의미의
확장을 가져온다. 시적화자—고양이—아내로 이어지는 수습은, 한 생명
에서 주검으로 변한 잔재를 모아 정리하는 엄숙한(?) 행위로 읽혀 '묵념'의
대상이 된다.

첫 시집을 낸 지 5년 만에 두 번째 시집을 상재한 김승강 시인. 잊지 못
할 추억이나 외로움이나 쓸쓸함도 세월의 흐름 뒤엔 다 빛바랜 앨범의 한
페이지일 뿐이라오. 이제 시인이나 나나 스스로에게 돌아가야 할 시간인
것을.

바람이 강의 얼굴을
접었다 폈다 한다
강에 담긴 산도 달도
섰다 흔들렸다 한다

바람 탓이다
상처 탓이다

강의 물결은 바람으로 일고
지리산 꽃들은 신음으로 핀다

　　　　　　　－ 최영욱, 「주름」 전문, 『평사리 봄밤』(고요아침, 2009)

　지리산과 섬진강과 남쪽바다가 만나는 하동에 둥지를 틀고, 시를 쓰며, 차(茶)도 만들면서 박경리 선생의 『토지』를 껴안고, 평사리문학관장으로 일하는 시인의 시는 품이 넓다. 분명 산과 강과 바다의 품을 닮았음이리라. 그래서 상처조차 그의 품에 들면 푸념과 슬픔을 넘어 '얼굴 가득 꽃 같은 웃음 베어 물고', '팔자 좋은 풍광'이 되고 만다. 역사의 상처니 남명 선생의 고통을 들먹이진 말자.

　그의 시세계를 미학적으로 접근하면 길이 없는 듯 보인다. 잘못한 것도 없으면서 언제나 '제가 잘못했다'며 반성하고 또 반성하는 한 인간으로서의 존재로 다가가면 '강과 산과 바람'과 더불어 사는 그의 텃밭이 있다.

　매화와 인동꽃처럼 감내하면서 한 세상을 엮어가는 시인과 섬진강 은어회로 소주 한잔 달게 마시고 싶다.

시민극장 앞이었어
10 · 18 마산항쟁 전야에도

크리스마스 이브에도

우린 무슨 약속처럼 그곳에서 만났지

조조할인 입간판 앞에서

영화처럼 바람에 깃을 세우며 서 있던 사람들

포장마차의 불빛이 따스해지는 시각

극장을 돌아가는 골목에서 먼저 어둠이 오고

보리스 파스테르나크와 닥터 지바고

그 빛나는 사내들의 화음도 들려오곤 했지

이제 극장은 없고

하릴없이 기다리던 시민들도 가고 없고

간판화가로 초년을 살았다는

문신화백도 가고 없는 마산의 겨울

내게는 아득하여라

썰물의 발자국들만 어지러운

시민극장이 있던 자리

   – 이달균, 「시민극장이 있던 자리」 전문, 『문자의 파편』(도서출판 경남, 2011)

하아, 우리들의 칠십 년대여! 불종거리와 부림시장통, 창동 거리를 거쳐 오동동 파출소여! 참 춥고 쓸쓸하고 외롭고 세상이 마음에 들지 않던 그 때, 지금은 없어진 술집 '고모령'에서 이광석, 최운 선생이나 허청룡 화백, 창동백작 이선관 형을 비롯한 '우리' 마산의 문화 예술인들의 냄새를 맡으며 늙어왔는지도 모르는 일이다. 그렇게 말석에 앉아서 막걸리 한 잔에도 넉넉해지던 시절.

걸핏하면 문을 닫던 학교, 하릴없이 마산과 진해, 창원의 술집 골목을 전전하며 어깨를 걸고 고래고래 악을 쓰던 나날, 남성동 낡은 중국집 2층에서 짬뽕 국물에 마시던 무학소주. 아무것도 없이 열정 하나에 목숨을 걸었던 그 마음들이 누가 뭐래도 나는 그립다. 그 젊음의 눈매와 뒤똥수'까지.

없어진 게 어디 '시민극장'뿐이랴. 가신 분이 어디 문신 선생뿐이랴. 황선하 선생도, 이선관, 정규화, 최명학 형도 다 가셨다. 세월은 늘 거기 있는데 우리가 가는 것이라고 누가 말했나. 무엇이나 영원한 건 없다는 걸 날마다 깨달으며 하루가 간다.

> 외사촌 누나 비단 치마폭
> 깔아 놓고 손짓하는
> 내 고향 삼천포 앞바다는
> 호수보다 넓고 강보다 큰 기쁨이
> 삼천 개 삼천 세계 삼천포 바다로 통한다.
> 눈물 많아 출렁이는 답답한 사람아
> 욕심 흔해 펄럭이는 바람난 사람아
> 살 깎이는 설움을 신명나게 삭여 보렴
> 뼈 깎이는 설움을 신명나게 삭여 보렴
> 하늘 밑에 제일 고운 삼천포 앞바다에 빠져……
> ― 최송량, 「내 고향 삼천포 바다」 전문, 『서쪽에 뜨는 달』(문학수첩, 1996)

삼천포가 낳은 시인 박재삼을 이야기할 때 빠뜨리면 안 되는 사람이 있답니다. 한 잔 술에도 '삼천포'와 '우리 재삼이 성님'의 시인 최송량입니다. 시인보다 '삼칭이 사람'다운 사람 없었고, 시인보다 '삼칭이 기질' 단단한 사람 보지 못했지요. 그리보면 시인은 삼천포와 박재삼 시인만 갖고도 참 행복한 사람입니다. 지금은 '사천시'가 되어버린 '삼천포'와 영원한 삼천포의 보물인 '재삼이 성님'이 없으면 술도 술이 아니고, 시도 시가 되지 못하는 시인의 절대적 고향 사랑시지요.

인간의 삶, 그 갈피 하나하나를 살피기도 하고, 고향 삼천포가 지닌 아름다움과 슬픔을 노래하기도 합니다. 그러다가 시인 스스로 고향과 한 몸이 되어 세상을 바라보기도 합니다.

　사람 좋은 시인의 삼천포 사랑, 슬픈 기운 절절히 감돌지만 평생의 오로지 삼천포 사랑, 어찌 아름답다 하지 않겠습니까.

　　누가 하늘을 높이 키우고 있는지 와서 보라
　　가슴을 드러내 놓은 채
　　장복 불모 장엄한 허리 베고 누워
　　하늘에 젖 물리고 있는 산이 있다

　　검푸르도록 유선도 선명한
　　양지바르게 진해 바닷물 갈무리해 올려
　　수천수만 년 먹이고도 팽팽하게
　　붙어 있는 저 젖꼭지
　　영험하다며 어느 왕녀도 비손 다녀갔다는

　　젖배 부른 하늘이 잠시 조는 사이
　　구름 몇 날 슬쩍 젖무덤 만지다가 가도
　　민망하지 않은
　　곰 같은 산이 있다
　　　　　　　　　　　－ 김일태, 「시루봉」 전문, 『바코드 속 종이달』(시학, 2009)

　창원 사람치고 시루봉을 모르는 사람은 없다. 혹여 장복산 능선을 따라 등산을 해 본 외지인들도 창원의 공단과 진해바다를 번갈아보며 감탄을 연발하다가 떡시루처럼 생긴 바위를 다 알아보는 것처럼. 오래 전 진해에서 열렸던 세미누드 촬영 대회에서 모델의 젖꼭지(외설적으로 보지 마시라)를 시루봉에 맞춰 찍은 작품이 대상을 받은 적이 있는데 착상이 참좋다고 느꼈던 기억이 있다.

이 시는 그보다 더 큰 스케일을 보여준다. 대지 모신의 상징으로 '하늘에 젖 물리고 있는' 우주적 상상력의 발상을 어찌 외설스럽다 하겠는가. 김일태 시인은 사람이든 사물이든 시적 대상에 대한 애정 깊은 통찰력을 통해 조화로운 삶을 추구하는 시세계를 갖고 있다.

요즘 나는 세상을 어둡고 불투명하게 보는 부정적 인식의 시보다는 따스하고 긍정적으로 바라보는 용서와 포용의 품 넓은 시가 좋다. 나이를 먹어간다는 말인가. 어허, 참!

어느 날 그대는
그 어느 날 그대 생각한
나를 생각지 못하리
길가에 그대 생각한
그 길가 지나면서도
그 그리움 알지 못하리
그러면
그리움에
나는 다시 취하리니
깨어난 아침
그 햇살처럼
그대는 그 자리
그대로 있어라
— 정삼조, 「다시 그리움을 위하여」 전문, 『그리움을 위하여』(서정시학, 2011)

그리움만한 서정의 본류가 있을까. 그래서 시인의 가슴에는 서정이라는 큰 강이 흐르고 있다. 무슨 민중시인도 그렇고 저항시인도 그렇고 노동자 시인도 그렇다.

그대를 향한 시적 자아의 지극한 애정, 그 그리움의 정서를 섬세하면서도 절절하게 그려낼 수 없다면 그를 어찌 시인이라 부르랴. 시적 화자의 애틋하면서도 간절한 사랑은 한 사람의 존재를 입증하는 것이기도 하지만, '그대는 그 자리/ 그대로 있어라'에서 알 수 있듯이, 화자의 그리움은 그 대상과는 관계없이 언제나 함께 하는 것이라서 슬프고 짠하다. 하지만 그래도 좋은 것이 이 시의 미덕이다. 그리움에겐 안부를 묻지 마라거나 파도야 어쩌란 말이냐며 절규하는 그리움도 있지만, 자꾸 쌓이는 세월의 그리움은 정말 어쩌란 말인지.

경남의 작은 도시 사천(삼천포)에는 의외로 시인이 많다. 박재삼, 최송량, 박구경 시인에다 정삼조 시인까지. 통영과 지리산처럼 자연 풍광이 아름답거나 너그러운 곳에서는 예부터 예술혼을 가진 시인 묵객들이 많이 난다 하였으니.

얼마나 깨어지기 쉬운 그릇이냐
현미경으로 비추면 실금으로 가득할 그대여
매일 새 금이 죽죽 그어지고 있는 그대여
펄벅이 '슬픔을 안고 살아가는 방법'을 운위할 때
사람들은 더러 '성숙'이라는 고상한
테제(These)를 투영하기도 하더라만
뭐라고 하든 아직 지탱하고 있는 것이 고마워라
언젠가 깨어져 쏟아질
그 몸으로
생각하고
시를 쓰고
아이의 아비고
노모의 아들이다
아직, 흩이질 수 없어 단단히 죄는 불안한 몸이여
　　　　－ 이상옥, 「유리그릇에 관한 명상」, 『유리그릇』(문학수첩, 2003)

대학에서 문예창작을 가르치며, 한국문단에 '디카시'라는 새로운 장르를 개척해 일로 매진하고 있는 시인의 존재와 삶에 대한 고단함이 읽히는 시다.

쉰 중반의 사내들과 여인네들, 베이비붐 세대들(그러고 보니 시인과 나는 동갑내기다)의 집단무의식, 그 불안함을 유리그릇으로 표출하는 시인의 비애를 보시라. 어릴 때는 제대로 먹지도 못한데다 부모를 부양하고, 자식들의 교육에 결혼까지 다 챙겨야하는 낀 세대, 이 슬픈 시대의 산물 앞에 사람들이여! 잠깐이라도 좋으니 눈 한번 감아 주실 수 없으신가. 황폐한 현실이나 불안한 몸에 대해 아파하고 절망하면서도 탈출구를 모색하고 희망을 꿈꾸는 우리를 위해.

'유리잔'처럼 불안하고 약한 존재일지언정 시라는 몸을 입고 다시 비상을 꿈꾸는 시적 자아의 처절한 자의식에 엄숙하게 큰절을 올리고 싶다.

> 너와 나는,
> 칠흑의 어둠을 달리던 빛나는 두 행성.
> 문득, 빅뱅의 큰 울림으로 맞부딪쳐
> 살과 핏줄이 엉기고
> 혈류를 공유하여
> 우뚝, 한 쌍의 우주수(宇宙樹)로
> 은하의 심장에 굳건한 뿌리를 내리다.
>
> 그렇게 둘이던
> 너와 내가 만나
> 눈길, 손길 맞바꾸고
> 가슴을 나누어

영혼을 공유하는,

너와 나는

한 그루

우주수(宇宙樹).

– 김동현, 「연리지」 전문, 『이쑤시개꽃』(전망, 2008)

연리지(連理枝), 서로 다른 나무의 가지가 맞닿아서 결이 통한 것을 이르며, 금슬이 좋은 부부나 예쁘고 아름다운 연인을 가리킬 때 쓰는 참 괜찮은 어휘다. 평생에 한 번이라도 연리지 사랑이었다면 무슨 여한이 있으랴.

양산문협 회장으로, 경남의 가장자리 문학을 이끌고 있는 김동현 시인. 더불어, 함께 영혼을 공유하고자 희원(希願)하는 시인의 마음이 읽힌다. 그대와 나는 풍진(風塵)의 세속이 아니라 우주 속의 나무 두 그루다. '영혼을 공유하는' 크고 숭고한 사랑의 나무는 분열과 대립의 이미지와는 거리가 멀다.

이런 인식은 삶에 대한 진정성과 간절함이 없으면 불가능하다. 자기성찰적 태도를 바탕에 깐 시는 흉터가 새살이 되는 아이러니처럼 삶의 소중한 까닭으로 이어진다. 문득 숙연해짐을 느낀다.

껍질이 다 속이다

껍질처럼 보였던 것이 아니라

껍질이 다 속이다

그게 양파다

버려진 껍질 속에

버려진 수북한 껍질 속에

신싸 속이 있다

돌아보지 마라

네가 가진 그게 양파다

– 윤봉한, 「양파의 속」 전문, 『붉은 꽃』(2005)

　김해에서 의사로 일하면서 정갈한 시어를 다듬는 시인의 세계 인식이
잘 드러난 시다. 대상의 본질을 읽어내는 시안(詩眼)이 예사롭지 않다.

　양파는 불교 용어인 해탈의 의미와 과정을 이야기할 때 흔히 인용되는
소재다. 번뇌와 미망이라는 껍질 속에 영롱한 자아가 있고 깨달음의 진리
가 있다는 것. 또 양파는 속이 없거나 속을 알 수 없는 사람을 비유하기도
한다. 생의 진정한 모습은 무엇일까. 그러나 이 시는 껍질과 속이 하나라
는 것을 말한다. 있는 것이 없는 것이고 없는 것이 있는 것이다. 산은 산이
고 물은 물이라는 말과 같다.

　속은 버리고, 버려진 껍질 속에서 참된 나를 만날 때, 쉰을 넘긴 생의
미혹과 회한을 다독일 수 있을 것이기에.

　지난 봄, 우리 지역의 창녕 들판엔 그 양파의 싹이 시린 겨울의 등짝을
밀며 푸르게 푸르게 올라오고 있었다.

잘 볶은 콩보다 더 고소하더라는 엄마의 거짓말

하도 뜨거워 주워 들다 손이 다 타버렸다는 거짓말

떨어지다 만든 구덩이에 샘이 생겨

하도 물이 깊어 찾을 수가 없었다던 거짓말

산 넘고 물 건너 찾아갔던 아이들이 아직도 돌아오지 못했다는 거짓말

내 친구는 그 별똥 주워 먹어 일찍 죽었다는 거짓말

이 모든 거짓말이 참말이길 소원해 보는 별똥 지던 밤
　　　- 황시은, 「별똥 지던 밤」 전문, 『난 봄이면 입덧을 한다』(2008)

현대시의 특성 중 하나인 난해성을 거부하고 쉽게 읽히는 시, 삶에 대한 인식행위가 문학임을 알게 하는 시, 섬세한 기억의 편린들로부터 존재의 근원적 깊이에 가 닿으려는 서정적 욕망을 보여주는 시를 쓰고 있다는 평가를 받는 황시은 시인. 일상적 삶의 구속으로부터 의식적 자유인이 되기를 꿈꾸는 시인의 순수한 마음이 잘 드러난 시다.

별똥별이 주는 신비감에 얽힌 추억 몇 개쯤은 다 갖고 있을 것이다. 거기에 무한한 상상력의 세계까지. 어릴 적 꿈의 시작이자 마무리였던 별똥별. 어쩌면 우리는 열 살 즈음에 꿈 없는, 사랑 없는 인생은 아무것도 아니라는 걸 알아버렸는지도 모른다. 그렇다고 그 신비감과 순수함이 '거짓말'임을 알게 된 지금, 슬퍼하거나 좌절할 필요는 없다. 비록 '거짓' 신비였지만 그래도 가치 있는 것이었기에.

이제 우리는 '함부로 쏜 화살'을 찾으러 강언덕으로 가야 한다. 잃어버린 꿈과 사유를 찾아 내면의 삶을 더욱 풍성하게 만들어야 한다. 이 디지털 글로벌 시대에, 네 편 내 편으로 갈라져 대립과 갈등으로 끝을 보자는 시대에 꼭 필요한 길이다.

시동인 '객토'의 가치

우리 지역의 노동문학

우리 지역의 노동문학을 이야기하려면 마산부터 해야 합니다. 지금은 창원으로 통합되었지만, 1970년대 마산수출자유지역 내 노동자들이 주축이 된 '갯벌' 동인이 나올 때만 해도 옛 마산이 중심이 되고, 차츰 창원공단이 활성화되면서 창원으로 나아갔다고 보아야 하고, 진해는 진해화학과 한양화학(지금의 한화)밖에 큰 회사가 없어 노동운동도 미흡했고, 문학을 하는 사람은 더더욱 없었기 때문입니다.

'갯벌'은 당시 경남대의 '갯물'과 더불어 대학과 현장을 이어주는 역할도 일부 했습니다. 최명학, 이규석, 이소리(이종찬), 정완희 등이 마산 지역의 대표적 현실 참여 시인이셨던 이선관 시인을 중심에 모시고 상당한 활동을 했습니다. 그러나 '갯벌'은 70년대 후반의 시대적 요청에 적극적으로 나아가지 못해 아쉬움이 남았습니다.

그 이후 80년대 들어서 마산수출자유지역이 좀 약해지면서 동인들이 더러 직업도 바꾸게 되고, 대통령이 몇 번이나 바뀌는 시대 상황과 맞물려

유야무야 흐르다가, 비로소 1990년 노동자면서 한국방송통신대 국문과 학생들을 중심으로 '객토' 동인이 탄생하게 됩니다. 물론 민창홍, 안화수 시인이 주축이 되어 꾸려온 '민들레문학회'도 있습니다만 '객토'와는 다른 성격이므로 여기서는 논외로 합니다. 표성배 시인 말마따나 먹고 사는 일과 배움에 대한 열망, 노동 현장의 살벌함을 겪으면서 막걸리 잔을 부딪치며 마음과 마음을 뭉쳤던 것이지요. 따라서 '객토' 동인은 우리 지역의 다양하고 뿌리 깊은 문학적 토양 위에서 태어났다고 보아야 합니다. 어느 날 갑자기 뚝 떨어진 모임이 아니라는 말입니다.

'객토' 동인의 발자취

객토라는 말은 잘 아시다시피 농사와 직접 관련이 있는 말입니다. 가을에 좋은 결실을 얻으려면 토질을 개량해야 합니다. 지금껏 농사를 지으면서 땅심을 다 빼버렸기 때문에 다른 곳에서 좋은 흙을 가져다 논밭에 섞어서 땅심을 북돋워 주어야 하는데 그걸 객토라 하지요. 이름처럼 '객토' 동인은 게으르지 않은 모임입니다. 그래서 우리 지역의 문학 활성화에 상당한 기여를 했다고 생각됩니다.

지금까지의 결과를 살펴보면, 작품집 『북』을 1집부터 10집까지 발간하고, 2000년부터는 거의 매년 동인지를, 그때그때의 시대적 요구에 부응하며 8집까지 발간하였습니다. 동인지 제목을 대략 살펴보면 『퇴출시대』『부디 우리에게도 햇볕정책을』『칼』『가뭄시대』『88만원 세대』 등인데 어휘 자체에서 생의 절절함이 드러나고 있습니다. 특히 배달호 열사 추모 시집인 『호루라기』와 한미FTA 반대 시집인 『쌀』에는 일하는 사람들의 절망과 분노를 날것으로 드러내고 있지요.

시대의 아픔에 대해 분노하고, 노동자로 살면서 시를 쓰겠다는 우리가 무엇을 해야 하는가를 묻고 물으면서 세월을 헤쳐 나가는 '객토' 동인들입니다.

문학이 우선입니까? 노동운동이 우선입니까? 갈등을 느낀 분들도 있겠지만 부질없는 질문이지요. 둘 다 우리에겐 중요한 삶이기 때문입니다. 다만 문학이 노동운동에 복무해서는 곤란하다고 생각합니다. 70년대부터 문학판에서 논의되어온 해묵은 논의지만, 저는 소위 목적만을 위한 문학에 후한 점수를 주기 싫습니다. 동인 여러분 중 제 의견에 동의하지 않는 분들도 계시겠지만 양해를 바랍니다.

우리는 많은 운동권 노래와 시를 부르고 읽어 왔습니다. 운동권 시나 노래도 서정성을 바탕으로 한 것만 긴 생명을 유지하지 않던가요? 그런 현상만 보아도 문학 즉 예술은 사람의 감성을 뒤흔들 무엇이 있어야 한다는 것을 알 수 있습니다. 그게 바로 서정성 아닐까요.

제가 개인적으로 좋아하는 이규석, 표성배, 정은호, 배재운, 최상해, 이상호, 문영규, 박덕선, 허영옥, 노민영 시인의—어, 한 분씩 부르다 보니 다 불러버렸네요—시는 다양한 소재와 현상을 바탕으로 시어를 갈고 닦아 나름대로 개성적으로 표현하고 있습니다. 현장시라 하더라도 시 속에 삶이 들어있고, 그 삶을 바라보는 진지한 시선과 의식이 들어있기 때문입니다. 그냥 목소리만 높여서는 문학적 성취를 이룰 수가 없지요.

정은호 시인의 「경운기를 몰며」를 읽어 봅니다.

고향에서 매실밭 오가며 경운기 털털 몰다보면 농부가 된 것 같아 좋다 퉁퉁거리는 경운기 소리 쌩쌩 돌아가는 도시의 궤도 따윈 관심 없다는 듯 툭툭 가슴을 치며 묻는다

고향도 버리고, 부모도 버리고, 왜 그렇게 사느냐고?

청매실 포대 담아 싣고 돌아오는 길 내내, 퉁퉁거리는 경운기에 답하지 못

했다.

그냥 이대로 푹 눌러앉고 싶다고

— 정은호, 「경운기를 몰며」

이 시에서 시적 화자가 말하고자 하는 것은 제일 마지막행이지요. 그러나 경운기와 대화하는 형식인 이 시는 그것만 읽어내면 안 됩니다. 사실은 2행입니다. '왜 그리 사느냐?' 이거지요. 이런 절절함이 시에서 별처럼 반짝일 때 한 편의 좋은 시가 된다고 생각합니다. 또한 시를 읽는 맛을 살려주는 '털털', '통통', '쌩쌩' 같은 의성어가 주는 시니컬한 분위기나 느낌을 놓쳐서는 곤란하지요. 시간이 없어 다른 좋은 시를 다루지 못해 송구스럽습니다.

노동과 문학이란 우리에게 과연 무엇일까요. 끊임없이 자문자답하며 좋은데이 잔을 들어야 하겠지요. 우리 지역의 자랑스런 '객토' 동인 여러분, 뚜벅뚜벅 시의 길을, 참삶의 길을 걸어가소서.

재미도 없고 내용도 보잘것없는 이야기를 끝까지 들어주셔서 감사합니다.

---

* 이 글은 어느 해 연말 창원시 마산합포구에서 있었던 '객토' 동인들의 모임에서 발표한 원고 초록입니다. 동인들과 초대된 분들이 둘러앉아 이야기를 나누는 좌담회 형식이어서 간략합니다.

슬픔과 현실의 변증법

― 정호승 시론

　모든 미의 창조물은 창조자에 의해 창조자가 속해 있는 현실 속에서 나오게 된다. 비록 그 창조물이 실제로 있었던 일이거나 어떤 있을 수 있는 가능성의 일이거나 그것은 창조자의 손에 의해 이루어지므로 창조자의 의식 상황이나 실제 환경에 지배받지 않을 수 없기 때문이다. 물론 실제로 있었던 일을 그대로 기술하는 것은 역사의 문제가 되고 가능성의 일을 창조해내는 것이 미의 창조, 즉 예술의 측면이 되지만, 이때 가능성의 일을 만들어 내는 것은 인간이 가지고 있는 본능적인 문제에도 해당된다. 한 사회구조 속에서 그 구성원으로서 한 사람, 혹은 한 집단의 사람들은 그들 나름대로 그 사회 현실에 대한 욕구를 가지고 있으며 그 욕구 충족을 위해 일련의 노력을 기울이기도 하고, 보다 이상적인 세계를 꿈꾸기도 한다. 예술의 기능 가운데 사회적 기능을 중히 여기는 경향은 "시는 시일 뿐이다."라는 다른 어떤 영향도 허용치 않고 예술을 예술 자체로만 평가하고 정의하려는 경향이 대두되면서 심해졌던 것이다. 그렇다고 예술에 있어서 사회적 기능만을 내세우고 실행하자는 얘기는 아니며 이 글 또한 그런 측면에서는 아무 관심도 없다. 다만 "시는 시일 뿐이다."라 할 때 발생하는 기계주의, 즉 예술의 기계주의에 반대하고 사회와 인간에게 다 같이 필요하다고 예술이 갖고 있는 모든 기능을 함께 수행할 수 있었으면 하는 짙은 바람이 있을 뿐이다.

시인은 시대와 사회의 외적 조건의 지배하에 들지 않겠다는 본질론적 반응이 있으나 이런 조건을 초월하여 시인 자신도 잘 알지 못하는 보다 넓고 독자적인 언어와 개성을 확립, 자연과의 대화 내지 접촉이나, 인간 의식과의 폭넓은 교류를 가장 자연스러우며 자유스럽게, 인간에게 가장 진실한 무엇을 하고자 하는 생각을 항상 하고 있으므로 시인 자신과 자신, 시인과 민중들, 시인과 현실 사이에 끊임없이 행해지는 어떤 관계—궁극적으로 예술의 목적에 도달하려는 노력의 한 방법이라 할 수 있다—를 위해 본질적이고도 독자적인 언어와 세계를 창조해내야 한다.

이러한 시가 서정시 이전에 있었던 산문에의 또 다른 복귀로 말미암아 이제 시는 단순히 "느끼기"만 하는 시로서가 아닌 "생각하고 다듬고 엮어내는" 시로 발전하게 되었다(김춘수의 말). 이는 곧 감정과 울림만을 그 작품의 모두로 인식하는 것이 아니고 리듬과—한국어에선 음수율만 문제될 뿐 음성율과 음위율은 크게 문제되지 않는다—사상과 시인의 개성이 한꺼번에 표출될 수 있도록 희망하는 시대적 인간적 요구가 포함되어 그 작품을 대하고 인식하게 되었다는 것을 의미한다.

이렇듯 시인에게 있어서 현실은 어떤 의미에서는 창조활동 소재의 무대 내지 의식의 성장을 가름하는 밭이라 할 수 있고 자기를 발전시켜—넓은 의미에서—감각과 정서에 의해 획득된 것으로서의 자기실현을 꿈꾸는 어떤 필연적인 욕구를 충족시킬 수 있는 거대한 대상이 된다. 그러므로 시인이 이러한 현실을 어떻게 보고 있느냐에 따라 그 밭에서 자라는 작품은 많은 모양의 열매를 맺게 될 것이다. 그리하여 시인에게 있어 현실은 불가분의 관계를 가지고 있으며 시인이 현실을 보고 있는 태도와 수용하는 자세를 관찰 내지 분석하고 작품을 통해 음미해봄으로써 그 시인의 개성이나 독창적인 기법과 의식을 규명할 수 있겠고 또 간접적으로 시인은 현실에게 어떤 위치가 되며 현실은 시인에게 있어 어떻게 존재하며 어떤 가치가 형성되는 것인가를 한 시인의 경우로 국한시켜 조명해보고자 한다.

　문학의 목적은 시인의 입장에서 볼 때 자기표현 또는 자아성찰이라 할 수 있고 독자의 입장에서 볼 때는 정서 함양이라 할 수 있겠는데 이는 처음부터 시인과 독자 사이에 근본적으로 거리가 있다는 것을 말함이며 그 거리의 변증법을 얼마나 조화 있게 유지해 나가느냐에 따라 시인과 독자는 나름의 함수관계를 가지고, 시인은 시인의 입장에서 어느 정도를 인식해가며 작품을 표현하고 감상할 수 있는 것이다. 이것은 곧 한 사건(사물)을 놓고 여러 사람이 관찰했을 때 그 인식정도가 서로 다르듯이 관점의 문제로 부각된다. 어디까지나 주관적인 문제가 많이 개입된 문학에서는 특히 이 관점의 문제를 인정하지 않을 수 없기 때문에 어떤 측면에서 어떻게 바라보느냐를 먼저 설정해야 한다. 대상이나 상황을 바라본 그대로 전달할 때 시인의 시선, 즉 인식은 투명하게 되지만 시인이 바라본 관점에 따라 의미의 울림은 다르게 되고 또 그럼으로써 시인과 독자, 독자와 작품 간의 거리가 멀어지게 된다. 이 인식의 문제가 곧 보편성이다. 시인은 극히 주관적이면서 단순한 객관이 아닌 필연의 객관을 가져야 한다. 황당하다든지 모호성의 굴레에서 시가 벗어날 때, 현대시에서 문제시되고 있는 난해의 장벽도 극복할 수 있는—난해의 이유가 이것 때문만은 아니다—가능성이 제시될 것이다.

　시가 반드시 현실에만 집착하는 것은 아니지만 시가 궁극적으로 노리는 것, 즉 시인이 겪은 체험을 현실에서 가져와 그것들을 질서화한 후 그것이 단순한 현실성의 제시에만 그치는 것이 아니고 현실을 초월하여 현실 이상의 어떤 차원에 도달하고자 하는 것이기 때문에 시가 현실 속에서 시작, 혹은 전부로 삼지 않을 수 없게 된다. 그러나 시가 초월적인 자세를 가지고 있다 하여 현실과 무관하다거나 현실과 동떨어진 전혀 다른 차원에서 해석될 수는 없다. 그러므로 시는 현실과의 상관관계에 의해 존재하였고 평가되어 왔다는 것이 증명되는 셈이다.

이러한 생각을 기저에 깔고 정호승의 두 번째 시집『서울의 예수』를 전체적인 측면에서 그의 의식과 연관시켜 개괄적으로 살펴보기로 하자.

첫 번째 시집『슬픔이 기쁨에게』이후 3년 만에 나온 시집『서울의 예수』속에 실린 작품들은 첫 시집의 경향에서 크게 벗어나지 않은 것 같다.

> 봄이 가면 남쪽 나라 눈물꽃 피네
> 보리피리 불면 보리꽃 피고
> 가마귀 울어대면 감자꽃 피더니
> 봄은 가고 남쪽 나라 눈물꽃 피네
>
> ─「눈물꽃」부분

그의 시는 슬프다. 처음부터 슬프다. 대부분의 소재가 슬픔이다. 그렇다면 그의 이 슬픔의 근원은 무엇이며 왜 슬픔과 비애를 곱씹고 있는 것일까.

인간은 고통의 추억에서 자유스러울 수가 없으며 그 추억의 의미를 재구성하고자 하는 본능적인 욕구가 있다. 물론 사회적으로나 시인 스스로의 요청이나 자각에 의한 경우에 따라 그것이 실현될 수 있는 것이다.

> ① 첫 아이를 사산한 그 여인에 대하여 기도하고
> 불빛 없는 창문을 두드리다 돌아간
> 그 청년의 애인을 위하여 기도하라.
>
> ─「슬픔을 위하여」부분

> ② 우리들의 슬픔이 당연하다는

이 분단된 가을을 버리기 위하여

- 「슬픔은 누구인가」 부분

③ 너의 고향은 아가야
　아메리카가 아니다
　네 아버지가 매섭게 총을 겨누고
　어머니를 쓰러뜨리던 질겁하던 수수밭이다.

- 「혼혈아에게」 부분

④ 잠자는 지게꾼의 잠 속을 지나
　피난길에 울던 민들레를 만나고
　여공들이 지나가는 골목을 돌아

- 「소문」 부분

정호승의 슬픔은 궁극적으로 분단의 비극에서 시작되고 있다(②). 분단의 비극도 ③에서 몇 가지 파생된 슬픔을, 복합적인 슬픔을 보여준다. 예컨대 동족 간의 전쟁에서 이미 무너져버린 기쁨의 바탕 위에 그 슬픔을 구원하러온 다른 민족에게 당하는 수모를 통해 이중적인 슬픔에 직면하는 것이다. 이는 또 다른 전쟁이며 보이지 않는 슬픔이다. 혼혈아의 문제는, 그래서 야기되는 많은 사회적인 문제는 소수의 동두천에 있는 몇몇만의 문제가 아닌 우리 민족 전체의 문제, 혹은 우리 스스로의 영원한 과제라는 자각에까지 영향을 미친다. 역사적인 사건으로 인해 우리의 슬픔은 시작되었고 그 슬픔은 ④에서처럼 지게꾼이나 여공들의 안타까운 슬픔으로 연결되고 있다. 이 큰 비애는 무엇인가. 또 「유관순」 연작에서도 그는 현실의 부분적인 슬픔을 얘기하고 있다. 「유관순·1」(이하 숫자로 표시)에서는 '미친년'으로, 3에서는 '바람난 어머니'로, 4에서는 「창녀」로, 5에서는 밑바닥 인생을 상대하는 '술집 작부'로, 6에서는 인간적 회복을 갈구하는 '문둥이'로, 7·8에서는 철저히 소외당하고 버림받는 '인간들'로 나타나고 있는 바, 이것은 역사와 현실에서 비롯된 고통과 추억을 재정리하고 있다고 보아야 할 것이다.

추억의 의미를 재구성하려는 작업, 그것은 그 추억 주체자의 자기정립에 밀접하게 관련되어 있는 의식적 행위이다. 다시 말하면 그러한 작업을 통해서 예부터 쌓여온 비애와 한에 대해 인식하고 그 슬픔들을 극복하려는 능동적 태도인 것이다. 여기에서 정호승 시의 시적 성공에 나타난다. 개인적인 아픔과 결부해서 진정한 감동은 짙은 고통과 슬픔에 연관되었을 때 아름답듯이. 그러나 그는 이 슬픔의 능동적 극복 태도에 개인적인 혹은 민중적인 구체적 방법론을 제시하지 않는다. 오직 '절대자'를 기다리는, 그리하여 간절한 그리움과 믿음으로 갈구하고 있을 따름이다.

① 우리 죽어 별에 가서 묻히기 위해
　언제 다시 헤어질 때 너를 만나나
　죽어가는 아기를 안은 어머니
　촛불 하나 켜 들고 강가로 간다
　홀로 새벽 강가에서 우는 사람들
　눈물의 칼을 씻고 바다로 간다
　집 없는 사람들의 새벽이 되기 위해
　풀잎들은 낮게낮게 몸을 눕힌다
　아침놀도 없이 해 돋는 나라
　　　　　　　　　　－「가두 낭송을 위한·4」부분

② 등에 업은 아기의 울음 소리를 달래며
　갈 길은 먼데 함박눈은 내리는데
　사랑할 수 없는 것을 사랑하기 위하여

용서할 수 없는 것을 용서하기 위하여
눈사람을 기다리며 노랠 부르네

                               - 「맹인 부부 가수」 부분

③ 두 번 다시 묶일 수 없는 사슬을 풀고
기다림이란 기다림은 모두 거두어
그 아무도 돌아올 수 없는 새벽 눈길을
눈보라로 휘날리며 달려온다고 한다.

                                     - 「소문」 부분

  ①에서 '너'는 삶의 진정한 동반자로서 '아침놀도 없이 해 돋는 이 나라'의 '풀잎들'을 해방시키는 믿음의 실체다. '집 없는 사람들'의 희망이 되는 어떤 절대자로서의 존재다. 그렇지만 이 존재는 한용운에게서 보는 바와 같이 '님'으로 나타난 이 절대적 존재가 자신의 성찰과 고뇌로부터 벗어나려는 것이 아니다. 개인적인 문제로서가 아닌 공동체적인 상황 아래에서의 어떤 존재의 인식이다. ②에서 이 절대자는 '눈사람'으로 나타난다. '눈사람'은 '자신의 눈물로 온몸을 녹이며 인간의 희망을 만드는 사람'이다. 우리에게 짐 지워진 슬픔과 고통이 결코 사랑하고 용서할 수 없는 것이라 하더라도 언젠가는 우리의 희망을 실현하게 해 줄 '눈사람'이 올 것이므로 사랑하고 용서하며 참고 기다리잔다. 모든 사슬과 우리들의 슬픔을 거꾸러뜨리고 힘차게 달려올 것이라며(③) 기다리잔다.

  이러한 기다림은 '서울의 예수'에서도 계속된다. 지게꾼은 여전히 떨며, 졸고, 껌팔이 소년은 밤기차를 타고 여전히 껌을 팔았으며, 쌀밥이 아니라 라면을 먹으며 처녀애들은 아비 없는 자식을 낙태시켰다. 그러다가 시인은 그렇게 간절하던 '기다림'에 회의를 느끼기 시작했다.

노을 지는 강가에 나가
막배를 기다리며
이제 기다릴 것은 다 기다렸으나
기다리는 막배가 오지 않았다.

－「막배를 기다리며」 전문

　이제 우리의 이 많은 슬픔과 어둠을 위해 '눈사람'은 올 때가 되었지만 결국 오지 않는다. 이러한 회의의식은 시인의 현실인식의 변화를 의미한다. 예컨대 정치적 혹은 경제적 현실에 대한 부분적 인식에 그쳐 버릴 위험으로 인해 주체인 시인이 자아를 득하지 못함으로써 공허한 관념에 떨어질 위험이 있다. 이것은 시인의 전체성·보편성에 해당되는 것으로써 이를 위한 많은 방법 중 정호승은 '민중적'인 것을 택하고 있다. 이것은 곧 대중의 이야기를 스스로의 체험에 결부시켜 고통화하고 그 고통을 질서화하여 나의 아픔, 나아가 우리의 아픔으로 노래하기 때문에 난해나 비독자적인 시의 기류에서 벗어나 보편성의 바탕 위에 올라서 있다는 것을 말한다. 이러한 그의 현실인식의 변화, 즉 기다림에 대한 회의는 더 큰 슬픔의 수렁을 맞이한다.

희망에게 보내는 편지를 들고
봄길에 늙은 집배원은 쓰러졌다.

－「부활절」 부분

　'청년들은 결핵을 앓고' '이혼하기 위하여 남녀들은 결혼식을 올리고' '구두 닦는 소년들은 공안원에게 매를 맞고' 기다림마저 없어진 지금 더 큰 슬픔과 고통의 현실을 보게 된다. 시인은 다시 기다린다.

가난이 없는 세상을 만들기 위해서는
서로 함께 가난을 나누면 된다는데
산다는 것은 남몰래 물어보는 것인지
오늘도 그대를 사랑하는 일보다
기다리는 일이 더 행복하였습니다.

   정호승은 결국 슬픔이 역사적 사건에 의해 진행되었다는 것을 느끼며 그 모든 고통이 현실의 어둠만을 의미한다고 믿는다. 비애와 슬픔은 어두운 과거에서 시작되어 오늘의 어둠과 가난에 맥 닿는다. 이 가난을 극복해야만 슬픔이 사랑과 평화로 다가올 텐데 그의 시는 끝까지 슬픔으로만 지속될 것인가. 이 시대를 살고 있는 한 시인의 의식 근저에 이토록 참담한 슬픔만을 자리하게 한 분단과 가난과 뒷골목은 과연 무엇인가. 정호승은 과거에서 현재를 연결시키는 데 있어서 빈틈이 없다. 과거에서 현재로 현재에서 미래로 연결하는 이 시적 작업이 시인에게 결코 쉬운 일이 아님은 자명하다. 현실의 실체를 보고 연민을 느끼거나 혹은 분노를 단순히 관찰자의 입장으로 표시하게 될 때, 시는 시다운 생명을 득하기 어려울 것이고, 그렇다면 시간의 현실적 연결은 불가능해진다.

   현실 속에 깊이 앉아 어둠 속의 사람으로서 그 어둠의 아픔과 슬픔을 몸소 체험함으로써 그는 어느 정도 시간적 연결을 획득하고 있는 것이다. 다만 그는 미래에로의 연결이 추상적이고 그의 상상력 속에서 구체화되지 못하였으므로 뚜렷한 방법론적 제시가 없다. 그러므로 그의 시는 슬픔을 일시적이거나 단순한 의미만의 슬픔이 아닌, 절대로 버릴 수 없는, 버려서는 안 되는 실체로 깨닫고 있다. 슬픔을 껴안음으로써 희망을 만들고 모든 우리의 고뇌를 사랑함으로써 비리와 가난은 용서되어지고 따라서 우리는 슬픔의 저 끝, 기다림의 끝, 희망의 나라 사랑과 평화가 넘치는 마을에 당도할 수 있다는 역설적 진술이 가능해짐을 알게 된다. 그의 현실에 대한 시선은 고통이나 슬픔이 소수 집단이나 개인의 것으로만 생각되는 것을 거부하고 자신화하고 공동화하는 시선이다. 그것은 곧 사랑의 시선이다. 슬픔을 극복하고 우리들의 비애와 가난을 나누어 가지며 희망과 '눈사람'을 맞이하기 위해서 우리가 해야 할 일은 사랑임을 깨닫는 것이다.

> 사랑과 평화의 등불조차 밝히지 않고
> 그녀가 잠시 한국의 봄밤에 머무는 동안에도
> 부서진 산 위의 집들은 또다시 부서지고
> 바람에 흔들려야 나뭇잎은 노래를 불렀다.
>
> — 「마더 데레사」 부분

> 나를 섬기는 자는 슬프고, 나를 슬퍼하는 자는 슬프다. 나를 위하여 기뻐하는 자는 슬프고 나를 위하여 슬퍼하는 자는 더욱 슬프다. 나는 내 이웃을 위하여 괴로워하지 않았고, 가난한 자의 별들을 바라보지 않았나니, 내 이름을 간절히 부르는 자들은 불행하고, 내 이름을 간절히 사랑하는 자들은 더욱 불행하다.
>
> — 「서울의 예수」 부분

가난과 고통을 마더 데레사나 예수가 대신 짐 져주는 것도 아니고, 사랑과 평화 또한 그들에 의해, 다른 타의적인 것에 의해 성취되는 것이 아니라 어디까지나 우리 스스로 깨닫고 찾아 나서야 하는 것이다. 현실 속에서 우리가 갖는 사랑의 필요성은 그만큼 절실하면서도 스스로에게 성찰과 노력과 깨달음을 계속하게 한다. 슬픔을 더욱 사랑함으로써 슬픔을 극복하듯이 모든 추악함과 어둠을 사랑함으로써 진정한 희망을 성취할 수 있다는 것이다. 예수는 결국 인간에게 아무것도 해 주질 못한다. 어떠한 경우라도 사람들은 슬퍼할 것이며 그러므로 그 슬픔은 사람을 떠나지 않고 끝까지 우리와 함께 할 것이므로 그 슬픔의 극복은 슬픔의 포용, 사랑 밖에 다른 방법이 없다는 것이다.

① 아가야 창 밖에 함박눈 내리는 날
　나는 언제나 누굴 기다린다.
　흘러간 일에는 마음을 묶지 말고
　불행을 사랑하는 일은 참으로 중요했다.

　　　　　　　　　　　　　　　－「아기의 손톱을 깎으며」 부분

② 사랑이 가난한 사람들이
　등불을 들고 거리에 나가
　풀은 시들고 꽃은 지는데

　　　　　　　　　　　　　　　－「우리가 어느 별에서」 부분

③ 날 저무는 거리의 창문을 닫으며
　사람들이 하나 둘 낙엽으로 떨어질 때
　이제는 사랑할 일밖에 남지 않았습니다.

　　　　　　　　　　　　　　　－「서울에 살기 위하여」 부분

　정호승이 시의 소재를 맹인, 고아, 무작정 상경한 시골처녀, 구두 닦는 소년, 실업자 등에서 구하고 있는 것은 바로 사랑이 없는, 사랑은 간절히 바라고 있으나 그 바람조차 갖지 않은 것 같은 사람들이기 때문이다. 또한 "사랑에 굶주린 자들은 굶어 죽어 갔으나/ 아무도 사랑의 나라를 그리워하지 않았다"(고요한 밤 거룩한 밤)에서처럼 현실 역시 사랑을 느끼지 못하고 그것의 필요성조차 깨닫지 못한다. 그러므로 시인은 '불행을 사랑하는 일'이 중요함을 말하며 슬픔과 어둠이 우리에게 영원히 유숙하는 이상, 우리는 모든 슬픔과 어둠을 사랑하는 일밖에 남지 않았음을 안다.

오늘의 사람들은 '사랑이 가난'하다. 정호승의 참담한 슬픔은 한국적 슬픔──분단의 비극 등──을 넘어 인간존재의 슬픔으로 심화되고 결국 존재에 연결되는 시의식의 표상으로 받아들여진다. 그의 시가 슬픈 것은 이처럼 단순한 슬픔이 아니라, 시인의 눈에 비친 현실을 바라봄으로써 인간의 삶에 대한 의문적 사실들을 확인해 보고자 함에서 비롯된 것이다.

고독과 삶의 고난, 심지어 죽음까지의 인간적 현실을 아름답게 바라보는 것과, 끝없이 원하고 있는 인간혁명 사회혁명의 의도가 좌절되고 생성되는 현실을 밉게, 한스럽게 인식하는 것은 결과적으로 같다고 볼 수 있다. 왜냐하면 하나의 대상이나 현실을 인식하는 문제이기 때문이다. 그렇다면, 똑같은 삶의 양태를 다른 관점에서 인식했다 하더라도 같은 의미를 지닌다면, 그 현실을 아름답게 보는 편이 낫지 않겠느냐는 의문이 등장한다. 물론 이 문제는 관심 밖이지만 하나의 오류를 범하고 있다. 시가 현실의 어두운 면은 제쳐두고 밝은 면만 표현한다는 극단론이 아님을 알고 있을 때, 현실을 아름답게 바라보는 것이 관념과 허무의 유혹에 빠져버릴 위험이 도사리고 있듯이 밉게 바라보는 것도 도피나 회의에, 그리고 좌절의 어리석은 극복의 한 방법으로 반항하게 되는 함정이 있다는 것을 인식해야 한다.

삶의 영원한 변증법, 인간의 영원한 숙제인 과정과 결과의 문제를 파악하지 못한 것이다. 그러므로 정호승의 슬픔은 슬픔으로만 남지 않고 인간이 나면서부터 죽음에 이르는 그 모든 것이 기쁨보다는 슬픔에, 그리고 유혹과 고독에 가까이 있어 영원히 떨쳐버릴 수 없는, 이것을 버리고 저것을 득하는 식이 아닌 함께하는 것으로서의 슬픔이다. 이러한 슬픔을 단순히 인간 삶의 깊은 측면에서만 다루게 될 때 물론 가치가 없게 되지만 그 어둠 속에서 빛의 긍정을 찾을 수 있다는데, 그리고 그 어둠도 영원할 것이고 빛도 영원한 것이지만 어둠 속에서 빛을 바라보며 유혹과 고독과 세상의 파렴치를 극복하며 삶의 엄숙함을 지속할 때 인간의 삶은 더욱 더 흐뭇할 수 있다. 이 삶의 엄숙함을 위하여 정호승은 사람들로 하여금 민중적 끈기의 소중함을 말하고 끝까지, 아무리 캄캄한 뒷골목에서라도 이 끈기를 가지고 필연적인 삶에 대처해 살아가자는 무언의 메시지를 전한다.

> 홀로 핀 한 송이 들국화를 생각하며
> 살고 싶은 것은 진정 부끄러움이 아니었다.
> 운명을 사랑한다는 거짓말을 하지 않아도
> 해는 지고 바람은 불어오는
>
> — 「서대문 하늘에서」 부분

> 눈이 오는 날이면 아버지는
> 가난하였으므로 행복하였다.
>
> — 「아버지」 부분

정호승의 시가 생명을 득하고 있는 것은 고통 받는 사람들의 입장에서 느끼는 감정의 단순한 탄식, 또는 무절제한 좌절에 빠지지 않고 인간의 현실을 까닭 있게 파악하여 그 현실을 이기는, 슬픔을 슬픔으로 인식하면서도 진정한 기쁨에, 참된 행복에 도달할 수 있는 힘과 가능성의 노래로서의 사명을 완수하고 있기 때문이다. 인간이 가진 상실감은 원초적 슬픔의 부분이 되고 그것으로 인한 좌절은 어느 시대 어느 민족에게나 공통분모로 존재하는 것이므로 그것을 곧바로 인식하고 스스로의 삶에 충실을 기하는 것은 곧 인간이 인간다워지는 하나의 노력이다. 여태까지의 현실을 딛고 거기에서 표출된 에너지로 상실감에서 벗어나고자 함이다. 무엇보다도 우리가 잃은 것은 물질적인 것이나 전혀 구할 수 없는 것이 아닌 인간에게 가장 근본적인 사랑이다. 고통 속의 인간의 희망을 기대하게 되고 고통은 희망에 도달하는 과정이라고 믿고 싶어 한다. 현실 속의 어두운 상황은 단순한 부정만으로 극복되는 것이 아니고 긍정과 긍정을 통한 인간적 성찰로서 사랑을 실현함으로써 희망에 닿을 수 있다는 믿음인 것이다. 따라서 그의 시는 철저히 현실에 바탕을 두고 있으면서 그 현실의 극복이 혁명이나 몸부림만으로는 불가능하다는 것을 보여주는 동시에 이 현실을 초월하기 위해 과거 속에 몸담음으로써 미래를 향한다. 그래서 그의 시적 미래는 불투명하며, 현실 속의 과거가 한층 짙은 어둠일 수밖에 없는 것이다. 그 어둠이 현재의 어둠에 연결되어 있으며 그러한 복합적인 어둠들은 보다 큰 미래에의 희망으로 가는 튼튼한 길로의 절실한 믿음의 소산인 것이다.

> 풀잎 속에 낮게 낮게 몸을 낮추고
> 내가 인생을 다하여 슬퍼한 것은
> 아직 눈물이 남아 있어서가 아니라
> 아직 희망이 남아 있기 때문이다.
>
> 　　　　　　　　　　　　　　　－「밤길에서」부분

> 절망도 없는 이 절망의 세상
> 슬픔도 없는 이 슬픔의 세상
> 사랑하며 살아가면 봄눈이 온다.
> 눈 맞으며 기다리던 기다림 만나
> 눈 맞으며 그리웁던 그리움 만나
> 얼씨구나 부둥켜 안고 웃어보아라.
> 절씨구나 뺨 부비며 울어보아라.
>
> 　　　　　　　　－「희망을 만드는 사람이 되어」부분

　자기 관념의 추적은 자칫 삶의 현실을 등질 우려도 있고 시가 요구하는 삶의 총체적 의미를 지나치게 개인적 측면으로 도식화해버릴 위험도 있다. 시인이 말하고자 하는 것을 말하는 것은 방법의 문제가 아니라 그 자체로서의 당위다. 인간에게 있어 기다림과 사랑은 인간 각 개인에게 평온한 정신적 지주를 마련케 하고 개인의 성숙해짐과 동일성의 확립 및 유지를 가능하게 해준다.

정호승의 시가 많은 유혹과 함정을 극복하며 오늘을 사는 민중들의 '하고 싶은 말'로서 생명을 유지하는 근원적인 이유가 여기에 있다. 단지 그의 시세계가 암울하며 어두운 데서 오는 즉흥적 감동의 얕음과 문명비판적 시 태도에서 오는 맹목성을 극복하는 방법론적 문제에 의식이 도달했으면 하는 바람은 그래서 당연한 것인지도 모른다. 그의 시적 체험의 구체성 때문에 오히려 미래의 세계가 수축되어 버린 것 같은 느낌과, 보다 내면적 성찰 결과의 미흡함에 대한 아쉬움도 아직은 버릴 수가 없다. 이 시대를 사는 우리는 비극적 현실을 외면할 수도 회피할 수도 없으며 다만 현실 자체를 명확히 인식하고 거기에 적극적으로 대응함으로써 정신적 극복의 길을 모색할 수 있는 동시에 인간에게 가장 큰 구원인 사랑의 실현 또한 가능해질 것이다. 사랑은 주고받는 것이 아니라 영원히 함께 하는 것이므로.

흔들리며 피는 꽃
— 도종환의 시

흔들리지 않고 피는 꽃이 어디 있으랴
이 세상 그 어떤 아름다운 꽃들도
다 흔들리면서 피었나니
흔들리면서 줄기를 곧게 세웠나니
흔들리지 않고 가는 사랑이 어디 있으랴

젖지 않고 피는 꽃이 어디 있으랴
이 세상 그 어떤 빛나는 꽃들도
다 젖으며 젖으며 피었나니
바람과 비에 젖으며 꽃잎 따뜻하게 피웠나니
젖지 않고 가는 삶이 어디 있으랴

　　　　　　　　　　　　　 — 도종환, 「흔들리며 피는 꽃」 전문

「담쟁이」의 시인 도종환의 대표시다. 이 시의 제목은 「흔들리며 피는 꽃」
이지만 시적 화자가 말하고자 하는 바는 1, 2연의 마지막에 있다. 소재는 꽃이지만 의미소는 '흔들림'과 '젖음'이다. '흔들리지 않고 가는 사랑'은 없고, '젖지 않고 가는 삶'도 없다는 것이다. '아름다운 꽃도 흔들리고 젖으며 피는데 하물며 사람이랴'는 뜻이다. '흔들림'과 '젖음'은 아시다시피 불교용어 '사고(四苦)'를 말하는 것이다.—물론 탄생의 고통, 창작과 발견에 따른 아픔으로 읽을 수도 있다.—태어나 병들고 늙어 죽는 것 말이다. 이게 인생이다. 맨날 기쁘기만 하고, 걱정 하나 없고, 즐거운 날만 계속된다면 무슨 재미랴. 비록 지금은 고통스럽고 힘들지만 '이 또한 지나가리라' 하고 긍정적으로 살아가자는, 고진감래, 고난을 극복하고 미래를 향해 나아가자는 의지를 표현한 교훈적 의미가 강한 시다. 세계적으로 성공한 CEO들은 한결같이 긍정적 마인드와 다양한 독서를 주장하지 않던가.

「담쟁이」란 시를 볼자.

저것은 벽
어쩔 수 없는 벽이라고
우리가 느낄 때 그때
담쟁이는 말없이 그 벽을 오른다
물 한 방울 없고 씨앗 한 톨 살아남을 수 없는
저것은 절망의 벽이라고 말할 때
담쟁이는 서두르지 않고 앞으로 나아간다
한 뼘이라도 꼭 여럿이
함께 손을 잡고 올라간다
푸르게 절망을 다 덮을 때까지
바로 그 절망을 잡고 놓지 않는다.
저것은 넘을 수 없는 벽이라고
고개를 떨구고 있을 때
담쟁이 잎 하나는 담쟁이 잎 수천 개를 이끌고

결국 그 벽을 넘는다

– 도종환, 「담쟁이」 전문

이 시에서 '담쟁이'가 무얼 말하는지는 다 알 것이다. 문제는 그것을 시적 화자와 동일시하고 있다는 것이다. 담쟁이의 이미지와 화자의 의지 그걸 동일시하는 것이다. 부산대 고 김준오 교수의 동일성의 시와도 연결된다. 절망하지 마라, 좌절하지 마라, 절망과 좌절 안에서도 희망을 품어라. 담쟁이처럼 끈질기게 나아가라. 그런 의지가 삶을 아름답게 하고 세상을 살아갈 만한 곳으로 만든다. 어찌 인간이 그렇게 나약하게 살 수 있단 말이냐. 불가능은 없다고 하지 않았느냐. 만물의 영장이라는 사람에게 절망이라니, 좌절이라니 당치도 않다. 뭐 이런 이야기를 하는 것 같다.

그런데 시적 장치 중 의미 확장을 가져오는 구절이 있다. 한 뼘을 나아가더라도 '함께 손을 잡고' 나아간다느니, '담쟁이 잎 하나가 수천 개를 이끌고' 벽을 넘는다는 부분이다. 앞의 구절은 공동체적, 더불어 삶의 실천을 의미하고, 뒤의 구절은 누군가 자기희생을 무릅쓰고 앞장서 갈 때 모두의 희망을 이룰 수 있다는 것이다. 담쟁이는 바로 사람살이의 다른 모습, 민중들의 모습을 나타낸다고 봐야 한다. 그래서 사람들은 도종환의 이런 시들을 두고 '진보적'이라느니 '좌파적'이라느니 말이 많은 것이다.

그러나 이런 의식조차 없이 음풍농월식 시만 써서는 많은 사람들의 공감을 얻기 어려울 것이다. 정치적 선동이나 구호를 나열하는 시도 곤란하지만 삶이 없는 공허한 시들도 문제이다. 한 줄의 시라도 우리의 삶이 들어가 있지 않다면 어휘의 나열에 불과할 뿐이니까.

자연 관조와 휴머니즘
— 송연우의 시

1. 들머리

　서정시는 인간의 삶을 반영하기도 하고, 현실을 비판하기도 하며, 아름다운 세상의 모습을 제시하기도 한다. 사람의 마음을 변화시키고 세계를 변화시킬 수 있는 힘을 가지고 있다. 아울러 거기 담긴 언어와 정서의 아름다움은 상처 받은 인간의 영혼을 위무하고 그것을 더 높은 차원으로 고양시키는 승화의 기능도 함유한다고 평론가 이숭원은 말했다.

　이는 리얼리즘 시론으로부터 서정시는 현실을 외면한 보수 반동의 시, 현실 문제를 외면하고 초월적 세계만 지향한다든지, 협소한 개인적 문제에만 치중한다든지, 음풍농월의 유희시, 몽상적인 비현실적인 시, 새로운 삶의 변화에 대응할 수 없는 골동품적 양식이라 비판받아 온 상황을 짚어낸 것이다. 서정시에 부정적인 그들은, 모름지기 시란 도시문명의 확산에 의해 피폐해가는 농촌의 삶을 비판적으로 묘사한다든지, 인간 상실과 부재의 정황을 선동적 언어로 고발해야 하는 것이라 주장한다.

　그러나 서정시 중에는 치열한 현실인식을 보여주는 작품도 많고(윤동주,

이육사, 한용운 등), 새로운 감수성을 바탕으로 한 참신한 표현기법의 서정시(정지용, 김광균, 박재삼 등)도 많다. 따라서 정치투쟁시, 민중시, 모더니즘 계열의 시와 서정시가 기실 별개의 개념이 아니라는 지적(오세영)은 수용 가치가 있다.

서정시란 일반적으로 단일한 화자가 자신의 내면 감정을 리듬의 양식을 빌려 표현한 비교적 짧은 형태의 문학 양식을 일컫는다. 특히 우리의 전통적 서정시는 개인적 문제에서부터 사회 현실의 문제에까지 다양한 인식과 기법을 보여주고 있으므로 혁신의 대상이 될 수 없다. 흔히 감정이라고 통칭되는 마음의 움직임을 전달하는 양식이므로 타기 대상이 아니라 발전적으로 계승해야 할 소중한 시적 유산으로 보아야 한다.

독일의 문예학자 디터 램핑(Dieter Lamping)은 서정시를 '서정적 자아의 개별 발화'로 규정한다. 시인은 존재의 의미와 세계의 의미를 함께 찾는 사람이다. 가치를 규정하고 존재의 귀천을 가리는 사람이 아니다. 대상이 가진 고착된 가치를 낯설게 하는 통찰력이 시인에게 요구되는 이유이다.

그런데 이런 서정시의 울타리 안에서 시 본래의 궤도를 이탈하여 난삽한 비유와 치기어린 넋두리, 문법과의 과도한 충돌, 중언부언의 나열, 의미 없는 산문화에 진을 빼고 있는 시는 없는지 염려된다. 요즘 같은 때일수록 서정시의 위의(威儀)가 새삼 강조되어야 한다는 생각이다.

문학은 다른 사람의 생각을 이해하고, 더불어 사는 지혜를 제공하며, 삶의 진정한 가치를 발견하게 하는 힘을 가지고 있다. 문학을 통해 사회의 부조리와 모순을 인식하고, 인간사회의 재미와 감동 그리고 아름다움을 느끼며, 삶의 희망과 용기도 얻는다. 또한 문학은 보다 의미 있는 삶을 추구할 수 있도록 이끌어준다. 위대한 문학은 우리를 가르치지 않고 변화시킨다(괴테)고 하지 않던가.

밀고 당기고
당신과 나 사이의 오랜 실랑이가
하나의 매듭으로 완성되던 날
시가 왔습니다

낯익은 문장으로
손으로 집어 씹었습니다.
단맛보다 쓴맛이 몸에 좋다는
말씀이 귀에 익어
자꾸 씹었습니다

씹다가 주저앉아
먼 산을 바라보니
벼랑 위에서 피는 시
세상을 사랑하게 되었습니다
눈은 어둠에 찔려 눈물이 낭자해도
늦은 사랑에 빠졌습니다.

　　　　　　　　　　　　　　　　　 - 송연우, 「시사랑」 전문

　뒤늦게 시와 사랑에 빠진 대기만성의 시인 송연우. 그가 세 번째 시집을
낸다. 창원시 진해구 출신으로 창원대 평생교육원 문예창작과를 수료하
고『한맥문학』신인상으로 등단한 뒤, 한국문협, 동운문학회 회원으로 활
동하면서, 첫 시집『비단 향나무와 새와 시』, 그리고 두 번째 시집『여뀌의
나들이』를 낸 지 세 번의 간지가 바뀌었다. 위의 시는 이번 시집의 서시(序
詩) 격인데 시인의 시에 대한 애정이 어떠한지 잘 보여주고 있다. 그는'어
둠에 찔려 눈물이 낭자해도' 시와 '늦은 사랑'에 빠져 '세상'과 '사람'을 사랑
하는 시인이다.

발문을 부탁하며 전자우편으로 원고를 보내온 시인에게 나는 야멸치게 거절하지 못했다. 시인의 정결한 진정성이 나를 꼼짝 못하게 했고, 연세에 비해 창창하신 시작(詩作) 정신에 나도 모르게 고개가 숙여졌기 때문이다.

무릇 한 시인의 시 세계와 삶을 다 이해해야 문학의 맛을 느낄 수 있는 것은 아닐 것이다. 다 이해하지 못해도 사랑에 빠질 수 있고, 시와 삶을 다 이해하지 못해도 감동을 받으니까. 끊이지 않고 벌어지고 있는 친숙하면서도 낯선 세계, 이것이 바로 시요 문학이요 예술이요 삶이 아닐까 싶기 때문이다.

우리 문단의 여류 문인들은 헤아릴 수 없이 많다. 송연우 시인의 원고를 손에 들고 필자는, 그 중에서 빼어난 시들을 남기고 스물일곱의 나이에 요절한 난설헌 허초희와, 『토지』라는 걸출한 한국문학의 대작을 남긴 박경리, 전주 혼불문학관의 주인공인 최명희, 그리고 난설헌을 소설로 그려내 제1회 혼불문학상을 받은 최문희를 생각했다. 특히 최문희 작가는 올해 일흔일곱이시다. 그의 장편소설 『난설헌』을 읽고 그 정갈한 언어 구사력과 유려한 문체, 이야기를 펼쳐나가는 서사의 힘을 보고 과연 문학에 나이가 무슨 소용이 있나 싶었다.

하긴 몸은 늙어도 속물근성과 허위의식은 노화를 모르는 세속의 풍속도를 실감나게 그려내고, 거기에 담긴 인간의 조바심과 욕심과 불안을 능숙하게 능치는 실버문학의 묘미를 보여주었다는 평가를 받는 박완서 선생 (2011년 여든한 살에 돌아가셨다) 같은 분은 만년에도 '원로 작가'로 불리길 마뜩찮아 했다.

2. 삶과 어우러진 자연의 하모니와 서정성

두 번째 시집 『여뀌의 나들이』 서평에서 필자는 송 시인의 시를 자연과의 교감으로 풀어쓴 적이 있다.

　학교를 마치고 결혼을 하고 아가로, 동서로, 아내로, 어머니로, 진해댁으로, 할머니로 살아오면서 생의 굴곡이 어찌 하나둘이었겠는지요. 그런 삶의 흔적들을 익히고 궁글려서 나무와 꽃을 사랑하는 마음으로 담아내시고, 시적 대상들에 대한 애정으로 꽃피운 것이겠지요. 시인에게 자연은 결코 부정적인 대상이 아닙니다. 인간과 자연이 대립적인 관계가 아닌 것이지요. 따로따로 존재하는 것이 아닌 화해하고 공존하는 것입니다. 그런 인식은 그냥 나오는 게 아닙니다. 사람이라는 존재도 삶도 다 자연의 일부라는 깨우침이 없다면 공허한 말놀이에 불과한 것이겠지요. 자연의 생명력과 아름다움 속에서 삶의 의미와 교훈을 읽어내는 것이지요. 따라서 자연에 대한 몰입은 시적 화자의 삶의 형상화라 할 수 있습니다. 인생관이라 할 수 있습니다.
　맑고 청아한 자연 서정과 생명에 대한 경외감이야말로 송연우 시인의 시를 관통하는 주된 정서가 아닐까요. 위선이나 가식은 찾아볼 수가 없습니다. 아름다운 자연은 사랑보다는 외롭고, 젊음보다는 호젓한 것이라는 동양적 자연주의의 이 말은 나이가 들어 자연에 순응하는 시인의 순수성과 영원성을 뒷받침해 줍니다. 소통과 공감이 사라져버린 시에서 우리가 받아 안을 수 있는 것은 아무것도 없습니다. 자아와 세계의 합일화, 물아일체의 상태에서 시적 의미를 생성해내는 것이 서정성이라면 송연우 시인의 시는 충분한 소통과 공감을 자아낸다고 볼 수 있습니다. 타고난 본연 그대로의 마음을 자연 속에서 잘 담아낸다고 볼 수 있지요.

– 이월춘, 송연우 시집 『여뀌의 나들이』 서평,
「자연서정과 순수지향의 시학」, 『계간진해』(64호, 2008)

　그가 시의 길을 걸어온 것은 그의 삶의 편린과 그 관계와의 사유 그 이상도 이하도 아니다. 억지로 꾸미려는 의지는 전혀 보이지 않는다. 세계와 대립하거나 갈등을 일으키려 하지 않고, 자신을 포함한 세계를 받아들여 순순히 나오는 언어들을 껴안는다. 따라서 슬픔, 고통, 울음 등을 살아가는 힘으로 인식하는 그의 시적 능력은 가둠과 폐쇄의 닫힌 세계의 사유가 아니라 스스로를 자연과 삶 속으로 들이밀어 긍정의 사유와 인고의 결실을 거두는 행위로 나타난다.

일인칭과 삼인칭의 시점을 자유로이 넘나드는 그의 시적 사유는 구체와 추상을 혼합하여 보여줌으로써, 낡은 은유나 상징의 유혹을 벗어나, 시작 과정에서 자칫 빠지기 쉬운 진부함을 극복하고 있다. 장삼이사들의 평범한 삶의 정황들이 제각각 아름다움을 자아내고, 그 아름다움이 삶을 윤택하게 할 때 서정시의 존재도 영원할 것이라 생각한다.

제 씨알 빼앗긴 뒤
어디에서도 어울리지 못한다

먼지가 난무한 어둠 속
마른 태풍에 나뒹군다
속살을 싸고돌다가 아닥치듯 휘몰리는
황토빛 껍데기, 비단에 쌓인 누에 번데기
한 번 두 번이고 허공으로 뛰어 오르다가
한 겹 남은 속옷 바람처럼 날린다

마지막 알몸까지
벗어주니 이제 아낄 것 없다
말라 비틀어진
껍데기가 한없이 편하다

— 송연우, 「겨」 전문

「겨」는 이번 시집에서 시인의 시와 인간을 함축하고 있는 대표작이다.

그의 가족사와 더불어 생의 아픔을 견뎌온 질곡의 세월을 담아내고 있다. 첫 연에서 순종과 인고의 태도로 일관해 온 화자가 자신이 가진 것 다 내어주고 그 아픔을 홀로 견디는 모습이 드러나 있고, 둘째 연에서는 허허로운 스스로를 되돌아보는 여유를 보이기도 하다가, 마지막 연에서는 모든 집착과 욕망을 내려놓고 현재의 자아, '말라 비틀어진 껍데기'를 받아들이고 있다.

사회 구조와 현실의 작동방식에 대한 이해를 추구하거나, 특정한 주제 의식을 드러내기보다는 살아가는 것의 고통스러움을 느끼는 내면 풍경을 지극히 개인적인 차원에서 접근한 작품이다.

자연의 목소리와 그들이 펼쳐 놓은 풍경의 언어들을 넉넉한 마음밭에 한가득 받아 안는다. 버리고, 내려놓고, 참고, 사랑하며, 관계와 관계를 모두 포용하는 마음은 인고의 세월에서 받은 정신적 보상이기도 하지만, 꽃과 나무와 새의 자연에서 변함없는 섭리를 읽어내고 시인 스스로 자연 속에 들어가 동화된 모습의 또 다른 표현이다.

세상의 모든 번뇌와 소음으로부터 탈출을 꿈꾸는 시가 아니다. 나무와 꽃으로부터, 새의 울음 같은 미세한 일상 속에서 발견해낸 깨달음과 포용의 정서, 그 지평을 여는 시다. 그의 시적 시선과 마음의 눈은 일상 속의 사물과 현상들을 응시하면서 삶의 본질을 추구한다. 근본적으로 송연우 시인의 시는 자연탐구에서 얻어진 인생을 담담하게 표현하는 시에 해당한다. 자연현상을 펼쳐낸 후 거기에서 삶과 생명에 대한 관조와 응시, 포용과 깨달음과 용서의 이미지를 제시하고 있다. 사색과 명상의 세계이며 발견과 깨달음을 통해 사랑과 더불어 삶의 세계를 지향하고 있다. 자연친화와 교감의 시, 자연과 인간이 교감하고 조응하는 세계를 자분자분 그려내고 있는 것이다.

"자연 속의 모든 것은 바라보는 자세와 각도에 따라 정말 놀라울 정도로 그 모습이 다르다는 것에 여자는 놀랐습니다. 땅에 똑바로 누운 자세로 올려다보는 하늘 배경의 상수리나무 숲은 정말 신비로웠습니다. 또한 복잡성과 단순성이 뒤섞여 자아내는 자연물의 도형과 무늬는 자연이 신의 예술임을 보여주기에 모자람이 없었습니다. 산의 바위나 강가의 돌 하나하나도 인간의 눈을 즐겁게 하기 위해 고안된 도형이고 무늬만 같았습니다."
전상국의 소설 「온 생애의 한순간」에 나오는 구절이다.

이처럼 자연이 신의 예술이라는 데 이의를 제기할 수는 없을 것이다. 그 자연을 바라보는 시인의 시선과 감각 여하에 따라 비춰지는 의미는 다양하겠지만, 그것이 인간과 인간의 삶과 연결되면 더욱 더 큰 의미와 정서적 울림을 갖게 되며 진정한 시적 리얼리티를 얻게 된다.

기억을 통한 존재의 성찰을 폭넓게 보여주는 시인의 시적 음역은 가히 그 품이 크다 하겠다. 시간의 흐름 속에서 사물과 자연의 풍경과 내면적 정서를 연결하면서 구체적인 사물이나 풍경에서 받아쓴 감각적인 표현력은 삶에 대한 진지한 성찰과 치열한 언어의 갈고닦음이 없이는 얻을 수 없는 것이다.

  고무통에 수련이 피었다
  주위를 살피며 갸웃갸웃
  오목눈이 새끼 한 마리 물통에서 멱을 감는다
  능수매화 가지에 앉은 어미
  깃을 펴고 물장구치는 새끼의 재롱을
  흐뭇하게 바라보며 시간을 누린다
  지난날 아이를 목욕시키며 간지럼 태우던 때를 떠 올리는 사이
  새끼가 물에서 나오고 어미가 들어가 날개를 힘차게 털고 턴다
  저들의 단벌날개는 젖는 법이 없다

  오목눈이 숲으로 틀어가자 내기나 하듯

산수유나무에 앉았던 직박구리

통모서리에 서서

한 가닥 뽑아 올리는 낭랑한 노랫가락

붉은 여름 한낮이 입술 파래지는 오후

망중한을 즐기는 그들의 밝은 눈 자랑스러워

또 물을 부어주면

새들이 휘저은 물의 발자국에

반짝이는 하얀 구름이 한 통이다

– 송연우, 「맨발의 춤사위」 전문

장소는 시인의 집 마당이다.(이는 필자의 추측이 아니다. 시인의 집 마당엔 수많은 나무와 화초가 자라고 있다) 수련을 키우는 고무통이 있다. 그 고무통에 오목눈이 새끼가 물장난을 친다. 물론 어미가 지켜보고 있고. 새들의 행위를 바라보다가 화자는 어린 자식들을 키우던 자신의 모습을 읽어내고는 흐뭇한 미소를 짓는다. 시인이 주인이 되는 세계가 아니다. 시인의 마음에 만물이 들어와 함께 사는 눈과 귀와 감각의 지극한 언어들의 세계이다.

그뿐 아니다. 오목눈이가 가고 나자 직박구리가 그 자리를 차지한다. 마당에는 능수매화도 있고, 산수유나무도 있다. 화자는 새들의 노래가 울려 퍼지는 마당을 바라보며 새들과 더불어 망중한을 즐기고 있다. 붉은 여름 한낮이 푸른색으로 시원해지는 오후이다.

그런데 오목눈이와 직박구리가 화자와 더불어 놀다 간 고무통엔 흰구름이 한 통 가득이다. 시인의 자연을 대하는 태도와 여유가 이런 인식을 낳았다. 시 「주남저수지 물버들」에도 나타난다. 물버들과 철새를 동일시하여 한 풍경을 그려내면서 '환한 웃음'이 '제 몸뚱이보다 더 큰 그림자를 내려놓는다'는 인식을 낳는다.

시인의 삶과 자연의 조화는 물아일체의 미적 효과뿐 아니라 독자들에게 잔잔한 감동의 파문을 일으키게 한다. 사물에 대한 지극한 애정과 순응의 마음이 없으면 내적 일치를 경험할 수 없고, 세상에 대한 넉넉한 품새를 받아들일 수 없다. 자연과 사물을 관조하는 시구 사이에 깊은 감정과 생의 이력을 담아내어 얻어진, 시인의 삶과 어우러진 자연과의 하모니와 서정성은 그만큼 자연스럽고 넉넉하다.

3. 자연 관조와 인간의 만남

시는 자연의 현상을 빠짐없이 담아낼 수 없지만 자연을 통한 견문이나 감상의 폭은 넓고 크다. 송연우의 시는 가시적이면서 비가시적이기도 한 자연의 속성을 잘 짚어내고 있다. 그것은 자연과 사람에 대한 오랜 열망의 내적 표출이자 감각의 깊이와 포용적 사고가 만들어낸 결과로 나타난다. 자연을 통한 관조에 의해 깨달음의 의미를 획득하면서 인간 삶의 휴머니즘에 가 닿는 시적 행위에 꽃과 새와 나무가 함께 하는 것이다.

그의 시들은 결코 복잡다단하지 않고 이미지가 헤프지 않다. 사실적이고 직선적인 시어로 낯섦과 난해의 시학에 대항하는 동시에 유유히 흐르는 강물처럼 부드럽고 너그러운 시선으로 세상과 소통하고 있기 때문이다. 여유와 관조로 지상의 먼지에 얽매이지 않는다. 그런 정신적 넉넉함은 삶을, 인간을 바라보는 그윽한 고요에서 온다. 생각조차 멈춘 고요의 다락방에 앉아야 번뜩이는 시적 영감과 영적 충만을 만나게 되는 것이다. 이는 마음 속의 신을 만나는 것과 같다.

  (기) 묻힌 듯 열린 말씀 받들고 있는 배흘림기둥
      안개구름 위에 누운 겹겹의 산 능선

품어 안은 가람의 자리
떠나야 할 허허로움 견디기 위해
오늘 그대에게 기대고 싶다

―「부석사에서」 부분

(나) 부처는 아직도 내 마음 밖에 있는데
　　가슴에 키우던 새 한 마리
　　소목고개 너머로 날아간다

―「단계리 산 7번지 우곡사」 부분

(다) 모자를 눌러 쓴 남루한 늙은이
　　손길에 반질거리는 사각 나무통에 떨어지는
　　몇 닢 동전 소리
　　오늘따라 모두 슬프게 출렁이는데
　　저 뜨거운 선율이
　　불볕을 식히고 식어버린 마음 데울 수 있을까
　　색소폰과 한 몸인 저 늙은이
　　온몸으로 슬픈 시를 쓰고 있네

―「창동 거리에 색소폰이 흐르고」 부분

(라) 바람이 일고 천둥이 울고
　　여린 가슴을 흔드는
　　그 긴 세월
　　고요히 갈앉혀
　　쪽빛 하늘을 담고 있네
　　한바탕 속앓이 한 뒤
　　잔잔한 노래가 되고

깊은 생각이 닻을 내리네
아직도 그대는 나의 詩
까닭 없는 슬픔으로
촉촉이 젖어오는

　　　　　　　　　　　　　　　－「호수에서」 전문

　먼저 (가)를 보자. '부석사'라, 공중에 뜬 돌이 있는 절이라는 말이다. 부
석사는 충남 서산에도 있고 경북 영주에도 있는데, '배흘림기둥'이 나오는
걸 보니 후자이다. 의상대사와 선묘낭자의 전설이 전해지는 영주 부석사
는 아무래도 봄이나 여름보다는 가을이 제격이다. 아름다운 은행나무 단
풍을 바라보며 세속의 무게를 다 털어버리고 걸어 올라가는 부석사 진입
로는 정말 절경이다. 그런 마음의 풍요를 안고 있기 때문일까. 이 시에는
세상의 풍진을 덮어쓴 마음을 비우고 싶은 화자의 염원이 잘 나타나 있다.
그런데 '떠나야 할 허허로움'은 무엇일까. 오해하지 마시라. 삶에 대한 의
지의 탕진이 아니다. 생의 마무리라는 의미보다는 인간적 욕심으로부터
벗어남이 가깝게 느껴진다. 하기야 우리는 하찮은 일에 얼마나 자주 일희
일비하였던가. 자연을 관조하면서 인간적 번뇌와 욕심을 벗고자 하는 무
욕의 태도는 은은한 공감의 파문을 일으킨다.
　(나)에서도 그런 마음을 읽는다. '장자(莊子)'에, 가리키는 달은 보지 못
하고 손가락 끝만 본다는 꾸짖음이 있듯이 아직은 부처나 예수, 공자 같
은 성인의 근처에 가 있지 못하지만, '가슴에 키우던 새 한 마리'에는 '소
목고개 너머로 날아가'는 화자의 본심이 나타나 있다. '새'는 꿈일 수도 있
고, 세속적 목표일 수도 있지만 자연에의 사심 없는 동질감의 언어일 수도
있다. 자연을 통한 삶의 본질에 가까이 가려는 간절함을 읽는다.
　그런 간절함은 (라)의 '호수'에 연결된다. 일반적인 '호수'의 시적 의미는
삶에 대한 긍정적인 태도와 깊은 성찰이다. 세상의 모든 현상들을 있는 그

대로 받아 안는 포용적 모습, 대립적 갈등 같은 세속적 의미는 있을 자리가 없다. 까딱 잘못하면 삶의 덧없음으로 흐르기 쉬운 시상을 맑고 깨끗하고 아름답게 살고 싶다는 소망으로 승화시키고 있다. 그것은 세상을 바라보는 화자의 마음이 이미 무욕의 경지에 이르렀음을 보여주는 것이다. '천둥'과 '바람'의 세월을 가라앉혀 '쪽빛 하늘'이 되고, '잔잔한 노래'가 되는 호수는 바로 화자의 마음이다. '까닭 없는 슬픔으로 촉촉이 젖어오는' 호수는 화자의 시적 바탕이 되어 삶의 태도와 이어진다. 그러다가 (다)처럼 세상의 사람에게 가 닿는다. 삶의 간절함이 거리의 늙은 악사가 '온몸으로 슬픈 시를 쓰고 있'다는 인식으로 표현되는 것이다.

자연을 통한 깨달음과 관조의 아름다움이 넉넉한 생의 연결고리로 이어지다가 세상의 따스함과 소외되고 어두운 곳의 인간과 궤를 같이할 때 시의 존재가치는 좀 더 큰 울림으로 다가올 것이다. 송연우 시인의 자연은 삶과 존재의 깊은 인식을 바탕에 깔고 있다는 점에서 더 큰 서정의 힘을 느끼게 해 준다.

4. 마무리

한의학의 원리에 '통즉불통(通則不痛) 불통즉통(不通則痛)'이란 말이 있다. 사람의 몸에 기가 통하면 아프지 않고, 기가 통하지 않으면 아프다는 말인데, 시를 쓸 때 시인의 마음도 이와 같다. 흔히 하는 말로 시마(詩魔)가 와서 썩 괜찮은 작품을 건질 때는 스스로 시와 하나가 되는 것을 느껴 큰 기쁨을 얻지만, 긴가민가할 때는 마음이 먼저 아프기 때문이다. 앞의 한의학 이야기는 신체의 의사소통으로 이해할 수 있겠고, 뒤의 시 이야기는 시인과 시의 의사소통으로 의미를 확장해서 읽을 수 있겠다.

그런데 문제는 시의 경우, 진지하고 중후한 소통이 아니라 경박한 소통이 되면 오히려 아픔을 가중시킨다는 데 있다. 시에 대한 스스로의 신뢰가 무너져 내려 창작의 카타르시스를 반감시켜 버리기 때문이다. 이 때 시인은 절망하게 된다. 시를 쓰는 일은 견고한 정신과 보드라운 감수성과 상상력을 기반으로 하는 것이다. 그래서 시적 대상을 통해 새로운 '발견'을 해내는 시인의 책무는 크고 가치가 있다. 또한 그런 '발견'을 담아낼 때, 아무래도 시어는 직구의 언어보다 변화구의 언어가 어울린다. 커트, 싱커, 팔색조 변화구는 확실히 시 읽기의 맛을 높여주기 때문이다.

시의 미래에 대해 어떤 젊은 시인은 이렇게 말했다고 한다. "시의 역할이나 위상은 앞으로 현저하게 약해질 것이다. 아마 소수만 관여하는 전문적 영역이 될 것 같다. 마음의 안정을 얻거나 인간 내면의 모습을 확인하려는 사람들은 시를 찾을 것이다. 하지만 언젠가는 아무런 실제적 효용이 없는 일도 인간은 할 수 있다는 하나의 표지로 시가 전락할 수 있다."고. 상당히 비관적인 이야기다.

그렇지만 평론가 김우창은 이렇게 이야기한다. "인간의 내면은 온갖 무정형의 충동과 소망과 정서가 서린 혼란스러운 곳이지만 사람들은 문학작품을 읽으며 혼란스러운 내면에 질서를 부여하고 자신과 세계 사이의 관계도 객관적으로 파악할 수 있게 된다. 그래서 문학은 재미있으면서도 의미 있는 읽을거리다."라고.

그럼, 그렇고말고. 나는 인생은 살 만한 것인지, 세상은 정말 살아볼 만한 곳인지 묻고 또 묻는 게 시인의 사명이라 생각한다. 송연우 시인의 시작(詩作) 태도 또한 내 시관(詩觀)과 크게 다르지 않다고 생각된다. 사물들과의 친교를 넓히고 시적 감각과 상상력을 회복하는 일에 남다른 공부를 하고 있기 때문이다. 그래서 그의 시에서는 물질적이고 도시적인 시어보다 나무와 새들과 꽃들의 이미지가 넘쳐나는 서정적인 시어들이 훨씬 인상적으로 읽힌다. 앞으로도 영원히 시의 울타리를 벗어나지 마시고 너그럽고 넉넉한 문학의 향기를 퍼뜨려 주기를.

일과 문학의 거리

— 표성배의 시

"왜 공부는 하기 싫고 게임은 하고 싶은가?" 수업 시간에 아이들에게 물었다. 갖가지 대답이 나왔지만 그 중에 좀 괜찮다 싶은 답은 이게 아닐까. "공부는 일이고, 게임은 놀이니까." 그렇다면 일과 놀이의 차이라는 얘긴데, 인간은 나면서부터 일하는 것을 숙명으로 받는다. 성인(聖人)들치고 부지런하지 않은 이가 없고, 불교에서도 일하기 싫은 자는 먹지도 말라 하지 않는가. 일도 부지런히 하고 놀기도 열심히 하는 삶!

한류의 바람이 거세다. 소녀시대의 노래나 대장금을 비롯한 드라마 같은 미디어의 힘이 현대인들을 사로잡는 시대에 시가, 문학이 무슨 역할을 할까 싶기도 하다. 하지만 가장 큰 차이는 그것들은 시를 소비만 할 뿐 생산하지는 못한다(평론가 황현산)는데 있다. 문학이 없다면 한류도 없다는 말이다. 시인들이여, 더 가난해질지라도 미래 전망과 자신의 미학 속에서 순결하고 절대적인 세계를, 행복한 자아를 꿈꾸는 나날을 사랑하시라.

속도 제일주의의 시대라 오늘날 우리의 시대를 피로사회라고도 한다. 이를 극복하는 방법 또한 진지한 질문과 사유에서 찾아야 한다는 말은 옳다. 편하고 가벼운 것만 좇다 보면 만성피로에 빠지게 되니까.

80년대 민주화 바람이 한창일 때부터 우리 문학에 노동문학의 거대한 물결이 밀려왔다. 물론 리얼리즘의 힘을 바탕에 깔고 일어난 일이었지만, 노동 현장의 생생한 목소리가 주는 울림은 컸다. 이와 더불어 교육 현장을 다룬 작품도 많이 등장해 하나의 기류를 만들었다. 노동문학이 주는 감동은 무엇이었을까. "노동자 계급의 정체성과 세계관을 확립하되, 자본가 계급과 대립되는 이분법적인 사고에서 벗어나, 다양하고 자유로운 형식의 노동문학을 펼쳐 나가는 것"이 필요하다는 견해에 그 답이 있다. 진정한 노동문학은 읽는 문학이 아니라 치열하게 행동하고 실천하는 문학이라는 의미가 힘을 얻었기 때문이다.

또한 "선동적인 문학의 힘도 문학의 중요한 기능이지만, 여기에만 머물지 말고, 시를 통한 구체적인 상상력을 형상화하여 노동자 대중들에게 희망과 미래에 대한 비전을 제시해야 하는 것"이 노동자 문학, 노동자 시(詩)의 과제로 보고, 미래의 노동문학의 가치를 말하기도 한다. 하지만 선동적 구호에서는 투쟁과 쟁취의 의미가 강하게 나타날 것이고, 희망과 비전을 제시하는 기능 수행에서는 정작 중요한 예술적 성취도가 떨어질 것이기 때문에 딜레마에 빠지고 만다.

생생한 현실감을 바탕으로 치열한 노동의 현실을, 인간적 감성과 서정으로 발효시켜 표현해내야 궁핍한 현실의 사회적 의미뿐만 아니라, 문학이 정치적, 이념적 틀을 넘어설 수 있음을 알아야 한다.

연마기계를 마술처럼 다루기로 소문난 규석 형은 얼마나 손이 재바르고 눈썰미가 마이크로미터 같은지 한때는 거래처에서 술상을 차려 놓고 전화를 했다는데 사실 그때보다 좋은 날이 있었을까 싶다며 두 아이 대학등록금을 걱정하며 무학소주에서 나온 16.9%의 저도주인 좋은데이를 홀짝일 때는 그 손이 여린 여인의 손 같아 도둑놈같이 시커먼 내 손으로 덥석 잡아주고 싶을 때가 많다.

– 표성배, 「좋은데이」 전문, 『기계라도 따뜻하게』 부분

표성배는 의령 출신으로 제6회 '마창노련문학상'을 받으면서 활동을 시작했고, 시집 『공장은 안녕하다』 등 여섯 권이나 낸 중진 시인이다. 어려서부터 공장을 전전한 그는 누구보다 노동현장의 생살을 잘 아는 근로자며, 그 아픔과 눈물을 누구보다 짠하게 그려내는 시인이다. 나는 그의 시를, 표성배라는 인간을 좋아한다. 왜냐하면 그의 시는 분명 노동 현장의 시임에도 불구하고 인간적인 냄새와 서정이 묻어나기 때문이다. 80년대부터 활발한 역사를 이어온 노동시는 두 주먹 불끈 쥐고 선동가를 제창하는 구호에 다름 아닌 작품도 많았다. 물론 김해화나 백무산의 경우처럼 높은 시적 성취를 이룬 시도 적잖았지만.

이 시 속의 '규석 형'은 내가 아는 이규석 시인이다. 오랜 세월 기계와 더불어 살아왔고 지금도 그러한 노동자 시인 이규석. 자그마한 키에 카랑카랑한 목소리, 강단 있는 성격으로 여간 야무진 사내가 아니다. 그의 연마기계 다루는 솜씨는 그쪽 동네에선 다 알아준다고 한다. 시적 대상도 시적 화자도 분명 노동자의 눈으로 보고 있는데도 시 속엔 사람살이의 따스한 시선과 마음이 느껴진다. 그의 말마따나 '사랑시는 사랑이라고 쓰지 않아도 사랑시가 된다'는데, '유독 노동시만이 노동을 이야기하지 않으면 노동시가 아니다'라는 그의 발언은 일상적 삶의 실재인 '사랑'이나 '노동'을 굳이 구별할 필요가 있는지 묻고 있는 것 같다.

사랑시는
사랑이라고 쓰지 않아도
사랑시가 된다
자연은 자연을 이야기하지 않아도
자연스럽게 다가온다

유독 노동시만이
노동을 이야기하지 않으면
노동시가 아니다

노동시라고 이름 붙여진
내 시를
노동자는 읽지 않는다
노동자가 읽지 않는 노동시를
노동시라고 박박 우기는 평론가들 앞에서
나는 노동시에 대해 생각한다

사랑이라고 쓰지 않고도
사랑시가 되는 것은
사람의 가슴속에 사랑이
자연스럽게 받아들여지기 때문이다
노동시가 노동자의 가슴속에
사랑처럼 가만히 녹아들지 않는 것은
노동이 노동자로부터도
외면받기 때문이다

자연이 누구에게나
포근하게 다가오는 것과 같이
노동이 내 가슴을 끓게 만든 사랑처럼
뜨겁게 살아 요동칠 때
그때쯤 되어서야
노동시가 읽히게 될지 모른다

　　　　　　　　　－ 표성배, 「외로운 시」, 『기계라도 따뜻하게』

사족(蛇足) 하나,

인간다운 삶의 확보와 야만으로부터의 해방은 자본주의의 극복, 사회주의를 통해서만 가능하다는 카페와 블로그가 있는 우리나라는 진정 언론의 자유가 있나, 없나. 사회주의자들, 좌파들, 북한정권추종자들, 간첩들이 엄연히 존재하는 대한민국이니 눈 가리고 아웅 하지는 말자. 왜 제가 하면 로맨스고 남이 하면 불륜인가.

박근혜나 이명박 따위가 대통령인 나라에서는 나는 차라리 욕먹는 종북세력으로 낙인 찍혔으면 좋겠다. 파렴치한 것들이 베푼 은혜를 감사하면서! 이런 직설법으로 살 수밖에 없는 나라에서는.(안도현 시인의 트위터)

작년 대선 때, 야권 후보 공동선대위원장을 맡았던, 도종환 시인을 국회의원으로 추천했던 안도현 시인이 엊그제 절필을 선언했다. 그러고 보니 시집 『북항』 말고 문예지에서 그의 시를 본 기억이 가물가물하다. 우리나라 문예지는 여러 수십 종이 나오지만 맨날 그 시인이 그 시인인데 말이다. 대신 SNS에 정치적인 수사를 많이 남겼다. 대선 때 허위사실 유포 혐의로 기소되어 첫 공판을 앞둔 엊그제 "박근혜가 대통령인 나라에서는 시를 단 한 편도 쓰지 않고 발표하지도 않겠다. 맹세한다"면서 "현실을 타개할 능력이 없는 시, 나 하나도 감동시키지 못하는 시를 오래 붙들고 앉아 있기가 괴롭다"고 했다. 그러면서 산문 쓰기와 트위터 활동은 한다. 시인은 당분간 접고 정치로 전업 선언을 한 것이다. 시인이 구정물 정치판에 가면 그 정도는 각오해야 하는 것 아닐까. 참, 시를 우습게 아는 것 같다. 시답잖은 정치를 위해 시를 버리다니. 박정희, 전두환 정권 때도 그랬지만 그때는 정치적 감투를 쓰지 않았으니까 괜찮았고, 지금은 정치적 어깨띠를 두른 상태며, 그 바닥이 그런 줄 알면서도 기꺼이 갔으면 이젠 각오하고 투쟁해야지 싶다.

아, 안타깝다. 우리는 참 좋은 시인을 하나 잃었다. 그는 시인을 그만두고 정치인이 되기로 했다는 말이니까. 그러나 세상만사 나 아니면 안 된다는 사고는 위험한 것이라 생각한다. 또 그러나 우리는 시인을 이해해야한다. 그는 시인이니까.

안타깝다. 한 시대 탁월한 시를 쓰는 시인이 지금 정권에서는 시를 쓰지 않겠다는 것은 박근혜 정부에 대한 가장 큰 저항이자 마빡을 들이민 싸움이다. 하루 세 끼 멀쩡하게 밥 잘 먹던 사람이 무슨 일 때문에 큰 충격을 입어 갑자기 단식을 하는 것과 다름없다. 수많은 독자로부터 큰 사랑을 받고 있는 시인이 오죽 화가 났으면 절필선언을 하겠는가.(이소리 시인)

아닌 게 아니라 시인 도종환이 국회의원 한다고 할 때도 나는 말리고 싶었다. 제 아니라도 정치할 사람 대한민국에는 쌔고쌨으니까. 하긴 시인이라고 정치적 견해를 밝히거나 행위를 하지 말라는 법은 없으니 내가 뭐라할 성격은 아니었지만. 그래도 나는 이해한다. 그는 시인이니까. 그래도부탁이다. 제발 내 편 네 편 갈라 좀 싸우지는 말자.

창원 아구찜
— 최승호의 「아구찜 요리」

아구는 거의 없고 뼈만 씹히고
양념이 산더미 같은 아구찜
버얼건 양념을 먹으세요. 매운 양념을.
아구라는 놈은 대가리가 크고 넓적해도
살은 몇 점 안 되니까.

아구찜인지 아귀찜인지
이 아귀세상
온갖 양념이 당신을 요리하는 세상이니
아구찜을 먹으세요. 입 큰 고기
아귀처럼 아귀아귀 먹으세요.
당신도 매운 사람이 되세요.

— 최승호, 「아구찜 요리」 전문

저는 점심 약속할 때 찜 먹으러 가자는 사람 별로 안 좋아한다. 위 시처럼 본말이 전도된 음식이라서, 또 너무 매워서 딱 싫다. 그래도 어쩔 수 없이 찜집에 가게 되면 돈이 많이 들지만, 아구(표준어는 아귀지만 나는 경상도 보리문둥이니 아구로 쓴다) 수육에 동동주 몇 잔을 먹고, 눈총을 제법 맞는다.

여기서 '아귀'라는 낱말을 공부하고 가자. 사전에는 두 가지의 의미가 있다고 나와 있다. 하나는 계율을 어기거나 악업을 저질러 아귀도에 빠진 귀신을 이르고, 다른 하나는 아귓과의 바닷물고기를 이르니, 이 시의 아귀는 물고기다. 무엇이든 입으로 삼키는 놈이라 입이 크고 흉측하게 생겼다. 잡아서 배를 갈라보면 정말 온갖 물고기가 다 들어 있다. 나는 술 마신 다음날 복국보다 이 아구탕을 좋아한다. 정말 시원한 국물맛이다. 문제는 내가, 이런 아구탕을 어머니처럼 끓여내는 진해의 식당을 알지 못한다는 점이다.

자, 이 시를 예전의 고등학교 문학수업 시간처럼 조각 분석을 해 볼까. 재미없게 왜 그러느냐고 꾸중하실 것 같지만, 이 시는 좀 그래야 할 것 같다. 전체적으로 두루뭉술하게 이야기하는 것도 좋지만 옛날 방식 한번 따라가 보자.

첫 연의 첫 행 '양념'은 가식적인 포장 이미지를 비꼬는 소재다. 그래서 1~2행은 주인공은 없고 지푸라기만 있는, 본말이 전도된 상황을 나타낸다. 3행은 그런 상황을 비판하고 있다. 4~5행은 아구가 본래 주목을 받을 수 없는 대상임을 환기시킨다. 이렇게 별것 아닌 것이지만, 유독 경상도, 그것도 창원 지방에서는 아구가 특미로 대접 받는다.

둘째 연으로 가 보자. 첫 행은 말장난, 즉 언어유희다. 시적 기법의 하나다. 둘째 행은 거짓으로 가득 찬 탐욕의 세상을 비판하고 있다. 3행은 진실하게 살아가기 힘든 시대나 상황을 말하고 있다. 가식적으로 만드는, 진실을 호도하는 세상에 대한 경멸의 마음이 나타나 있다.

그런데 이 시에서 시적 화자가 말하고자 하는 키워드는 마지막 6행이다. '매운 사람'이 되라는 것은 표면적으론 부정적 사회에 맞서 부정적으로 살아가라는 말이지만, 그 이면에 있는 의미는 비정상적이고 부정적인 사회에 물들며 살아가서는 안 된다는 각성과, 그동안의 삶을 돌아보게 만드는 표현이다. 명령법이라는 기법을 통해 표면적 의미보다는 이면적 의미를 효과적으로 강조하고 있다.

그러니까 전체적으로 살펴보면, 첫 연에서는 양념만 있고 살은 얼마 없는 아구찜을 말하고, 둘째 연에서는 양념이 요리하는 것같이 전도된 세상에 대한 거부와 반발을 말하고 있다. 그래서 약간 선동적인 인상을 주는 것도 사실이다.

이 시는 아구찜을 통해 현실의 형식적인 면을 비판하고 있다. 본질은 버려두고 외형에만 집착하는 요즘 젊은이들에게도 교훈을 주는 작품이다. 살은 별로 없고 양념과 콩나물만 있는, 부재료가 주재료보다 많은 아구찜. 거짓이 진실을 전복해 버리는 본말전도의 우울하고 타락한 세상을 보여준다고 시적 화자는 파악한다.

이러한 현실 앞에서 화자는 독자에게 "당신도 매운 사람이 되세요"라고 하지만, 아구찜의 가식적 속성을 바꾸어 갖고, 그 매움으로, 그 당찬 기백으로 세상을 바꾸어 보라고 주문하는 것이다.

본질은 버려두고 외형에만 집착하는 것은 요즘 세태를 비판하는 것이다. 돈과 물질적 풍요 앞에서는 인간성을 밟아버리기도 하고, 화려한 치장으로 사치성 삶을 사는 졸부들의 행태라든지, 자기만 알고 남을 배려할 줄 모른다든지, 사소한 의견 충돌로 살인을 하는, 정말 비인간적인 세상을 비웃고 있다.

'아구찜'하면 마산 오동동이 유명하지만 내가 사는 진해도 제법이다. 다만 마산의 그것은 말린 아구를 주로 쓰지만 진해는 대부분 생아구를 쓴다는 것이 차이이다. 대체로 아구탕이나 수육은 남자들이, 아구찜은 남자보다 여자들이 더 좋아하는 것 같다. 남자들은 속풀이로, 여자들은 계모임을 주로 찜집에서 많이 하기 때문이다. 그래서인지 발이 넓은 안주인이 가정집에다가 찜집을 차린 곳이 진해에는 제법 많다. 내가 아는 집만 해도 여좌동, 이동, 풍호동, 자은동, 경화동에 있으니까. 어쨌거나 맛만 좋으면 되는 것 아니겠나.

수강, 벽송 형님, 지곡, 우봉, 무암, 오늘 저녁 아구찜에 동동주 한잔 어떠신가요?

나의 지음(知音)

— 함석헌의 「그 사람을 가졌는가」

만 리 길 나서는 길

처자를 내맡기며

맘 놓고 갈 만한 사람

그 사람을 그대는 가졌는가

온 세상 다 나를 버려

마음이 외로울 때에도

'저 맘이야' 하고 믿어지는

그 사람을 그대는 가졌는가

탔던 배 꺼지는 시간

구명대 서로 사양하며

'너만은 제발 살아다오' 할

그 사람을 그대는 가졌는가

불의(不義)의 사형장에서

'다 죽여도 너희 세상 빛을 위해
저만은 살려두거라' 일러줄
그 사람을 그대는 가졌는가

잊지 못할 이 세상을 놓고 떠나려 할 때
'저 하나 있으니' 하며
빙긋이 웃고 눈을 감을
그 사람을 그대는 가졌는가

온 세상의 찬성보다도
'아니' 하며 가만히 머리 흔들 그 한 얼굴 생각에
알뜰한 유혹 물리치게 되는
그 사람을 그대는 가졌는가

— 함석헌, 「그 사람을 가졌는가」 전문, 『수평선 너머』

　함석헌 선생(1901~1989)이 누구던가. 싸우는 평화주의자, 인권운동가이
자 문필가이며, '씨알사상'의 창시자였다. 나도 70년대 군사 독재정권 시
절 얇디얇은 「씨알의 소리」를 읽으며 눈물짓던 먹먹한 추억을 갖고 있다.
그래서 1980년대 후반 민주화 시대를 맞아 나온 「씨알의 소리」 전집을 월
부로 사서 다시 읽기도 했다. 지금은 내 서가 어디쯤에서 먼지를 덮어쓰고
있을 것이다.

　이 시의 '그 사람'은 누군가. 길게 설명할 필요 없이 '지음(知音)'이다. 유
백아와 종자기의 아름다운 이야기. 당시 이십 대의 내게 '그 사람을 가졌
는가?'라는 물음은 나의 삶 전체를 돌아보게 하는 화두가 되었고, 살아가
면서 풀어 가야 할 과제가 되었다. 그런데 나는 아직도 그런 신실한 삶을
실지 못했다. 하지만 죽기 전에는 이루고 싶다. 내가 단 한 사람에게라도
'그 사람'으로 기억되는 사람으로 살다 가야겠다는 마음을 다잡고 또 다잡

아 본다.

송무백열 지분혜탄(松茂栢悅 芝焚蕙歎)

벗이 잘 되는 것을 기뻐해 함께 축하해주고, 벗의 불행을 같이 슬퍼한다는 말도 한 울타리에 든다 하겠다.

늦가을 비 추적추적 내리는 저녁 인사동에서 만나/ 따끈한 오뎅 안주로/ 천천히 한잔 할 도리(황동규의 시)가 있는 친구라면 내 어찌 행복하다 않겠는가. 지란지교(芝蘭之交)를 꿈꾸며 청춘을 보낸 칠십 년대의 최루가스가 아직도 눈물과 기침을 부를지라도 지나온 나날들이 어찌 아까울 수 있겠는가.

그대여, 내 그대에게 마른 어깨나마 내어 주겠네, 그대 나의 지음(知音)이 되어 주지 않겠는가.

문득 나에게 무슨 조건 하나 없이, 어떤 경우라도 내 곁에서 함께 비를 맞아줄 벗이 한 분이라도 있는가 싶었다.

나는 국수를 좋아한다

— 백석의 「국수」

눈이 많이 와서

산엣새가 벌로 나려 멕이고*

눈구덩이에 토끼가 더러 빠지기도 하면

마을에는 그 무슨 반가운 것이 오는가 보다

한가운 애동들은 어둡도록 꿩 사냥을 하고

가난한 엄매는 밤중에 김치가재미*로 가고

마을을 구수한 즐거움에 사서 은근하니 흥성흥성 들뜨게 하며

이것은 오는 것이다

이것은 어느 양지귀* 혹은 능달쪽 외따른 산 옆 은댕이* 예데가리밭*에서

하로밤 뽀오얀 흰김 속에 접시귀 소기름불이 뿌우현 부엌에

산멍에* 같은 분틀*을 타고 오는 것이다.

이것은 아득한 옛날 한가하고 즐겁든 세월로부터

실 같은 봄비 속을 타는 듯한 녀름 속을 지나서 들쿠레한* 구시월 갈바람 속을 지나서

대대로 나며 죽으며 나며 하는 이 마을 사람들의 의젓한 마음을 지나서 텁텁한 꿈을 지나서

지붕에 마당에 우물 둔덩에 함박눈이 푹푹 쌓이는 여늬 하로밤

아배 앞에 그 어린 아들 앞에 아배 앞에는 왕사발에 아들 앞에는 새끼사발
에 그득히 사리워* 오는 것이다.

이것은 그 곰의 잔등에 업혀서 길러났다는 먼 옛적 큰마니*가

또 그 집등색이*에 서서 자채기를 하면 산 넘엣 마을까지 들렸다는

먼 옛적 큰아바지가 오는 것같이 오는 것이다.

아, 이 반가운 것은 무엇인가

이 희수무레하고* 부드럽고 수수하고 습슴한* 것은 무엇인가

겨울밤 쩡하니 닉은 동티미국을 좋아하고 얼얼한 댕추가루*를 좋아하고

싱싱한 산꿩의 고기를 좋아하고

그리고 담배 내음새 탄수* 내음새 또 수육을 삶는 육수국 내음새

자욱한 더북한 삿방* 쩔쩔 끓는 아르궅*을 좋아하는 이것은 무엇인가

이 조용한 마을과 이 마을의 으젓한 사람들과 살틀하니 친한 것은 무엇인가

이 그지없고 고담(枯淡)*하고 소박(素朴)한 것은 무엇인가 우리 민족성

멕이고 : 활발히 움직이고
김치가재미 : 북한말로 김치를 넣어두는 창고. 헛간.
양지귀 : 햇살바른 가장자리
은댕이 : 언저리. 가장자리
예데가리밭 : 산꼭대기에 있는 오래된 비탈밭.
산멍에 : 이무기의 평안도 말.
분틀 : 국수틀.
들쿠레한 : 좀 달고 구수하고 시원한
사리워 : 국수 따위를 동그랗게 말아.
큰마니 : 할머니의 평안도 말.
집등색이 : 짚등석, 짚이나 칡덩굴로 만든 자리.
희수무레하고 : 희끄무레하고.
슴슴한 : 자극을 크게 느끼지 않을 정도로 싱거운.
댕추가루 : 고춧가루.
탄수 : 식초. 또는 석탄과 물.
삿방 : 삿(갈대를 엮어서 만든 자리)을 깐 방.

아르굳 : 아랫목.

고담(枯淡) : (글, 그림, 인품 따위가) 속되지 아니하고 아취가 있음.

— 백석, 「국수」 전문

나는 국수를 좋아한다. 정말 좋아한다.

먼저 시인 백석을 알아보자. 브리태니커 사전에 보면, 본명은 기행(夔行). 1935년 8월 조선일보에 「정주성」으로 등단하여 시와 수필, 야화 등을 발표하였고, 1936년에 펴낸 시집 『사슴』에 그의 시 대부분이 실려 있으며, 시 「여승」에서 보이듯 외로움과 서러움의 정조를 바탕으로 했다고 평가하고 있다.

백석의 시 세계는, 당시의 문단적 경향이었던 모더니즘의 영향을 받으면서도 향토적인 서정의 세계를 사투리로 형상화하는 특징을 띠고 있으며, 일제강점기 어렵게 살고 있던 민중들의 애환과 삶을 전형적으로 그려내는 모습을 보인다.

「여우난곬족」과 「고야(古夜)」에서처럼 고향인 평안도의 지명이나 이웃의 이름, 그리고 무술(巫術)의 소재가 자주 등장하며, 정주 사투리를 그대로 썼는데, 이것은 이용악 시의 북방 정서에 나타나는 것처럼 일제강점기에 모국어를 지키려는 그의 의지를 보여준다는 평가를 받는다. 『사슴』 이후에는 시집을 펴내지 못했으며, 그 뒤 발표한 시로는 「통영(統營)」 「고향」 「남신의주 유동 박시봉방(南新義州柳洞朴時逢方)」 등 50여 편이 있다. 이후 남한에서 시집 『백석 시전집』(1987)과 『흰 바람벽이 있어』(1989) 등이 출간되었다.

해방 후 고향 정주에서 일제강점기의 시들과 같은 경향의 시들을 다수 발표했으나, 6 · 25 전쟁 뒤에는 북한에서 번역과 작품 활동을 하였다. 아버지의 영향으로 일찍부터 신식 교육을 받았다. 1918년 오산소학교를 거쳐 오산중학교를 마치고 조선일보사 후원 장학생으로 일본 아오야마 학원

[靑山學院]에서 영문학을 공부했다. 귀국하여 조선일보사에 입사, 『여성』에서 편집을 맡아보다가 1936년 조선일보사를 그만두고 함경남도 함흥 영생여자고등보통학교 교사로 있었으며, 만주 신징[新京]에 잠시 머물다가 만주 안둥[安東]으로 옮겨 세관업무를 보기도 했다.

해방 후 고향 정주에 머물면서 글을 썼으며, 6·25 전쟁 뒤에는 북한에 그대로 남았다. 민족주의 지도자 고당 조만식의 비서를 지내며, 솔로호프의 「고요한 돈강」 등을 번역했다고 전해진다. 김일성종합대학에서 국문학을 강의했으며, 6·25 전쟁 중 중국에 머물다가 휴전 후 귀국하여 협동농장의 현지파견 작가로 활동했다고 알려져 있다. 그래서 1980년대까지 백석은 좌익 시인으로 분류되어 대한민국에서 읽을 수가 없었다가, 민주화 시대를 맞아 이용악 등과 함께 뒤늦게 우리에게 오셨다.

이 시를 읽기엔 우리 남쪽 사람들은 불편하다. 평안도 방언을 구사하여 토속적이고 향토적인 정감을 형성하고 있는 것은 그렇다 쳐도, 도대체 무슨 말인지 알아야 의미 연결이 될 것 아닌가. 그래서 밑에 해설을 붙여 두었으니 독자들은 참고하시기 바란다.

백석은 1912년 평안북도 정주에서 태어났다. 먹고 살기 힘든 시절, 밀가루가 흔치 않은 시절, 평안도 시골의 국수란 당연히 메밀가루로 만들었을 것이다. 냉면으로 유명한 평양 옥류관도 대표 메뉴는 여전히 '국수'다. 냉면이란 북한 지역의 겨울 음식이던 국수가 서울에서 여름 음식으로 인기를 얻으면서 새로 붙여진 이름이라고도 한다. 하지만 최근에는 북한에서도 냉면이라는 표현을 조금씩 쓰고 있는 듯하다. 중국의 베이징과 상하이, 캄보디아 씨엠립에 있는 옥류관 분점은 '평양랭면'으로 표기한다.

여기 '국수'는 물론 냉면이다. 북쪽 사람들은 예전부터 냉면을 국수로 불러왔다. 그것도 메밀국수다. 강원도에서는 막국수로 먹고, 일본 사람들은 소바라 부른다. 지금은 북쪽 사람들도 랭면으로 부르지만, 국수가 냉면으로 불리게 된 건 얼마 되지 않는다고 한다.

자, 긴긴 겨울밤, 먹을 거 귀한 시절, 동치미에 냉면 먹을 심산에 국수를 뽑는 상황을 한번 상상해 보시라. 온 식구가 둘러앉아 국수를 먹는 정겨운 광경을 한번 떠올려 보시라.

이 시는 의미상 크게 네 연으로 나눌 수 있겠다. 13행까지는 국수의 재료인 메밀이 자라 익어가는 과정을, 19행까지는 국수의 오랜 역사성을 우리 민족의 정체성과 연결하고 있다. 25행까지는 국수와 어울리는 음식과 장소에 대해, 마지막으로 국수가 지닌 멋스러움을 말하고 있다.

그런데 나는 이 시에서 단 하나의 표현에 대해 탄복하고 만다. 바로 21행의 '슴슴하다'는 표현이 그것이다. 비슷한 말로 '담백하다'나 '맛이 심심하다' 등이 있는, '자극을 크게 느끼지 않을 정도로 싱겁다'는 이 말만큼 국수의 맛을 잘 나타내는 어휘는 없을 것 같아서다.

눈이 많이 내린 겨울밤에 국수 만드는 일로 들떠 있는 마을 사람들의 정겨움과 서로 돕고 어울리는 공동체적 삶이 따뜻하게 느껴지는 작품이다. 가난하지만 마음만은 풍성하게 살아가는 우리 민중의 모습을 볼 수 있다. 특히 국수의 재료인 메밀이 익어가는 과정을 계절별로 드러낸 부분이 독특하며, 국수가 우리의 정서에 맞는 전통 음식임을 드러낸 부분도 인상적이다. 이 시에서는 화자가 국수를 통해 어릴 적 토끼 사냥, 꿩 사냥하는 추억, 겨울밤 쩡쩡 얼은 동치미 국물을 마시던 추억까지도 되살려 내고 있다. 이는 음식이 한 개인이나 집안, 나아가서는 민족의 동질성을 결정짓기도 한다는 점을 말해 준다. 백석의 시에는 이런 향토적이고 전통적인 이야기의 소재가 많이 등장한다.

눈을 매개체로 하여 풍성한 고향의 옛 모습을 회상하는 이 시를 읽으면 가슴이 아릿해질 것이다. 특히 실향민들은 자신도 모르게 눈물을 흘릴 것이 틀림없다. 그리고 농촌공동체의 모습을 이미지로 형상화하여 나열함으로써 아련한 추억에 젖게 하며, 평안도 방언을 구사하여 향토적 정감을 끌어내고 있다.

나는 참말로 국수를 좋아한다. 그 중에서도 메밀국수를 좋아한다.

'통영바다'는 여전하신지요?

— 최정규의 시

최정규 仁兄께

입추 지난 지 한 달이 넘고, 풀잎마다 이슬이 맺힌다는 백로도, 추석도 지났건만 마치 삼복 같은 나날이 이어져 왕소군의 '春來不似春' 대신 '秋來不似秋' 한 줄 써야 하는 건 아닌지 고개를 갸웃거리게 하더니 금세 첫서리 소식이 들려옵니다. 통영은 안녕하신지요? 광도면 우동리 대촌마을은 여전히 새소리에 잠을 깨고, 거짓없이 이웃을 아우르며, 넉넉한 삶의 향기로 가득한지요? 아직도 펜혹을 깎아내며 풀꽃을 사랑하고 바다와 인사를 나누며 담담하게 시작(詩作)을 하고 계신지요?

진해 바다는 지천명의 나잇살을 가졌지만 자기 삶에 어떤 확신도 가지지 못하고, 속물건성에 젖어 살고 있지는 않은지, 이름값 하며 사는지를 스스로 물으며 하루하루를 엮고 있습니다. 하늘은 높아가는데 생각은 자꾸 가라앉으니 이런 날은 형에게 얄팍한 어리광을 부리는 수밖에 없겠다 싶었습니다.

저는 아직 형과 통음(痛飮)을 해 본 적도, 진지하게 문학과 삶에 대해 이야기를 나눈 적도 없지만, 형을 떠올리년 '물푸레'와 시집 『통영바다』 그리고 시인 유귀자의 남편이며, '통영'을 빼면 아무것도 남지 않을 사람 등이 기억의 어깨를 타고 옵니다.

알곡식 품고
새 생명 불어넣은 곡우

모란 꽃잎 만한 들꽃 꽃밭에
오죽하면 비단주머니라고 이름 붙인
금낭화가 초롱초롱 매달렸다

그것도 제 꽃 하나만 매단 것이 아니라
자주색 메발톱꽃에 흰 제비꽃과 냉이꽃

거기다 노오란 애기똥풀에
돌창포와 붉은 패랭이꽃과
참나리 붓꽃이며 노루밥 머위에다
곁에 있는 자목련까지 끼여
새 쑥내음 고여 있는 봄바람 쐬며
볕바리하고 있다

엷디엷은
연초록빛 담쟁이 새순 끝에
한 번씩 휘감기는 휘파람새 소리

이제는 저절로 끝 풀린
비단주머니마다
새소리 또르르 굴러 나온다

2.

이런 날에는

입춘 보낸 햇살이
꽃각시 되어
마루에서 놀면

땅내 쐬며
움 띄우는 소리
도란도란 새 나오고

시렁 위 대바구니
얼~쑤 좋다며
추임새 멕이는데

이런 날에는
목어 한 쌍
이쁘게 다듬고 싶다

　　　　　　　　　　　　　　　− 최정규, 「금낭화」 전문

　형의 시 「금낭화」를 읽습니다. 이상옥 선생이 형의 시집 『둥지 속에서』
해설에서 "올곧은 시인이 대촌마을에서 빚은 자연서정시"라 평했다든지,
민영 시인이 시집 『통영바다』를 두고 민중의 삶과 역사를 담고 있는 시집
이라 평했다든지 하는 평가에 대해서는 일단 접어두기로 합니다. 김소월
식 음수율 서정과 백석 식 이미지 서정과는 또 다른 이 시의 서정이 나름

대로 의미를 갖는다고 생각되기 때문입니다.

'통영'을 생각하면 통영우체국이나 윤이상, 박경리, 초정이나 청마, 한려수도 등을 떠올린다고 합니다만 저는 최정규 시인과 통영다찌(요즘은 창원 상남동에도 많습니다)를 먼저 떠올립니다. 물론 통영에 어찌 형만 있겠습니까마는(차영한 선생님이나 김보한 형도 계시고, 최근엔 이달균 시인도 가 계시지요) 진짜배기 통영 사람은 형을 빼고 이야기할 수 없기 때문입니다. 또 저는 통영에 갈 때마다 다찌집에서 소주 한잔하고 온답니다.

형의 시집이 『터놓고 만나는 날』『통영 바다』『둥지 속에서』까지 세 권이나 되는 걸로 알고 있습니다만 유감스럽게도 제게 한 권도 없군요. 그만큼 제가 형에게는 먼 사람이었다는 뜻이겠지요. 오래전부터 형의 문학을 들어보고 지냈는데도 이런 형편이라면 분명 제게 문제가 있었던 게지요. 자주 뵙지도 못하는데다, 그 흔한 손전화도 없이 지내는 형인지라 통영에 가끔 갈 일이 있어도 연락도 못한 제가 답답한 사람입니다. 그저 통영다찌집에서 소주라도 한잔 나누고 싶은 마음 간절합니다만 술과 담배를 가까이하지 않는 형은 정말 가깝고도 먼 사람이었습니다.

형이 언제나 관심을 갖는 문제들, 이를테면 친일문제, 통영체육, 진보적(?) 사회 활동들에 대해 할 말은 많지만 다음 기회에 하기로 합니다. 사람은 스스로 가치를 부여한 길에 대해 무한 사랑을 갖는 법이니까요. 타인에게 해를 끼치지만 않는다면, 네 편과 내 편을 갈라 싸우지만 않는다면 다 받아들일 수 있다고 생각하기 때문입니다.

참 『통영체육사』 발간 소식을 들었는데 애 많이 쓰셨겠습니다. 어느 분야의 역사를 정리하여 한 권의 책으로 묶는 일이 어떠하다는 것은 저도 좀은 알기 때문입니다. 지난봄에 나온 『진해예총50년사』 발간사업에 저도 힘을 보태봤거든요. 형은 천상 통영사람으로 통영에서 나서 통영에 뼈를 뿌려야 할 것 같습니다. 부디 건강 챙기시면서 다문다문 일상을 엮어가셨으면 합니다. 이 엉망진창의 세상에서 너무 착하게(?) 산다는 것은 얼마나 스스로를 갉아먹는 일인가요. 그만큼 자의식이 강한 사람의 하루하루는 고통스럽다는 말이겠지요. 한 때의 분을 풀어 얻는 것은 잠깐의 통쾌함뿐이고 백 날의 긴 근심이 뒤따라오는 것을 사람들은 모른다는 말이 생각납니다. 땀내 나는 삶의 모습들을 보면서, 사람의 마음을 찾아가는 글쓰기가 참글이라 여겼건만, 저는 아직 변죽조차 울리지 못하고 있다 생각하면 한심하기도 합니다.

최정규 인형(仁兄)

제가 요즘 갖고 있는 시와 삶에 대한 생각(어느 날의 일기 몇 토막입니다)의 편린들을 두서없이 늘어놓겠습니다. 언짢으시더라도 끝까지 봐 주시고 큰 가르침 주십시오.

시인은 존재의 의미와 세계의 의미를 찾는 사람이다. 가치를 규정하고 존재의 귀천을 가리는 사람이 아니다. 그래서인지 물질적 욕망을 무한 분출하는 사람들이 겪는 도덕적 타락과 극복과정을 그린 시, 인간의 내면에 도사린 열망의 다양함을 형상화한 시, 과도한 물욕과 출세욕으로 인해 삶의 가치가 전도된 사람을 그린 시에 마음이 간다.

우리 사회는 보다 큰 집과 보다 큰 차를 삶의 목표로 삼으면서 다른 사람의 슬픔을 이해하는 가슴을 잃어가고 있다. 사람이 물질적 욕구를 갖는 것은 당연하지만, 그것만을 위해 살면 오히려 더 큰 갈증을 느끼게 마련이다. 이래놓고 나는 어떤가 질문을 던지면 그만 말문이 막히고 만다. 탈북자나 다문화 가정 같은 사회적 소수자 문제, 개인의 실존적 위기를 근원적으로 파고든 작품이 자꾸 좋아지는 것은 무엇 때문인지. 내면에 도사린 상대적 박탈감을 미시적으로 주목할 수 있는 힘이 느껴져서인가, 삶에 대해 근본적으로 파고들었기 때문인가.

사회 구조와 현실의 작동방식에 대한 이해를 추구하거나, 특정한 주제의식을 드러내기보다는 살아가는 것의 고통스러움을 느끼는 내면 풍경을 지극히 개인적인 차원에서 접근한 작품을 쓰고 싶나. 우리를 둘러싼 세계를 표현하려는 의지가 없는 시는 세상에 대한 불신과 불편함 때문에 눈이 가지 않는다. 자신의 시각을 담기보다 표현과 수사적 기법에 치중하게 되는 가벼움이 드러나기도 한다.

　문학이 현실을 바꿀 수 없다는 사실을 냉정하게 직시한 결과일 수 있으며, 문학은 이제 개척과 혁명의 목소리를 내기보다 세계를 견디는 방식을 사유하는 방향으로 나아가고 있다고 생각된다. 서정시는 인간의 삶을 반영하기도 하고 현실을 비판하기도 하고 아름다운 세상의 모습을 제시하기도 한다. 사람의 마음을 변화시키고 세계를 변화시킬 수 있는 힘을 가지고 있다고 믿는다. 아울러 거기 담긴 언어와 정서의 아름다움은 상처받은 인간의 영혼을 위무하고 그것을 더 높은 차원으로 고양시키는 승화의 기능도 함유한다는 이숭원 교수의 말에 공감한다. 서정시란 일반적으로 단일한 화자가 자신의 내면 감정을 리듬의 양식을 빌려 표현한 비교적 짧은 형태의 문학 양식을 일컫는다. 특히 우리의 전통적 서정시는 개인적 문제에서부터 사회 현실의 문제에까지 다양한 인식과 기법을 보여주고 있으므로 혁신의 대상이 될 수 없다.

　서정시는 현실을 외면한 보수 반동의 시, 초월적 세계만 지향한다든지, 협소한 개인적 문제에만 치중한다든지, 새로운 삶의 변화에 대응할 수 없는 양식이라 비판받아 왔다. 그 대안으로 유행했던 것이 해체시, 민중시, 도시시, 생태시 등이다. 그러나 서정시 중에는 윤동주나 한용운처럼 치열한 현실 인식을 보여주는 작품도 많고, 정지용과 김광균처럼 새로운 감수성을 바탕으로 한 참신한 표현 기법의 작품도 많다. 따라서 정치투쟁시, 민중시 계열의 시와 서정시가 기실 별개의 개념이 아니라는 오세영 교수의 지적은 수용 가치가 있다고 생각된다. 나는 결국 무엇이며, 내 시의 갈 길은 어디인가.

　삶에 대한 진지함도 알맹이도 없는 제 얘기를 끝까지 읽어주신 형께 감사드립니다. 정일근 시인은 통영에 가면 항상 형을 만나봐야 한다고 이야기합니다. 다음에 제가 통영에 가서 만약 형과 연락이 닿는다면 어디 허름한 할매다찌에 가서 술 한잔 나누는 기쁨을 주시기 바랍니다. 내내 건승하소서.

　　　우리나라 사천삼백사십사 년 진해바다물빛 이월춘 삼가 올립니다,

마산의 우울

우리나라 근대사에서 문학적 업적이 큰 춘원 이광수와 소설『임꺽정』
을 쓴 벽초 홍명희, 그리고 최초의 신체시『해에게서 소년에게』를 쓴 육
당 최남선은 일제강점기 조선의 3대 천재로 칭송되었던 분들이다. 시대
를 대표하는 거물임에 틀림없다. 이 세 분 중 춘원 이광수 같은 이를 보
자. 학위 논문만 300편이 넘는다는 분이지만 친일 행적 때문에 그의 천
재적 업적은 제대로 평가 받지 못하고 있다. 그의 후손들은 더 이상 한
국에서 살지 못하고 외국으로 나갔고, 고(故) 김현 같은 문학연구가들은
춘원은 만질수록 덧나는 상처라고 평가하면서 그를 다루는 것을 피하고
있다.

춘원은 근대사의 아픔과 영광을 상징하는 이름이다. 하지만 지금 그는
친일파라는 무덤에 봉인됐고, '사회적 익명' 상태에 놓여 있다. 누가 그걸
시켰나? 현대사를 보는 선악사관이 시켰다. 역사를 선과 악의 대결장으로
상정하고 정의의 이름으로 몇몇 배신자를 추려내는 것이다. 우리는 그 뒤
에 숨어 돌팔매질에 여념 없다. 그것은 제대로 된 공분(公憤)도, 균형 잡힌
역사의식도 아니다. 역사가 어디 그렇게 인수분해하듯 정리되던가?(중앙일

보)

마산문학관이 슬프다. 한쪽에서는 노산 이은상의 정치적 행보 같은 흠결 때문에 그의 이름을 딴 문학관은 한사코 안 된다 하고, 한쪽에서는 잘못도 역사요 치적도 역사라며 그의 문학적 업적은 그대로 다뤄야 한다며 노산문학관이라 불러야 한다고 한다. 몇 년 전에 문학관이 문을 열 때 치열한(?) 논쟁을 거쳐 마산문학관이라 이름 붙였지만 지금이라도 개명을 해야 한다고 주장하는 측(오하룡, 김복근, 강호인, 이달균 등)은 서정주 시인 등 다른 지역의 경우를 보더라도 노산만큼 마산을 대표하는 인프라는 없다면서 그의 흠은 흠대로 평가하고 문학은 문학대로 그 가치를 인정하자는 말씀이고, 그 반대측(삼일오의거기념사업회, 시민단체 등)은 노산이 살아온 흔적에 정치적 흠이 너무 많다며 결코 그를 마산의 대표적 문학인으로 인정할 수 없다는 말씀이다. 끝이 보이질 않는다.

그래, 이것은 결코 마산의 문제만은 아니다. 일제강점기 이후 늘 그래왔듯이 지금의 우리 사회가 양쪽으로 분열되어서 서로 화합하지 못하고, 지나친 흑백논리에 갇혀 있기 때문이다. 왜 우리는 네 편 아니면 내 편이 되어야만 하는 걸까. 인터넷에 들어가 보면 너무 섬뜩하다. 여당과 야당이 분열되어 피를 튀기는 것도 모자라 네티즌마저 양편으로 갈라져 논리적 주장이나 이성적 판단 같은 건 아예 기대할 수 없다. 무조건 너는 싫고 나는 옳다는 어거지뿐이다.

돌아가자. 세계 제일의 우수한 두뇌와 부지런함과 교육열을 가진 우리가 아닌가. 서로 합리적인 방법을 찾는 토론과 토의를 이성적으로 해야 한다. 빛이 있으면 그늘도 있다. 슬픔이 있으면 기쁨도 있다. 누구든 하나만 갖고 살 수는 없다. 선이든 악이든 우리는 역사라는 큰 장에서 있는 그대로 받아들여야 한다. 모든 면에서 완벽하다면 그는 인간이 아니다. 아무리 뛰어난 영웅일지라도 호악이 있는 법이니, 있는 그대로 받아들이면 안 되는 걸까.

인간이 얼마나 여러 개의 얼굴을 가졌고 다양한 층위(層位)로 이뤄졌던가? 시대를 대표하는 거물일수록 더욱 그러한 법인데, 우리는 너무 싸늘하게 앞 시대를 재단하고 칼질해온 것은 아닐까? 칼질을 거두자.

책 읽는 사람이 아름답습니다

엊그제까지만 해도 목덜미를 타고 흐르는 땀 때문에 언짢았는데 이제 제법 서늘한 기운이 드는 가을입니다. 시간 앞에 더위쯤이랴 싶습니다.

해마다 가을이면 학교나 사회에서 각종 독서 행사가 열려 여러분들을 식상하게 했을 것입니다. '또, 책 읽으라고 하는구나', '책 읽어야 하는 줄 누가 모르나' 등등 지금 여러분도 이렇게 불평하고 싶지요.

그러나, 그러나 여러분!

좋은 약은 입에 쓰다고 했습니다. 책을 읽어야 한다는 것은 결코 괜한 잔소리가 아니랍니다. 여러분들도 곧 알게 될 것입니다. 아무리 강조해도 지나치지 않은 것이 책읽기라는 것을 말입니다.

여러분들이 잘 알고 있는 빌 게이츠는 이렇게 말했습니다. "하버드 졸업장보다 소중한 것이 독서습관이다. 오늘의 나를 있게 한 것은 우리 마을 도서관이었다."

존 듀이는 "야만인이 야만인이며 문명인이 문명인인 것은 그가 참여하고 있는 문화에 의한 것이다. 이 문화의 척도는 그곳에 번영하는 예술이다"라고 했습니다. 바람같이 지나가는 대중문화와 달리 시공을 초월하는 깊은 울림으로 인간의 품격을 드높이는 문화예술의 번영은 문화적인 풍토를 필요로 합니다. 그 풍토를 조성하는 가장 바탕이 바로 독서입니다.

책 읽기는 여러분이 좋아하는 게임과 달리 깨달음을 제공하고, 풍부한 경험을 쌓도록 도와주기 때문에 학습 효과를 극대화시킬 뿐 아니라 삶에 대한 지혜와 교양을 폭넓게 해 줍니다. 독서가 주는 삶의 품격과 문화의 가치는, 게임이나 한류, 케이팝 등과 함께 논할 수 없는 지고지순의 의미를 가집니다.

오늘날은 인터넷이나 텔레비전 같은 대중매체가 주도하는 정보화 시대입니다. 너무 쉽게 얻어지는 정보 때문에 자기반성이나 자기 성찰의 시간을 다 뺏겨 버리고, 인스턴트 식품처럼 단지 빠르고 순간적인 즐거움만 추구하는 경향이 있습니다. 이것은 일회성의 문화일 뿐입니다. 생각을 마비시키고 문화에 대한 정신적 영양을 채우지 못해 인간의 삶을 윤택하게 꾸릴 수 없게 합니다. 넘쳐나는 정보를 아무 생각없이 무조건적으로 수용하다 보면 그 정보는 결코 여러분의 삶에서 유용하게 쓰일 수 없을 것입니다.

정보를 분석하고 평가하는 비판적 능력은 인생의 경험에서 나오는 법입니다. 그 인생의 경험 중 가장 큰 영역을 차지하는 것이 바로 독서입니다. 책은 정신문화의 보고입니다. 자유로운 상상력을 키워주며 그 상상력을 통해 창조력을 키울 수 있습니다. 자유로운 상상력은 눈앞에 보이지 않는 것을 생각하게 도와주고, 낯선 세계에 대한 도전 정신을 길러 줍니다. 또한 습관적인 일상의 사고로부터 벗어나게 도와줍니다. 이러한 경험을 통해 객관적으로 가치를 판단하고, 삶의 질을 높이는 유익한 정보를 가려 쓸 수 있는 능력이 생기는 것입니다.

책을 읽으면, 속도 제일주의를 거스르고, 이기적 욕망에 사로잡혀 있는 자기 자신을 깨우치며, 선입견과 편견의 울타리에서 빠져 나와 스스로를 돌아보게 됩니다.

읽은 책의 양과 질에 따라 그 사람의 인생 자체가 달라지고, 인생의 간접체험을 통한 정서적 힘이 우리의 삶을 얼마나 풍요롭게 하는지를 생각하면 독서의 중요성은 아무리 강조해도 지나침이 없습니다.

저는 지인들의 가정을 방문했을 때, 그 집 주인의 서가 살펴보기를 좋아하는데, 어떤 집은 서가라고 할 만한 것은 없으면서 가구나 액자, 전자제품 등은 번드르르하게 장식되어 있는 경우도 있었습니다. 그러면 저는 나쁜 줄 뻔히 알면서도 선입견을 갖게 됩니다. '아, 이 집 주인에게서 품위와 인격의 향기는 맡을 수 없겠구나. 그저 속물적이고 물질 우선주의의 차가움만 느껴지겠구나.' 그리고 그 판단이 거의 틀린 적이 없었습니다.

반대로 집은 좀 허름할지라도 반듯한 서가에—아니 작은 책장이나 책꽂이라도 괜찮습니다—다양한 종류의 책이 가지런히 꽂혀있으면 바라보는 내 마음부터 평온해지고 푸근해짐을 어쩌지 못합니다. 그 집 주인 내외의 지적이고 품위 있는 모습이 그려지고 한결 여유로운 자세와 분위기가 느껴집니다. 실제로 그 주인의 말 한 마디와 행동 하나하나에는 내가 보고 배우거나 감동 받을 일이 하나둘이 아니었습니다.

링컨은 대통령이 된 후 남북전쟁으로 인한 고뇌와 번민으로 마음이 무거울 때에도 셰익스피어의 작품을 즐겨 읽었고, 그 바쁜 와중에서도 셰익스피어 권위자들과 셰익스피어의 극에 대해서 토론을 벌였다고 합니다. 그는 항상 한 손에 책을 펼쳐든 채 책을 읽으며 걸었다고 합니다. 링컨뿐만 아니라 유명한 위인들의 이야기 뒤편에는 언제나 보통 사람들과는 다른 독서 습관이 있었습니다.

나를 변화시키고 좀 더 넓게 만들려면, 삶의 깊이와 생활의 풍요를 꿈꾼다면 책을 가까이해야 합니다. 여유가 있기 때문에 책을 읽는 것이 아닙니다. 책을 읽으면 여유가 생깁니다. 책 속에 길이 있고, 책 속에 지혜와 영감이 들어 있기 때문입니다.

세상이 날로 메말라가고 각박해지는 것도 한 손에 책을 든 사람이 적기 때문입니다. 인간성이 메말라 간다느니, 사람들 사이에 정이 없다거니, 인간관계에서 아래위가 없다느니 등등 세태를 탓하는 말이 많은 요즘입니다. 가정교육을 탓하기도 하고 기성세대의 책임을 거론하기도 하지만 책을 통한 인격 도야와 정서 함양을 게을리한 탓이 가장 클 것입니다. 아무리 어려운 상황에서도 책을 읽는 사람이 많아야 더 좋은 세상을 만들어 갈 수 있습니다.

학교 공부하랴, 학원 가랴 마음 쓸 틈이 없다고 핑계 대지 맙시다. 차분히 생각할 시간을 가집시다. 이렇게 하늘이 높은 가을, 휴일이면 온종일 텔레비전과 컴퓨터에 붙어있지만 말고, 야외 활동을 통해 자연과 호흡하는 법을 스스로 배우고, 그 깊어지고 넓어진 생각들을 책을 통해 더욱 사색하는 사람으로 성장해 갑시다.

'비인간적'과의 만남

어떤 것을 억압하기 위해 사용한 수단이 오히려 그것을 활성화시킨다.

– 아키노

올 여름엔 비도 바람도 많았다. 어찌 비바람뿐이랴. 대학가의 시위에서 노사분규의 최루탄까지 돈 많이 쓴 여름이었다. 이런 현실에 단순한 안타까움이나 분노조차 드러낼 수 없음은 무슨 까닭인가? 어찌 노사분규가 '임금인상' 하나만으로 해결될 수 있으랴. '협조'와 '노력'만으로 풀릴 수가 있으랴. 이럴 수밖에 없는 막막함, 그 처절한 뒤안길을 밝힐 수 있는 날이여 어서 오라.

지난 8월 13일과 14일 이틀 동안 언양 석남사 입구의 음식점 '빈자리'에서 가졌던 부산경남지역문학운동협의회의 제1회 지역문학보고대회는 주제인 '공해와 문학'을 넘어 '공해와 문학과 노동자와 대학생과 실업자와 사랑과 분노'를 서로 나누었던 자리였다.

정허 스님의 일필휘지(一筆揮之)도 좋았고, 비 온 뒤 산속에서 갖는 산뜻한 이야기도 차라리 껴안음이었기에 참신했다. 울산의 문학뿐만 아니라 문학이 진정 가야할 길이 어디인지, 그 길에 어떤 방법적 제시를 던져야하는지를 생각하게 하였다. 분규로 회사가 휴업 상태인데도 불구하고 참석하여 우리를 숙연케 한 차성환 씨의 말씀을 들으며, 문학을 한다는 자체가 한없이 부끄럽기도 하였지만, 그래서 더욱 철저한 애착과 사랑의 시를 써 기층 민중이 지닌 능력을 강력하게 개발해 나가야 한다는 생각 또한 우리를 눌러왔다.

"왜 우리가 데모하고 유리창을 부숴야만 하는지 누가 압니까? 타협과 대화를 말하는 그들의 기만과 술수를 알고 나면 언제나 우리는 속고 있다는 마음 뿐"이라는 차성환씨의 그 말들을 우리만 듣고 온 것이 못내 아쉽다.

일반적으로 생각해오던 '공해'의 피상적인 지식만 갖고 있던, 보다 나은 삶을 위한 결과가 '공해'라는 기득권층의 면피성 발언에 일순 치우친 생각을 가졌던 내가 '공해투쟁'의 얘기를 듣고, 근시안적이고 눈가림식인 정책만 탓할 수 없다고 느낀 것은 내 자신에 대한 질책과 비웃음이었다. 문학의 실천적 행위의 타당성은 그래서 힘을 가지는 것이 아닐까.

'비인간적'이라는 말은 함축이나 역설의 복잡한 의미를 갖지 않는다. 고통과 박해, 고난과 슬픔, 회유와 기만과 처벌 등의 비참함을 있는 그대로 드러낸 말, 그것뿐이다. 김상화 씨의 온산지역 공해문제는 바로 '비인간적' 그것이었다.

'비인간적'은 너무 거대하여 우리는 말도 제대로 하지 못했다. 서른 명이 넘는 젊은이와 젊은(?) 하일 시인까지 우리는 그날 밤 '비인간적'에게 졌다. 적어도 그 순간만은. 노동과 공해 문제는 해답이 없었다. 짧은 우리들의 식견에도 이유가 있었겠지만 총체적으로 뒤섞인 문제들을 간단하게 해결할 수 없음은 어쩌면 지극히 당연한 것이었다. 새벽까지 진행된 토론과 대화 속에도 그 해답은 없었다. 그러나 우리의 가슴속 깊은 곳에서부터 부득부득 비집고 올라오는 응어리는 끈질기게 답을 요구했다. 우리는 말했다. 고함질렀다. 노래 불렀다. 모두의 사랑과 실천의 필요성을, 세상 모든 부조리와 피폐한 삶의 현실에 우리의 문학을 던지자고.

그래도 술은 남았다. '시와 실행' 동인들의 시는 처절한 자기 삶의 껴안음에서 비롯된 눈물 없는 분노였다. 발 딛고 선 곳으로부터의 문학적 출발, 마땅하였다. '공해의 엄청난 폐해성과 이주 문제의 부당성, 그 보상 내역의 부적절성에 대한 항의'로써의 '시와 실행' 동인들의 문학이 '원고지와 괭이'를 함께 쥔 문학의 실천적 행위로써 참된 성과를 거둘 수 있기를 바랐다.

문학은 영원하다. 역사 속의 문학이 아니라 문학만의 역사를 이끌어 가야 한다. 그런 문학이 힘을 가질 때는 자기만족적인 문학이나 현실안주적인 문학이, 인간적이고 구체적인 삶의 사랑이나 그 치열한 삶의 모습을 껴안은 문학으로 하루빨리 바뀌어지는 때일 것이다. 늦지 않은 지금 시작하자. 이제 우리 희망의 시를, 사랑의 시를 눈물과 함께 쓰자. 공업화로 멍든 울산 지역의 하늘 아래서 우리는 어제보다 내일의 희망으로 나아가는 차를 기다리며, 언양 발 부산행 버스를 기다리며, 여전히 맛 좋은 한국산 막걸리를 마셨다. 신신당부하는 울산 시인의 시를 타서 서너 잔을 거푸 마셨다.

가을강처럼 하나가 되어
— 김명인의 「가을강」

살아서 마주보는 일조차 부끄러워도 이 시절
저 불같은 여름을 걷어 서늘한 사랑으로
가을 강물 되어 소리 죽여 흐르기로 하자

지나온 곳 아직도 천둥 치는 벌판 속 서서 우는 꽃
달빛 난장 산굽이 돌아 저기 저 벼랑
폭포 지며 부서지는 우렛소리 들린다

없는 사람 죽어서 불 밝힌 형형한 하늘 아래로
흘러가면 그 별빛에도 오래 젖게 되나니
살아서 마주 잡는 손 떨려도 이 가을
끊을 수 없는 강물 하나로 흐르기로 하자
더욱 모진 날 온다 해도

— 김명인, 「가을강」 전문

어깨 넓은 가을이 장복산에서 진해 바다로 가득 내려오신다. 진해루 앞바다엔 벌써 단풍색 정서 천지에다 사람들의 마음에 가을 내음이 가득 퍼지고 있다. 흔히 가을은 남자의 계절이라 말하지만 틀렸다. 가을은 모두의 계절이다. 결실과 풍요의 이미지가 여유를 부르고, 용서와 화해를 불러 사람들의 가슴을 넉넉하게 만들기 때문이다.

이 시는 현실을 고통의 시절인 여름으로 인식하고 있다. 그 아픔을 보듬을 수 있는 서늘한 가을에 끊어지지 않는 강물이 되어 하나로 흐르자고 한다. 따라서 가을은 희망의 시간이다. 천둥 치는 현재의 고통을 극복하고, 약하고 소외된 자들의 유대를 통해 삶의 의지를 야무지게 다지는 시로 읽힌다. 그런데 나는 그보다 더 넓게 읽고 싶다. 약한 자의 위로와 의지뿐만 아니라 벗들과 이웃을 포함한 모두와의 화해와 용서로 다 함께 가자는 의미로. 네 편, 내 편으로 갈라 피가 터지도록 저주를 퍼부으며 싸우는 요즘 같은 시대에 꼭 필요한 시가 아닌가.

'여름'은 부정적이고 힘든 시기를 말하고 있다. 그러나 '가을 강물'은 서늘함으로 불같은 여름을 식힌다. 그 극복의 이미지가 바로 사랑이니. 강물은 약한 자들의 연대를 단단하게 해주는 의미도 있지만, 그 유장한 이미지로 인해 포용의 뜻도 담고 있다.

첫 연에서는 아픔과 시련의 현실, 마음에 들지 않는, 긍정적이지 못하고 부정적인 현실을 '서늘한 사랑'으로 이겨 나가자고 말하는 화자는 '가을 강물'이 되어 흐르자고 청유형 어미로 호소력을 높이고 있다. 사랑의 가을 강물이야말로 부정적인 현실을 긍정적으로 바꿀 수 있다고 호소한다.

둘째 연에서는 아픔이 지속되고 있는 현실을 그리고 있다. '천둥 치는 벌판' '달빛 난장' '벼랑' '우렛소리' 같은 시어들로 표현되는 부정적 현실이 그려지고 있다. 그 '천둥 치는 벌판 속에 서서 우는 꽃'과 '폭포 지며 부서지는 우렛소리' 속에서 울고 있는 약한 꽃은 누군가. 사회적 약자다. 이 시는 한마디로 '측은지심'에서 시작하여 희망을 향해 나아가자는 의지를 표현한 시다.

셋째 연에서 화자는 아무리 힘든 나날이 온다 할지라도 '살아서 마주 잡는 손'을 통해 우리네 삶은 지속될 것이라는 희망을 드러내고 있다.

겨울강이 적막과 고요를 품고 있다면, 여름강은 너무 가벼워서 좀 그렇다. 자고로 강은 물이 많아야 이름값을 하는 것이지만, 여름강은 피서의 물놀이 의미라면 몰라도 아무래도 홍수나 폭우의 이미지와 가까워서 파괴와 무질서를 갖고 있기 때문에 싫은 것을 어쩔 수 없다. 봄강은 생명을 담고 흘러서 마음에 든다. 곧 이어질 초록의 향연을 가득 받아 안고 흐르는 강을 떠올려 보라. 가을강, 강물에 비친 가을색이 마음에 들지 않는가. 강둑의 가을과 하늘을 안고 흐르는 가을강에 가면 누구나 철학자가 되고, 고즈넉한 서정을 한껏 느낄 수 있을 것이다.

화자는 이런 가을강에 가서 팍팍한 삶을 극복할 에너지를 얻고 있다. 그래서 이 시는 힘든 삶이지만 희망을 품고 함께 살아가자는 의지의 다짐을 말하고 있는 것이다.

나도 가을을 좋아한다. 자연의 순리를 아름답게 받아들이는, 그리하여 가을의 서정을 안아들이는 넉넉한 사내, 추남(秋男)이 되고 싶다.

어머니와 정한수

— 이재무의 「장독대」

정화수(井華水)【명사】
이른 새벽에 길은 우물물《정성을 들이는 일이나 약 달이는 데 씀》.

국어사전에 이렇게 나와 있다. 그런데, '정안수'나 '정한수'는 모두 '정화수'의 잘못된 표기라고 나온다. 지역에 따라 다르게 쓰기도 하나, 이러면 어떻고 저리면 어떠랴.

'정한수'(시의 표기를 따라 쓰기로 한다)는 어머니와 이미지를 같이 한다. 그 지극한 사랑과 정성의 표상, 한없는 포용력과 인내와 용서를 떠올리다 그만 목이 시큰해지는 지금, 이재무 시인의 「장독대」를 읽는다.

이제 다시 그처럼 깨끗한 기도를 만날 수 없으리
장독대 위 정한수 담긴 흰 대접에서
은은한 빛이 뿜어져 나오고 있었다
어둠은 도둑 걸음으로 졸졸졸 고여오다가
흰빛에 닿으면 화들짝 놀라 내빼고는 하였다

어머니는 두 볼에 홍조 띠고

두 손 가지런히 모아

천지신명께 일구월심 가족의 소원 대신 빌었다

감읍한 뒷산 나무들 자지러지게 잔가지를 흔들고

별꽃 서너 송이 고개 끄덕이며 더욱 환하게

웃어주었다 그런 새벽이면 어김없이 얼어붙은

비탈에 거푸 엎어져 무릎 까진 밤새 울음이 있었다

꽃잎들은 잠에서 깨어 부스럭대고

바지런한 개울물들을 깨우러 가고 있었다

촘촘하게 짜여진 어둠의 천 오래 입은 낡은 옷 되어

툭툭 실밥이 터질 때 야행에 지친 파리한 달빛

맨발로 걸어 들어와 벌컥벌컥 마셨다

광석들 가로지르는 서울행 기차 목쉰 기적이

달아오른 몸 담가오기도 하였다 밤나무의,

그 중 실한 가지가 손 뻗어오기도 했으나

정한수는 줄지 않았다

장독대, 내 생의 뒤뜰에 놓여 있는,

생활이 타서 갈증으로 목이 마를 때

흰빛 내밀어 권하시는,

내 사는 동안 내내 위안이고 지혜이신 어른이시여

– 이재무, 「장독대」 전문

무엇이 어머니의 정한수 기도를 대신할 수 있으랴. 얼마 전 다녀가신 교
황님의 해미읍성 순교자들을 위한 기도만큼 간절하고, 숭고하며, 지극한
기도가 어머니의 정한수 기도다. 그런데 이 시 「장독대」는 어머니의 부재
로 인한 애끓는 그리움을 나타내는 시다. '정한수'로 대변되는 어머니의 지
극한 정성과 사랑을 회상하고, 부재하는 어머니를 대신해 아직도 말없이

집을 지키고 있는 장독대를 어머니와 동일시하며 화자 스스로 위안을 얻고 있는 작품이다.

생전의 어머니에 대한 화자의 인상은 첫 행에 나타난다. '다시는 그처럼 깨끗한 기도를 만날 수 없다'는 서술에서 아쉬움과 안타까움의 정서로 어머니의 부재를 드러내고 있다. 그러므로 이 시는 그 어머니에 대한 간곡한 그리움을 주제로 한다.

정한수가 담긴 '흰 대접'은 어머니의 사랑과 정성을 흰색 이미지를 통해 정결함의 속성을 드러내고, 이를 통해 어머니의 '깨끗한 기도'의 의미를 구체화하고 있다.

백색이미지의 시각적 효과, 밤새 울음과 서울행 기차의 기적의 청각적 효과, 여러 곳에 드러나는 의인화 기법, 대상의 은유화(어른—장독대) 등 다양한 표현기법을 동원해 시읽기의 즐거움을 더해 주고 있다. 부재하는 어머니와 장독대를 동일시하여 삶의 위안자로서의 장독대에 인격을 부여하여 대상에게 말을 건네는 어투는 어머니의 사랑과 정성에 감동받는 자전적 소재(나무와 별꽃)의 의인화와 연결되어 훨씬 정감이 가는 시의 구도를 만들고 있는 것이다.

할매국수

― 이상국의 「국수가 먹고 싶다」

나는 면요리를 좋아한다. 경화시장통 국숫집의 시원한 콩국수, 물국수, 얼큰한 비빔국수, 겨울이면 뜨끈한 팥칼국수, 해물을 잔뜩 넣어 칼칼시원한 해물칼국수, 일본식 소바, 메밀국수전문점의 메밀국수, 강원도 막국수, 면발이 어린아이 손가락만한 우동을 좋아한다.

거기다가 중국집의 짜장면이나 짬뽕도 빼놓을 수 없다. 건강상의 이유로 아내로부터 잔소리를 들으면서도 일주일에 한 번 정도는 먹어야 직성이 풀리는 라면은 말할 것도 없다.

요즘 시내 곳곳에 국숫집이 생겼다. 음식 장사하기가 다른 것에 비해 수월하기 때문이리라. 그러나 내 생각은 좀 다르다. 국수라고 쉽게 생각했다간 얼마 안 가 간판을 내려야 할 테니까. 사람들 입맛 까다롭기가 어디 예전과 같은가 말이다. 그 집만의 특별한 맛이 없으면 금방 외면당하고 말 것이다.

내가 처음 할매집에 간 것은 아마 십여 년 전이었을 것이다. 입맛이 없어 집밥 대신 외식거리를 찾는 내게 아내가 괜찮은 비빔국수가 있다며 데리고 간 곳이다. 진해구 중원로터리에서 공설운동장 가는 길로 들어가 분화의 거리를 지나면, 오른쪽에 정말 작고 허름한 가게 하나가 있다. 가정집을 겸한 조그만 집, 세간으로 보아서는 할머니 혼자 사시는 것 같았다. 간판도 없고(따라서 할매집이 아니다. 다만 내가 편의상 부르는 이름일 뿐), 홀에는 작은 탁자가 두 개, 방엔 상이 세 개뿐인 아주 작은 국숫집이다. 하긴 할머니 혼자 가게를 꾸리니 아주 알맞다 싶기도 했다. 메뉴는 단 두 개뿐. 물국수 4,000원, 비빔국수 4,500원.

그래서 점심시간엔 일찍 가지 않으면 맛볼 수가 없다. 준비한 재료가 떨어지기 때문이다. 저녁엔 거의 장사를 하지 않는다. 욕심 내지 않고, 준비한 재료가 다 팔리면 문을 닫기 때문이다. 실제로 나는 이 집에 국수를 먹으러 가서 그냥 돌아온 경우가 더 많았다.

나중에 알고 보니, 인근의 케이티진해지사, 우체국 등의 직원은 물론 오랜 단골들이 미리 찜을 해놓기 때문에 늦게 가면 자리 잡기도 어렵고, 그렇다고 점심때가 지나서 가면 재료가 떨어져 허탕을 치기 때문이다. 그렇다고 예약이 가능한 것도 아니고.

손님이 주문하면 바로 센 불에 국수를 삶는다. 면을 걷어 올려 찬물에 씻어 물기를 짜 그릇에 담는다. 여기까진 여느 국숫집과 같다. 여기에 비법(?)이 들어간다. 내가 알기론 좋은 재료에 양념을 더한 할머니의 손맛뿐이다. 그거면 충분하지 않은가.

아무튼 나는 이 집에 가면 주로 비빔국수를 먹는다. 평소 매운 음식을 좋아하지 않기에 비빔면은 가까이하지 않았는데, 우연히 먹어본 할매표 비빔국수는 왠지 당기는 맛이었다. 많이 맵지도 않아서 견딜 만한데다, 다 먹고 나면 약간 얼얼한 매운맛이 묘한 여운을 준다. 또 진한 국물(뭘로 우렸는지 자세히는 모른다. 정말 시원하다)을 따로 한 그릇씩 주면서 여분의 면을 함께 줘 물국수 맛도 보게 해주는 마음씀씀이가 할매다워 좋았다. 사실 성인 남자에게 국수 한 그릇으로는 좀 모자라지 않는가. 할머니가 눈대중으로 삶는다. 청년들은 좀 많게, 아가씨는 좀 적게. 곱빼기는 메뉴에 아예 없다. 무엇이든 모자라면 더 준다. 값도 싸다.

　할매국수는 할머니의 오랜 손맛과 친근함, 수익만을 따지지 않는 마음
이 어우러져 꽤 괜찮은 맛을 엮어내고 있는 것은 아닐까.

　　사는 일은
　　밥처럼 물리지 않는 것이라지만
　　때로는 허름한 식당에서
　　어머니 같은 여자가 끓여주는
　　국수가 먹고 싶다

　　삶의 모서리에 마음을 다치고
　　길거리에 나서면
　　고향 장거리 길로 소 팔고 돌아오는
　　뒷모습이 허전한 사람들과
　　국수가 먹고 싶다

　　세상은 큰 잔칫집 같아도
　　어느 곳에선가
　　늘 울고 싶은 사람들이 있어

　　마음의 문들은 닫히고
　　어둠이 허기 같은 저녁
　　눈물자국 대문에
　　속이 훤히 들여다보이는 사람들과
　　따뜻한 국수가 먹고 싶다

　　　　　　　　　　　　　　　　　　　- 이상국, 「국수가 먹고 싶다」 전문

스스로 떠나는 길

— 정규화 시인과의 추억

정규화 형님 가신 지 벌써 8년이다. 지척에 형님의 무덤이 있는데도 아직까지 가보지 못해 송구스러워 하던 차, 경남작가회의 이규석, 표성배 시인 등이 올해도 마산 합포구 창원공원묘원(진동)에 다녀오기로 한다고 문자가 왔다. 가야지. 올해는 술 한잔 올려야지 마음먹는다.

지리산 자락에서 태어나 평생 고향을 잊은 적 없던 시인. 죽어서라도 그곳의 흙에 묻히리라 하셨건만 말년에 그가 살던 곳, 마산에 육신을 부린 시인. 젊어서는 부초처럼 떠돌았고, 말년에 돌아와서는 외롭고 쓸쓸하셨던 시인. 그러나 누구보다 높고 꼿꼿했던 시인 정규화.

울산의 김태수 시인과의 추억도 많았고, 진해 옛 육군대학 앞 곰장어골목에서 낙지볶음에 소주 한잔 마시며, 서울이라는 타향살이의 서글픔을 아름답게(?) 이야기하시던 모습이 지금도 눈에 선하다.

문득 생각하니 형님보다 내가 더 오래 살고 있다. 송구하다. 뭐 하나 제대로 한 게 없는데 부질없이 나이만 먹고 있으니.

형님은 참 어렵게 사셨다. 나는 형님의 지갑을 본 적이 없다. 언제나 지전 몇 장을 주머니에서 꺼내 밥값을 치르던 모습, 가족들 건사가 너무 힘에 부대껴 그랬는지도 모르지만, 나는 형님을 만나면 몇 번 술대접 외에 해드린 게 없어 안타까웠다. 하동 옥종의 그 산골에서 어쩌다 동네 잔칫날 얻어먹은 돼지고기에 배탈이 날 만큼 가난을 달고 사신 형님.

시집 곳곳에 '연효'라는 실명이 나오는데, 형님의 2남1녀 중 장녀의 이름이다. 예쁘고 공부도 잘 했다고 자랑하시다가 끝내 눈물을 보였던 딸이다. 농아로 2급 장애우였다. 누군들 인간사에 소쩍새 우는 사연 한둘 없는 이가 있겠느냐만 형님의 경우는 좀 달랐다.

> 피는 잎 보며 자랐는데
> 시드는 잎 보며 늙는구나
> 피면서 없던 말을
> 시든다고 하겠는가
> 내가 보고 들은 것은
> 내가 느낄 뿐이다
> 이미 쇠뜨기는 알고 있었다,
> 오는 것이 세월이더니
> 가는 것 역시 세월이라는 것을
>
> – 정규화, 「쇠뜨기 · 1」 전문

문학평론가 김경복은 "그에게 시는 치명적 진실의 증언이자 자신의 불안을 달래고 죽음의 표지인 어둠을 물리칠 수 있는 단 하나의 무기가 되는 것"이라며 "이제 시는 그에게 불이 되고, 칼이 되고, 약이 된다"고 평했지만, 1986년 '청사(靑史)'에서 '청사민중시선 10'으로 나온 그의 시집 『스스로 떠나는 길』엔 궁핍과 가족애, 그리고 세상에 대한 분노가 가득하다. 당시 이십 대였던 내게 그것은 삶의 혈관을 팽창시키고도 남는 아픔을 주었다. 그 흔한 발문조차 없는 시집에 시인의 후기가 인상 깊었다.

기를 쓰고 살아도/ 떠도는 삶/ 서울의 녹번동에서 시작하여/ 변두리에서 떠도는 삶/ 구로동으로 광명리로 군포로/ 다시 군포로/ 군포에서 김천으로 김천에서 인천으로/ 구월동에서 간석동으로 십정동으로 가좌동으로/ 창원에서 남산동에서 사화동으로/ 또 부산으로/ 기를 쓰고 더듬고 붙들어도/ 떠도는 삶/ 사기꾼의 숫법이라는데/ 사실은 돈이 없어 쫓겨다닌 삶/ 없는 생활에 병은 빨리 와서/ 참으로 내일을 예측할 수 없다/ 고마운 분들이 모아주신 돈을 받고 나는 울었다/ 억지로라도 구십까진 살아야지/ 삶이여 너를 두고 봐야겠다/ 하늘을 봐도 억울하고/ 땅을 봐도 억울한 나의 삶/ 앞앞이 말 못하고 또 천금같이 하루가 저문다/ 이렇게도 세월은 흘러/ 또 한 권의 시집을 묶게 되었다(시집 후기)

그해 11월의 어느 날, 내게 시집을 건네주면서 세상을 가볍게 보지 말라던 말씀 아직도 잊혀지지 않는다. 내가 4월에 첫 시집『칠판지우개를 들고』를 발간해 출판기념회를 가졌을 때 오셔서 쓴 시「벚꽃제」가 실려 있었다. 일면식도 없는, 치기어린 젊은이에게 그는 큰 가슴을 열어주었던 것이다.

누구의 땅인가를
의심해야 되는 이 땅
진해에 와서
다시 물어본다
이곳이 누구의 땅인가를

진해에서 불러도
애국가에는
우리나라 꽃은 무궁화인데

오래전에 진해를 차지한 벚꽃
가슴이 터질 것 같다

봄바람은 늦게까지 매서워
피지 못하는가
무궁화여
어디메서 눈치만 살피는가

벚꽃 잔치로
완전히 취해버린 사람을
동족이라 믿기 어려운 지금
벚꽃을 피우는 봄은
이 땅의 돌담 밑에서 돋아나는 봄이 아니다

벚꽃제 철쭉제 등의 정신 나간
꽃잔치들이 창궐하여
우리의 넋은 죽었고
우리의 봄은 병들었다

온 나라 뒤져도
무궁화 꽃잔치 한 번 없었던 나라
취하고 흥청거리기만 하는 저들이
우리의 동족인가 의심스럽다

서울에서 남으로 오다보면
우리나라 꽃이 개나리인가 싶더니
진해까지 와서 보면

벚꽃의 나라에 온 것 같아
식은 땀이 난다

제 혼자
「칠판지우개를 들고」
하늘에 얼룩진
벚꽃 향기 지우고 섰는 진해의 친구여.

— 정규화, 「벚꽃제—이월춘에게」 전문

　"시는 언제나 내포와 형식이 한가로울 때는 논의의 초점이 되지만 다급할 때는 논의의 표적에서 벗어나 있게 됨을, 정규화 시인은 몸으로 쓰는 시로 분명히 말해주고 있는 것"이라며 "몸은 그것이 실존으로 돌아올 때 몸 이상도 몸 이하도 될 수 없는 것임을 아울러 깨우쳐 주고 있는 정규화 시인의 시는 그래서 우리 주변의 진경이다, 그리고 우리들의 눈물"이라고 시인이자 문학평론가인 강희근 교수는 말했지만, 나는 그의 시에서 슬픔보다 더 큰 울음소리를 들었다.

　"나의 시 속에는 나의 삶이 배어 있다. 달리 무슨 말을 할 필요가 있겠는가. 내가 선택한 방법이며 길이기에 서툴지만 확실하게 가고 있다"던 시인. 아직도 이 세상에 대해 할 말이 많고, 할 일이 많이 남아 있는 그가, 아흔까지는 살아서 삶을 두고 봐야겠다더니 쉰여덟의 아깝디 아까운 나이에 세상을 등져버리다니.

개나 돼지라도 와서
문을 열었으면 열었으면 하고
눈이 빠지도록
쳐다본 출입문

햇볕이란 놈이 살금살금 왔다가
그냥 가버렸다
잡아서 묶어 놓을 새도 없이
가버렸다

뒤를 이어 어둠이 어둠이
강물처럼 밀려들었다

나를 흠뻑 적신 어둠이
이 밤만이라도
서로 동무 삼자고 했다

– 정규화, 「동무」 전문

얼마나 외로웠으면, 얼마나 그리웠으면 어둠을 동무 삼아 누워 있었단 말인가. 신부전증으로 일주일에 피를 세 번씩 투석하지 않으면 생명의 끈을 이어갈 수 없었던 그를 백남오 수필가를 비롯한 여러 분들이 가까이하고 있다 했는데.

정규화 시인이 마지막 숨을 놓던 그 순간 시인의 곁에는 아무도 없었다. 시인은 이승에서 마지막 길을 홀로 쓸쓸하게 맞이했다. 이날 아침 시인은 병원에 투석을 받으러 가야 하는 날이었다. 그런데 병원에 나타나지 않았다 한다. 백남오 형은 이규석, 이상호 시인께 연락했고, 그날 오후 평소 정규화 형님을 존경하고 따랐던 이규석, 이상호 시인이 사무실을 찾았다. 하지만 사무실 문은 평소와는 달리 굳게 잠겨 있었다. 이를 이상하게 여긴 두 시인은 사무실 문을 억지로 따고 들어갔지만 그때는 이미 형님의 몸이 싸늘하게 굳은 뒤였다고 했다.

형님, 그곳에서는 아프지 마시고, 자식 걱정, 아내 걱정 모두 내려놓으시고, 힘없는 사람, 돈 없는 사람들과 더불어 사람답게 지내소서.

진해와 진해 사람들의 시

I. 들머리

이 글은 진해가 1955년 읍제를 폐지하고 진해시로 승격하여 오늘에 이르는 동안 진해 문학을 살펴보고, '진해와 진해 사람들의 시'로 활성화되고 있는 현재 진해 문학의 모습과 앞으로의 전망을 나름대로 제시하면서, 특히 '진해와 진해 사람들의 시' 1회부터 23회까지를 성리한다는데 의의를 두고자 한다.

진해 문학의 태동은 진해가 시로 승격되기 일 년 전인 1954년 2월, 이기태(희곡), 이일봉(시), 여태섭(시), 신동우(시), 고철훈(시) 등이 결성한 '신영토' 문학 동인회로부터 시작된다. 이들은 그해에 동인 시화전을 열고, 1955년에는 이일봉 개인 시화전, 1956년에는 신동우 개인 시화전을 개최하는 등 초기의 진해 문학을 이끌어 왔다. 그러던 것이 1958년 진해의 각 분야 예술인들이 모여 '예술동호회'를 결성했는데, 문학 분과에서는 이기태, 이일봉, 신동석, 여태섭, 우인철, 황선하, 채정권 등이 활동하였다. 주로 시화전을 통해 작품을 발표하여 지금으로서는 그들의 작품세계를 정확히 알 수 없는 안타까움이 있지만, 당시의 시대적 상황으로 보아서는 나름대로 문학의 바람이 우리 진해에도 불고 있었던 것으로 보인다.

1960년대에 와서는 배익룡(현재 백장미제과 대표) 회장이 주축이 된 '진해문화협의회'가 1960년에 결성되어 문학 분과에 황선하, 신동우, 이일봉, 김봉룡, 최영석, 채정권, 배덕만, 옥정인, 임시종, 여태섭, 하동성, 한금용 등이 활동하면서 '문학의 밤' 등의 행사를 통해 진해의 문학 열기를 고조시켜 나갔다. 이런 다각적인 활동 때문인지 젊은 그룹이었던 방창갑, 나정기 등이 '향안' 문학 동인회를 결성하여 시화전을 여는 등 활발히 활동하기도 하였다.

또 1962년에는 황선하 시인이 1955년 『현대문학』에 초회 추천을 받은 지 일곱 해만에 완료추천을 받아 최초의 추천 시인으로 문단에 데뷔하여 진해의 문학인들에게 신선한 충격을 주었다. 이러한 활동으로 기반을 다져 1963년에는 한국예술문화단체 총연합회 진해시 지부가 결성되고 예총 내에 문인협회를 조직, 초대 지부장에 여태섭, 회원에 이일봉, 김봉룡, 이민기(초대 예총지부장), 황선하, 채정권, 송미혜, 한금용 등이 등록, 제1회 군항제를 예총주최로 개최하였고, 한글 시 백일장을 개최하였으며, 흑백다방에서 공초, 횡보, 소천 등 작고 문인들의 추모의 밤 행사를 가졌다.

1964년에는 현학영, 강종칠, 배기현, 박재동, 김교남, 김상열, 안평종, 유명환, 고영규, 김봉래, 최성문, 이종식, 조규대, 여정훈, 정필영 등 현역 군인들이 주축이 된 '현창' 문학 동인회가 결성되어 활동하였고, 1965년에는 황선하, 방창갑, 이상개 등이 주축이 된 '진해시 문학 연구회'가 결성되어 진해 문학을 활성화 시켰다.

이러던 진해의 문학 단체들은 1968년 정식으로 한국문인협회 진해시 지부로 등록하여 시화전 개최, 백일장 개최, 문학의 밤 등을 통해 활동해 왔다. 그러니까 1950년대 후반, 즉 진해 문학의 태동기부터 1970년대 초반까지는 나름대로 활발한 활농을 해 온 것이라 여겨신다.

그러나 진해 문학은 1970년대 중반부터 침묵에 빠져 들어가 1980년대 초까지는 완전히 태동기 이전으로 되돌아가 버렸다. 그 이유가 무엇인지 지금으로서는 분명히 밝힐 수 없지만 생업에 쫓기게 된 데다, 일정 기간 동안의 결과는 묶여져 나와야 그 다음 단계로의 발전이 있는 법인데 그것이 제대로 이어지지 않았기 때문이며, 문학 활동의 주체적 인물들이 진해를 떠난 데도 그 원인이 있는 것으로 여겨진다.

인간 활동의 모든 것이 소강상태가 있으면 또 활황시대가 있는 법인지, 1980년대 중반부터 그동안 잠재되어 있던 진해 문학의 힘이 표면화되기 시작한다. 그만큼 진해의 문학은 힘이 있고, 또 앞으로도 힘찬 발전을 해나갈 것이라는 믿음을 우리로 하여금 갖게 한다.

II. 진해와 진해 사람들의 시

사회 각 계층의 민주화 바람으로 문학의 풍토도 변화하고 있음이 사실이지만 우리가 안고 있는 지역문학의 역할과 자리매김 또한 진지하게 검토되어야 할 것이다. 흔히 가장 지역적인 것이 국가적인 것이라 한다. 가장 진해다운 문학이 곧 한국 문학이라 할 수 있다는 말인데 현실과는 너무 동떨어진 얘기가 아닌가 싶다. 갖가지 열악한 풍토 아래서 스스로 일어서야 하는 것도 힘든 것이지만, 물질만능의 세태가 갖는 몰이해는 쉽게 넘을 수 있는 벽이 아닌 것이다.

각설하고, 1980년대에 들어와 정일근, 이월춘, 정이경 등은 1981년부터 '토요시' 동인을 결성하고 낭송회를 정기적으로 개최하면서, 작품을 유인물로 만들어 배포하였다. 당시의 상황은 문인협회 진해 지부가 한국문인협회로부터 인준이 취소되어 유야무야해 있었고, 예총 진해시 지부 산하 단체로 방창갑, 강종칠 등 몇 분에 의해 겨우 명맥만 유지해오고 있었다.

오죽했으면 군항제 때마다 실시하는 전국백일장을 문인협회가 주관하지 못하고 예총이 일괄 주관하여 타 지역의 문인을 초빙해 심사를 맡도록 하였을까. 문학에 대한 정열만큼은 누구보다 컸던 방창갑 시인조차 거의 칩거 상태에 있을 정도였다. 그런 고요 상태가 '토요시'의 활동으로 서서히 불이 붙기 시작했고, 1984년 『실천문학』에서 정일근이 신인상을 받으면서 본격화 되었다.

이듬해인 1985년에는 '한국일보 신춘문예' 시 부문에 정일근이 「유배지에서 보내는 정약용의 편지」로 당선하여 진해에 신선한 충격을 던져 주었다. 1986년에는 정일근과 같이 근무하던(진해남중) 이월춘이 첫 시집 『칠판지우개를 들고』를 부산의 '도서출판 시로'에서 발간하여 그야말로 진해에 문학의 바람이 불기 시작했다. 이월춘의 시집 발간 기념회는 진해에서는 최초의 것이었다. 이를 계기로 부산, 마산, 울산 등지의 젊은 시인과 평론가들이 모여 '부산, 경남 젊은 시인회의'를 결성, 제1회 대회를 진해 우일예식장에서 개최하기에 이른다. 뜻밖에 이 대회는 성황을 이루게 되고, 4월 19일 이월춘의 출판기념회 때는 자연히 부산과 경남의 문인들이 조용하던 진해에 자주 오게 되었다.

이에 진해 사람들은 진해 문학의 자리 찾기가 절실함을 깨닫게 되었고, 1986년 5월 방창갑, 이월춘, 정일근, 임점순이 모여 '진해시문학회'를 결성하게 된다. 우선은 어렵지만 네 사람이 출발하기로 의견을 모았던 것이다. 초대 시인에는 창원에 계시는 황선하 시인을 모셨고 네 사람의 작품 14편을 모아, 마산에서 불휘기획(지금은 도서출판 불휘로 바뀌었음)을 운영하던 우무석 시인께 원고를 넘겨 16쪽 짜리 조그마한 작품집을 인쇄, 마침내 1986년 5월 23일 오후 7시 국민은행 옆 커피숍 '목신의 오후'에서 제1회 '진해와 진해 사람들의 시'는 열리게 되었다. 인근 지역의 문인들께 일일이 초대장을 발송하는 등 나름대로 행사에 대한 준비를 하여 기대에 걸맞은 첫 행사를 마칠 수 있었다.

제1회 행사를 마친 후 우리는 좀 더 자신을 가졌고, 2회 때부터는 점차 짜임을 갖추게 되었다. 작품집은 보통 16쪽짜리로 발간했으며 편집 책임은 정일근이 맡았다.

2회 때는 1회 때의 네 사람 외에 배기현, 최근봉이 참여하여 회원 수가 늘었고, 마산의 오하룽 시인을 초대 시인으로 모셔 1986년 6월 20일 19시 진해 문화의 양심이자 최후 보루인 흑백다방에서 열렸다.

3회는 마산의 김미윤과 부산의 류명선 시인을 초대 시인으로 모시고 방창갑, 이월춘, 정일근, 임점순, 이정애, 김혜기 등이 참여한 가운데 1986년 7월 18일 19시 흑백다방에서 황선하, 신상철, 전문수, 오하룽, 최영철, 이상개 등 마산, 부산의 문인들이 대거 참석하여 성황을 이루었다.

1986년 8월 15일 19시 흑백다방에서 해방 41주년 기념으로 제4회는 열렸다. 이상개, 정운엽 시인을 초대로 모셨는데 정운엽 시인은 갑작스런 출장으로 수원에서 내려오는 바람에 행사가 끝날 무렵 도착해 사과의 뜻으로 술을 사기도 했다. 이 달에는 윤용화가 새로 참여하여 우리는 문학도 운동이 필요한 것임을 절감했다.

5회는 9월 19일 19시 흑백다방에서 가을을 맞는 마음으로 '달아 달아 밝은 달이'라는 제목으로 열렸다. 하길남, 우무석 시인을 초대로 모시고, 새로 김정환이 참여하였는데 김정환은 진해가 고향이며 진해에서 학교를 나온 토박이 진해 사람이었다. 그 동안 객지에서 교편을 잡고 있다가 고향으로 돌아온 것이었다.(남산국교) 우리의 반가움은 컸다. 또 이번호 작품집에는 정일근이 여러 자료를 모아 '진해 문학의 어제'라는 제목으로 진해 문학의 태동기부터 1960년대 말까지를 정리한 권두 특집이 실려 그 뜻을 더했다.(이 글의 서두인 '들어가는 말'은 정일근의 글을 재정리한 것이다)

6회 '진해와 진해 사람들의 시'는 10월 11일 19시 우일예식장에서 문화의 달 특집으로 문학의 밤을 겸해 열렸다. 부산의 작가 윤정규 선생을 모셔 '문학과 삶'이라는 연제로 강연을 들었고, 젊은 문학평론가 구모룡 씨를 모서 '팔십 년대의 한국시는 무엇을 꿈꾸는가'란 연제의 강연을 들었다.

오랜만의 문학 강연이라 학생들도 많이 참석하여 자리를 꽉 메웠으며 더러 서서 듣기도 하였다. 추창영, 강남옥 두 여류시인이 초대되었고 새로 이은용(시)이 참여하게 되었으며, 수필에 강종칠, 김숙영이 참여, 진해 사람들이 많아졌다. 또 6회부터는 진해시문학회를 진해문인협회로 명칭을 바꾸었으며 회장에 방창갑, 사무 간사에 정일근이 맡아 좀 더 조직적인 모습을 보여주게 되었다.

7회는 11월 21일 19시 흑백다방에서 초대 시인 없이 동화작가 김수미씨가 함께 참여하여 동화 「산울림」을 권두동화로 발표하였고, 배기현 등 8명이 시를 낭송하였다.

8회는 1986년이 저물어가는 12월 19일 19시 흑백다방에서 송년 문학의 밤으로 치러졌다. 초대 시인에는 황선하 시인을 모셨고, 심의방, 이종덕이 새로 참여하여 진해문인협회는 외형상으로나 내면적으로나 알차고 탄탄한 조직을 갖추게 되었다. 그래서인지 진해문인협회는 좀 더 욕심을 갖기로 하였다. 백청 황선하 시인의 문단 데뷔 25년을 축하하고, 진해에 남긴 문학적 업적과 뜻을 기리기 위해 '백청문학상'을 제정한 것이다. 물론 황선하 시인은 진해문인협회의 고문을 맡고 있기도 했다. 다만 이 상의 수상자는 해마다 열리는 군항제 백일장에서 장원에 입상한 작품 중 진해문인협회 백청문학상 운영위원회에서 선정, 상패와 부상을 수여하게 되며 1987년을 제1회로 하였다.(그 뒤 이 상은 1회 : 민성영(도천국교), 2회 : 이선희(동진여중), 3회 : 김정희(부산덕명여상), 4회 : 강경미(대야국교)가 수상하였다. 그리고 4회부터는 수상자의 범위를 진해지역 초ㆍ중학생 중에서 선정하기로 하였다.)

9회는 해가 바뀌어 1987년 1월 16일 19시 흑백다방에서 '장복산을 바라보며'라는 제목으로 열렸다. 이선관, 김태수를 초대 시인으로, 박용찬이 새로 참여하게 되었다. 이 날은 신상철, 오하룡, 전문수 등 여러 분이 참석하여 작품평과 토론을 겸해 진해 문학의 앞날과 방향에 대해 의견을 나누기도 하였다.

10회는 '봄이 오면 산에 들에'란 제목으로 1987년 2월 20일 19시 흑백다방에서 창원의 홍진기, 부산의 정영태를 초대 시인으로 모셨고 방창갑 외 7명이 시를 낭송, 김수미가 동화를 낭독하였다. 또 작품집에는 마산 이달 균 시인의 시집 『남해행』 광고가 실렸다. 그리고 이때부터 사무 간사는 정 일근이 사정상 그만두게 되고 이월춘이 맡게 된다.

11회는 1987년 3월 20일 19시 흑백다방에서 '우리 이 땅을 갈고 일구어' 의 제목으로 열렸다. 다음 달인 4월에 군항제 기념 전국백일장 및 사상 처 음으로 경남의 문인들을 초청하여 당시의 문학을 새롭게 조명해 보고, 바 람직한 진해 문학의 건설을 위해 '경남문인대회'를 열기로 했기 때문에 그 준비로 대단히 바쁜 가운데 치러졌다. 다음 달의 행사를 위해 초대 시인은 모시지 않았으며 회원들끼리 시민들을 모시고 조촐하게 열린 행사였다.

4월 4일 토요일 18시 장복예식장 2층에서 '경남문인대회'는 개막되 었다. 물론 제25회 군항제를 경축하는 행사를 겸했기에 예총 진해시 지부 의 후원도 있었던 이 대회는 경남에서 사상 처음 있는 일이라 문인들의 호 응도 대단하였고, 의욕과 열정으로 덤벼들었던 진해문협 회원들 또한 열 심히 준비하고 애쓴 덕분인지 결론부터 말하면 잘 치러낸 행사였다.

62쪽짜리 작품집에 경상남도 각 지역 문인들 50여 명의 시, 수필, 동화 를 싣고, 지금은 고인이 된 한국문인협회 사무국장이었던 오학영(극작가) 을 초청, 문학 강연을 했고, 약 110여 명의 경상남도 거주 문인들이 참가, 그야말로 성황을 이루었다. 방창갑 회장, 배익룡 예총 지부장, 진해 시장 등 각계 인사도 참여한 이 날 대회는 장소가 비좁을 정도였으며, 다음 날 백일장에도 참여하는 만큼 밤을 새워 1박 2일로 진행되었다. 매끄럽지 못 한 진행과 충분치 못했던 숙박시설 등 몇 가지의 무리한 점도 없지 않았지 만, 이 행사는 진해문협 회원들에게 나름대로 자신감을 심어주었던 의미 있는 것이었다.

'진해와 진해 사람들의 시' 12회 행사는 1987년 5월 22일 19시 흑백다방에서 열렸다. 어려움 속에서도 출발한 지 만 1년이 되어 1주년 기념을 겸해 열렸다. 회원 모두에게 감회가 없을 수 없었고, 힘이 솟는 그런 날이었다. 더구나 윤용화가 첫 시집『파랑새를 위한 노래』를 마산의 불휘기획에서 펴내어 더욱 보람 있게 만들었다. 곧 문협에서는 5월 30일 18시 목향다원에서 출판기념의 자리를 마련했고, 저자의 노모까지 참석한 이날 행사로 진해문협도 명실상부한 단체로 자리잡아 가는 것 같았다. 최명학과 이달균을 초대 시인으로 모셨고 방창갑 외 8명이 시를 낭송하였다.

13회는 1987년 6월 19일 19시 목향다원에서 가졌다. 소설에 새로 이민형이, 시에 심정태가 참여하였는데, 소설은 분재하기로 하였다. 또 이달에는 회원들의 단합대회가 수치에서 있었는데 자주 가졌으면 좋겠다는 의견에도 불구하고 여태껏 자주 열리지 못하는 것이 안타깝다.

14회는 1987년 7월 16일 19시 까페 시인에서 신강기, 박문수가 시에, 황정덕, 박유창이 수필에 새로 참여하여 '사랑 한 편, 평화 한 소쿠리'라는 제목으로 열렸다. 특히 이 날에는 독자코너를 마련하여 까페 시인을 경영하는 박영현이 좋아하는 시도 낭송하고 수준급인 기타 솜씨에 노래까지 불러 분위기를 한층 돋우었다.

15회는 1987년 8월 21일 19시 까페 시인에서 초대 시인에 신찬식, 회원 시엔 이은용 외 13명이 낭송하고, 황정거 외 1명이 수필, 이민형이 소설을 발표하였다. 16, 17회도 시인 까페에서 1987년 9월 20일과 1987년 10월 19일 19시에 열렸다.

18회는 1987년 11월 30일 19시 전통 찻집 목향다원에서 김정환 외 7명이 시낭송을 하였고 이민형이 소설을 낭독하였다. 이달에는 정일근이 창작사(창작과 비평사)에서 창비시선 65권째로『바다가 보이는 교실』을 펴내어, 진해문협에서는 목향다원에서 출판기념회를 개최하여 성황리에 끝마쳤으며, 정일근 시인의 앞날에 문운이 함께하길 기원했다. 또 이달에는 윤용화 시인이 울산으로 전근을 가셨고, 진해문인협회가 한국문인협회 진해 지부로 인준을 받아 지부장에 방창갑, 부지부장에 김정환, 사무국장에 이월춘이 등록되었다.

19회는 형편상 3개월을 쉬고 이듬해인 1988년 3월 19일 19시 진해 전신전화국 앞 지하에 있는 광대마을에서 김광산, 정이경, 박성임, 김종렬 등이 새로 참여한 가운데 열렸다.

20회는 제26회 군항제 기념 특집으로 문학의 밤 행사와 더불어 열렸다. 문학평론가 신상철 교수가 '현대시의 서정', 진해문협 부지부장 김정환 시인의 '아동문학의 과제' 강연을 들었으며 황선하, 이선관, 임신행, 김복근, 최명학 시인이 초대 시인으로 모셔졌다. 회원시는 방창갑 외 11명이 낭송하였다. 1988년 4월 4일 19시 우일예식장에서였다.

몇 달 전부터 방창갑 지부장께서 와병중이셨다. 회원들과 여러 문인들은 그의 빠른 쾌유를 빌었지만 불치의 병이라 알려진 병인지라, 그는 시집 발간 준비를 서둘렀다. 그리하여 1988년 5월 초순, 마산에서 오하룡 시인이 운영하는 도서출판 경남에서 방창갑 시집 『꽃을 보는 마음』이 출간되어 진해상공회의소 2층 강당에서 출판기념회를 성황리에 가지게 되었다. 책을 펴낸 지 2개월여 뒤 방창갑 시인은 타계하였다. 장례는 최초의 '진해예총장'으로 치러졌고, 문인협회에서 주관하여 진행하였으며, 천자봉 공원묘지에 안장되었다. 예총에서는 그의 묘비를 시비로 세웠다.

21회는 방창갑 시인 장례 등으로 오랫동안 갖지 못하다가 1988년 10월 23일 18시 목향다원에서 '고 방창갑 시인 추모 특집'으로 진행되었다. 김정환 외 11명이 시를 발표하였고, 이민형이 소설을 발표하였다. 갈수록 '진해와 진해 사람들의 시'의 열기가 식어가는 것 같아 안타까움을 금할 수 없었다. 지부장의 별세로 부지부장인 김정환이 지부장으로, 김둘수가 부지부장으로, 이월춘이 사무국장으로 집행부를 개편하였다.

22회는 1988년 11월 12일 18시 광대마을에서 김정환 외 15명이 시를 낭송하였다. 『진해문학』지를 내자는 의견이 나와 구체적인 계획을 짜기도 했다.

23회는 1989년 4월 5일 18시 복음신협 2층 회의실에서 제27회 군항제 기념 특집으로 열렸다. 황선하 시인을 모셔서 '오늘의 진해 문학'을 들었으며, 강신형, 이달균을 초대 시인으로 모셨고 심의방 외 9명이 시를 낭송하였으며 소설에 이민형, 수필에 박유창이 참여하였다.

'진해와 진해 사람들의 시'는 제23회 행사를 끝으로 당분간 중지하기로 하였다. 양적 팽창에서 질적 성숙의 단계가 되었다는 자각도 있었지만, 『진해문학』 창간을 위한 실질적인 작업을 위한 것이었다. 진해에서는 사상 처음으로 문학지를 발간하겠다는 우리의 마음을 누가 알아주겠는가? 그러나 괜찮았다. 문학이 좋아서 문학을 위해 사는 우리가 아니냐고 스스로 마음먹었다. 『진해문학』은 만들게 될 것이고 만들어져야 하니까. 하지만 어려운 점은 많아서 여태까지 미뤄왔고, 지금에야 그 빛을 보게 되었다. 다시 '진해와 진해 사람들의 시'도 열려야 하고, 다양한 활동으로 진해의 문학도 더 넓은 길로 가야 하리라.

1989년 9월 8일 이민형 선생님께서 소설집 『아직은 먼 밤』을 도서출판 경남에서 펴냈다. 또 하나 진해 문학의 성과이자 경사가 아닐 수 없었다. 진해문협에서는 도천초등학교 강당에서 성대한 출판기념의 자리를 만들었고, 경남을 비롯한 각지의 문인과 친지가 참석하여 대성황을 이루었다.

1990년을 맞은 지금은 소설의 김소봉, 나규영, 시조의 이선립, 시의 서혜영, 김정숙, 수필의 안종일, 엄영운, 김정례 등이 새로 참여하여 열심히 활동하고 있다. 그러니까 불과 3년 남짓한 사이에 이월춘, 윤용화, 정일근, 방창갑의 시집 4권과 이민형의 소설집까지 5권의 책을 이 작은 도시 진해에서 펴냈던 것이다. 놀랄 만한 문학적 열기가 아닐 수 없었고 그 맥은 계속 이어져 갈 것이다.

Ⅲ. 마무리

지금까지 진해 문학의 태동기부터 1989년까지의 진해 문학의 흐름을 살펴보았다. 다시 한 번 강조해 두지만 최근 3~4년을 지내는 동안 진해 사람들은 정말 많은 일을 해냈다. 지금까지 해온 일들을 보건대 앞으로도 더욱더 알차고 활기찬 진해문협이 될 것으로 확신한다.

모든 것이 중앙 집중적 체제로 되어 있는 현실에서 지방의 문학운동은 그 인적자원으로 보나 발표 지면으로 보나 한계를 드러내기 마련이다. 문학적 논리나 지향점에 대해서는 말할 필요조차 없으리라. 그러나 지방문학이라고 해서 지방의 문학으로서만 존재 가치를 갖는 것이 아니기에 그 것은 반드시 존재해야 하고, 결국 하나씩의 독자적인 문학적 성과를 엮어내야만 하는 당위성이 있다. 그러므로 우리는 탄탄한 조직이 필요하고 그 조직을 통해 진해만의 문학을, 진해가 할 수 있는 문학을 이끌어가야 하며 작지만 알차고 보람 있는 결실을 하나씩 맺어가야 할 것이다.

이러한 일들의 첫 걸음으로 23회에 걸친 '진해와 진해 사람들의 시'가 있었고 크고 작은 각종 문학행사가 있었다면 그 본격적인 단계가『진해문학』의 창간이 되는 셈이다. 진해의 문학은 이제 시작이다. 시민들의 관심도 높아질 것이며 아울러 문학의 향기가 더해 갈 것이다.

우리는 다시 한 번 역설한다. 진해라는 지역적 한계를 벗어나 문학이라는 공통영역에서의 진정한 문학운동 활성화가 꼭 필요하다고. 사회나 집단의 삶은 물질적 삶과 정신적 삶의 조화 아래서 보다 알차고 보람 있는 그것이 된다. 이것은 끝없는 진해 문인들의 노력에 의해 가능해질 것이다. 문화에 대한 향유 없이 삶의 질을 높일 수는 없다. 문화의 민주주의를 실현하기 위해서라도 진해 문학은 발전해야 한다.

끝으로 그동안 진해문협을 위해 함께 생각하고, 참여하고 격려해준 인근 지역의 문인들을 소개하여 고마움의 뜻을 표하고자 하며, 진해시 각계의 여러분도 이 기회에 인사드리고자 한다.

마산 창원의 강신형, 고영조, 공정식, 김미윤, 김복근, 김태수, 민병기, 신상철, 신찬식, 오미리, 오하룡, 우무석, 이광석, 이달균, 이선관, 이우걸, 이창규, 임신행, 전문수, 정규화, 정목일, 최명학, 추창영, 하길남, 홍진기, 황선하.

부산의 윤정규, 이상개, 김석규, 류명선, 허철주, 최영철, 박병출, 구모룡.

대구의 강남옥, 밀양의 유종관, 통영의 제옥례, 차영한, 최정규, 울산의 박영식, 김성춘, 진주의 박재두, 이덕, 김영화 등 많은 분께 감사드린다.

또 진해의 배익룡, 석굴암, 강종칠, 유택렬, 이효동, 김종수, 허덕용, 김정권, 김진용, 주준식, 이춘모, 박중환 등 여러분께도 감사의 인사 올리며, 앞으로도 변함없는 격려와 사랑을 바라면서 이 글을 마칠까 한다.

* 이 글은 1990년 『진해문학』 창간호에 실렸던 글이다. 따라서 지금의 시점으론 이해가 안 되는 부분도 많다. 당시 진해문협의 주축이었던 이민형, 김정환, 윤용화 등이 작고하셨고, 진해예총의 핵심이었던 배익룡, 유택렬, 강종칠, 김종수, 이효동 등 많은 분들도 작고하셨다.